U0124247

彭瑞金 著

目錄

第四章　埋頭深耕的年代（一九六〇～一九六九）

第五章　回歸寫實與本土化運動（一九七〇～一九七九）

第六章　本土化的實踐與演變（一九八〇～）

自序

《台灣新文學運動四十年》於一九九一年春初版，係應自立晚報出版部之邀所撰寫。主要是記述自戰後迄八〇年代的中期爲止四十年間，台灣新文學的活動爲內容。除了記載這期間，有關小説、詩、散文、戲劇的活動之外，也兼論及文學社團和文學思潮的意義和影響。所以取名「運動」，是撰述時，經過廣泛的史料研讀，發現戰後的台灣文學發展歷程，誠然路途倍極艱辛、曲折，但整體而言，衆多不同文類的台灣作家，實際是在心有靈犀一點通的心情下，他們心中接受一個共同的燈塔指引著，默默地推動台灣文學走向一個共同的目標。

台灣，無論作爲一個民族，或是作爲一個國家，絕對不能沒有自己的主體文化，並且還應該優先被建構起來。七十六年前，台灣新文學發軔伊始，台灣先哲便著文呼籲，台灣人要想成爲世界上偉大之民族，首先一定要有自己的文學，蓋文學乃一個民族之靈魂，我們有充分的理由懷疑，靈魂空白的民族可以是偉大的民族，甚至懷疑其存在的可能。

一九二二年來到台灣的日本思想家賀川豐彥，曾經正告文化協會的成員，趕快建立屬於台灣的文化吧！有了自己的文化，便不愁民族不能自決、民族不能獨立；反之，沒有自己的文學、音樂、美術、建築，怎麼能成爲一個民族呢？想必這些話深深影響了蔣渭水等文協的幹部，文協後來把提昇文化向上作爲創會宗旨，一定是對這番話有所領會，我研讀到這段史料，也等於對我的文學思考，點亮了一盞明燈。

崛起於二〇年代的台灣新文學運動，可以說長期處在外來殖民政權的殖民文化政策底下游移，既缺乏自由伸展的空間，也無法進入台灣的中心。因此，讓台灣文學成爲台灣人的文學，不僅是艱鉅的文化工程，更是艱困的心靈工程。但我發現，自日治時代以來，無論面臨多大的艱險時刻，台灣作家中都不乏一肩挑起文學香火承傳重任的文學勇者，把台灣新文學創發的初衷延續下來。在形式上，它就是台灣文學的本土精神、台灣意識的傳承，代代相承，也就形成了台灣文學本土化綿長的運動歷程。

誠然，作爲台灣文學主體之台灣意識的復歸過程中，曾經出現十分低迷、脆弱的時刻，或許也曾經迷航。但台灣文學能綿延到今天，證明文學的台灣精神不曾死亡，這也是身爲台灣作家過去奮鬥的目的，更是未來奮鬥的方向。撰寫本書之際，我的確希望自己能在這樣汩汩前行的文學巨流中，貢獻出一分小小的力量。

撰寫本書的九〇年代，正是台灣文學本土論受到廣泛注目的年代，聽到質疑本土化的雜音不少，但台灣文學本土化的理論建構，已因爲在這萬箭齊發、炮火不斷的鍛鍊下，顯得更爲牢固堅實。六年半來，台灣文學本土論走過九〇年代，已證實是經得起考驗的。

舊作重新出版，心理的確有一點對自己不滿。要期待本土論是牢固的文學工程，有限的幾部文學史是不夠的，甚至有限的文學史作者也是不足的。台灣文學本土化所要追求的台灣精神回歸，是要重新喚回整體台灣人、台灣文化的台灣主體意識。從教育到文化、從教科書到課程、從學校到社會，我認爲，不僅要讓以台灣人民和土地爲主體的意識回到文學創作、文學思考、一切文學活動的正位上來，還應該讓本土化完成的文學作品，進入普遍台灣人民的生活、心靈裡去，和台灣生活溶爲一體。

近年來，我們不斷思索：促使台灣的大學設立台灣文學系，讓台灣子弟的語文教科書教授台灣作家的作品，使台灣人創造的文化資源回歸台灣人心靈生活的途徑。我以爲這也是台灣文學本土化運動的延長，除非台灣文學全面回到台灣人的生活中來，本土化便需要繼續運動下去，推動台灣文學本土化的工程，台灣文學本土論的建構工程，仍然是台灣作家持續奮鬥的目標。

重新出版這本書，固然是因爲它稍許還有利用價值，在文學史的建構普遍化之前，勉爲濫竽充數。對我而言，則是一股激勵自己的力量，它在提醒我，是應該兌現自己對台灣文學許諾的時候了。是爲新版序。

第一章　台灣新文學運動的起源

一、舊文學的破產

台灣新文學運動發微於一九二〇年，在此之前，台灣的文學活動則以陶醉於擊鉢聯吟、散佈全台各地詩會、詩社之舊文人爲中心。舊文學被斥爲「如富加裝飾之木偶，雖有濃麗之外觀，而無靈魂腦筋，是爲死文學。」是未盡「啓發文化、振興職務」之失職的文學❶。新舊文學論爭❷發生後，舊詩人被攻擊爲「拿文學來做遊戲」、「把這神聖的藝術，降格降至於實用品之下，或拿來做沽名釣譽，或拿來做迎合勢利之器具。」、「……青年，被這種惡習所迷，遂染成一種偷懶好名的惡習。」❸。在世界文學思潮迭經數變的二十世紀二〇年代，接受新的文化洗禮的一代，雖然還沒有看到台灣新文學的相貌，卻已深切感受到文學的責任重大，也深為台灣文學界的表現擔憂：「無論洋之東西，時之古今，凡有偉大之民族察其裡面，必有健全之大文學在焉，未聞有偉大之民族，而無健全之文學。」❹；舊文學已被公開叫陣是應該折下的「敗草叢中的破舊殿堂」❺，「已有從根本上掃除刷淸的必要了」❻，世界各地的文學都在革新邁步前進的時候，台灣文學界還在「打鼾酣睡」、「要永遠被棄於世界的文壇之外了……台灣一班文士都戀著壟中的骷髏，情願做個守墓之犬，在那裡守著幾百年前的古典主義之墓。」❼。

動了肝火的新舊文學論爭裡，舊文學與舊文人被斥為「沒有情感，沒有思想的文學，也從根本失掉其為文學的資格」、「令人作嘔」❽、「詩界的妖魔」❾、「幼稚的台灣文學界，熟睡中的台灣文學界」❿，在情緒化的罵詞背後，舊文學與時代脫節，和現實人生不具備一致的脈跳，以及對世界文藝思潮的懵然無知，則是無法洗脫的罪狀。舊文學為自己所做的辯駁，薄弱而可笑，耽溺於舊詩詞充滿貴族氣息、為迷信雕琢之美的陳腔爛調的辯護詞中，暴露了舊文人是文學「門外漢」，而且也根本無法就新文學主張的文學應與現實、生命、情感、思想結合等主張提出適當、有理的反應。

進入二〇年代以後，舊文學的一面倒，凸顯了新文學運動的意義，絕不僅是使用文字上文言、白話的差異，而是文學功能、價值與文學任務、職責的天壤之別。就文學的質變而言，新文學運動的意義並不等於是白話文運動，新文學運動的成因，及其受到的影響，可以說是繁多而瑣雜，然而，來自文學本身自覺引發的文學體質變化，應是首要的，它落實了台灣新文學現實的、思想的性格。

二、文化抗日運動的出現

一九二〇年，是日本殖民統治台灣史的分水嶺。從一八九五年五月三十一日，日軍登陸三貂嶺以來，總督府雖然於十一月宣佈「全島平定」，但台灣人民的武裝抗日行動實際緜延二十年之久。除登陸初期，全島持續性的戰鬥之外，其後更歷經了北埔事件（一九〇七）、林杞埔事件（一九一〇）、苗栗事件（一九一三）等重大起義抗暴行動，直迄一九一五年傷亡及被捕殺害達數千人的西來庵事件——最後的大規模武裝抗日行動——熄止。台灣人民在經歷過有史以來最強大、蠻橫的統治者強悍的統治手段後，付出的慘重代價，雖然並無法改變被征服的、被統治的命運，而緜長的抗暴過程中，因此調整了台灣社會的結構性和體質，也是不爭的事實。

唐景崧、劉永福等官僚棄甲而逃，士紳地主階級的紛紛攜帶資本逃跑或迎降，他們身上所象徵的舊文化相對地破產。以農民等勞動階級爲主體的全面而絕對的武裝抗日戰鬥，是處於孤立無援的獨立奮鬥，基於生存、反壓迫、保鄉衛土的戰鬥特質非常明顯，他們以行動創造的文化成爲新的象徵。日本統治者顯露的征服者的凶狠、殘暴，以「匪徒」看待台民，屠殺、逮捕、判刑，殺害、誘殺台民無可數計[11]。確定了征服與被征服、統治與被統治的對立位置，同時刺激了島民台灣意識的覺醒。尤其在坂垣退助⑫的「台灣同化會」受到總督府及在台日人的反對、打擊，被迫終止之後，斷絕了台灣人民對政治遠景的一絲懷柔希望。次年的「西來庵」事件，日方更藉機大肆進行殘酷的屠殺，濫捕濫殺台民五千人以上，寫下武裝抗日歷史上最大規模、犧牲最慘烈的一次戰役。不幸失敗的「西來庵抗日事件」，寫下了武裝抗爭行動的休止符，也重重激發了台灣民族的自覺。

經歷長達二十五年的人民武力反抗殖民統治，日人以征服者的姿態大肆逮捕屠殺的對抗史中，台灣總督府企圖消弭台灣人民反抗意志，遂行其懷柔政策的糖衣手段，也發揮了一定的作用；對統治者而言，效應固然不完全是正面的，但也只能說是始料未及，那就是將台灣資本主義化的企圖，以及以教育做爲推動資本主義的手段，提昇了台灣人的教育水準，促使人民從受教育中發生對文化問題的反省和思考。日人據台之初，訂立以「國語（日語）傳習」爲主要的教育方針，總督府在一九一九年頒佈了「台灣教育會」，但其以「國語傳習」爲主，不肯開放台灣人子弟接受中等教育，不肯普設實業（農業、電信等職業）教育的用心非常明顯；一九二一年，台灣人口數約爲三百五十萬，公學校學生有一五九、五四二人，實業及醫學、農林高校學生尚不及千人。「中等學校的入學，……不利於台灣人，則向上級學校升學，當然也被迫處於不利的地位。加以，除了醫學專門學校及台南高等商業學校，其他一切高等學校，都在日本舉行考試，以謀吸收日本學生。這些結果，當然是由日本人佔了各高等程度學校的大部分學生。名爲教育制度的同化，實則近乎使台灣人被剝奪了高等專門教育。至一九二二年止，則藉降低台灣人的教育程度，使日本人取得指導者與支配者的地位；……台北帝國大學，主要爲日本人的大學，……這與日本大資本家及其使用人在產業上的獨占地位，是相呼應的。」⑬。這是以遂行資本主義化目的、受統治目標節制的教育政策。不平等的教育政策激發了台灣人民覺悟應接受教育，從知識、技能上對抗統治者的決心和意志。不避險阻，將髫齡之年的子弟，遠渡重洋送到內地（日本）留學，是一途徑。一九一五年，總督府設在東京小石川區的台灣留學生宿舍——高砂寮，收容了三百餘名台灣留學生，一九二二年即增至二千四百餘名。另一方面，士紳醵集巨金擬自行創辦中學校，啓發後生，對抗統治者的愚民政策。雖然總督府駁回台人設立私立學校教育自己子弟的計策，「台灣人民必能洞悉箇中消息」⑭。

日本統治者以一面強力鎮壓與一面發糖果懷柔的統治政策，到「西來庵事件」結束，證實以勞動農民爲主幹的武力抗爭行動，是正確、具有遠見的；而接受糖果的地主、士紳，甚而接收以資本主義化育的新興的知識份子，諸如：醫師、教師、辯護士（律師）、學生，也從不同的角度看到了統治者的眞面目。

1.由留學生發難的文化抵抗運動

顯然，日本統治者以階級區隔的統治政策，經歷了二十五年左右以後，由於因緣際會，集合了一些內在和外來的因素，終於步入了發酵的階段，以農民爲主的勞動人民的武力抗暴，源發自保護家園土地和抵抗生存壓迫的抵抗行動，雖然不但未獲得士紳、地主階級的聲援、支持，反迭遭迫害、出賣，但糖衣褪去，士紳地主階級以及由他們引伸的新興的知識份子——接受殖民統治教育的一代，一樣也嚐到了苦果，一樣承受來自異族統治的壓力和不平，也使得他們開始放棄原來袖手旁觀的態度。一九二〇年，由大地主、士紳林獻堂、蔡惠如等人發起，結合大量留學生爲主的新興知識份子群籌辦的「台灣議會設置運動」，已經能從追求經濟生活自由、權利等因素上，涵蓋各階層的主張，取得「一致」的抗日戰線；不過，這種湊合也暴露了戰線的不穩定性，到一九二六年止，「台灣議會設置運動」和其後不斷湧現的、呈分歧狀態的抗日戰線：「文化協會」、文化協會分裂、「台灣民衆黨」、「全島無力者大會」、「農民組合」，分合之間，見出不同層面的反對運動組合。除了甘爲統治者鷹犬、幫凶的御用士紳外，不同層面的反對指針指向殖民統治當局，以台灣民族爲本位的非武力抗爭運動自此形成。「議會設置運動」，以日本既爲立憲國家，則台灣民衆在內台平等的原則下擁有自治權乃正當訴求，設置「台灣議會」審議台灣之特殊立法，雖不強調台灣完全自治，卻執持台灣民情、習慣特殊，受到固有文化、制度的影響根深蒂固，不能實施與日本同一法令。此一以爭取殖民地人民發言權、參政權爲鵠的政治運動，歸根到文化的差異上來，固然是台灣人民付出極大的代價後得到的迂迴反抗智慧；議會設置運動之後，文化協會應運而生，文化協會奔走全島，標榜「助長台灣文化之發展爲目的」⑮，發刊會報、設置讀報社、舉辦講習會、開辦夏季學校、舉辦定期及巡迴演講，號召「無力者大會」、提倡文化劇團，以知識份子集合一般民衆，透過文化活動啓迪民智，喚起與統治者對抗的覺醒，鼓

臺灣青年

卷頭之辭

一九二〇年七月十六日《台灣青年》創刊號〈卷頭之言〉

舞民族自信心，激發民族意識的用心，也十分明白。

幾乎同一時間，民族自決的呼聲響遍全球，島內的議會設置運動未以「民族自決」、「民族解放」爲口號，但其動機受到此一世界風信影響，則無庸置疑，蓋議會設置運動越過六三法撤廢運動，否棄台灣爲日本內地法制之延長，以凸顯其「特殊事情」，便是受到世界思潮之激盪，強調此係民族解放運動，巧妙地凸出日、台之差別、對立，並以文化爲訴求，展開運動。同樣受到世界民族自決思潮影響的旅居東京的台灣留學生，也曾一度高喊「完全自治」、「給我們自治權」的口號，要求撤廢六三法，但也很快發覺，這必然和台灣總督府的「內地延長主義」展開對決，衝突必不可免，而修正了運動的方向，決定組織「啓發會」做爲留學生的啓蒙運動。

「啓發會」不久擴充爲「台灣新民會」，新民會發刊機關誌——《台灣青年》。至此，東京留學生爲主的自決運動，也走到文化抵抗的路上來，與島內合流。雖然新民會的骨幹林獻堂、蔡惠如、黃呈聰、林呈祿等，同時也是島內運動的主力，不過，分別從不同的途徑、不同的成因，抵抗運動殊途同歸到文化對決一途，絕非偶然，亦非巧合，實有其時代背景的重要意義。

2.從反同化運動覺醒

日本殖民統治的本質被暴露出來了，佯以同化爲藉口，實以榨取、剝削爲目的的殖民政策，對地主、資本家懷柔的眞面目終於禁不起時間的考驗。「凡所有以武力攫取之土地，對其土地之人民，均採愚民政策，獎勵其惡劣之習慣以拘繫之，滅其優美之歷史，而使之數典忘祖，幾何其不渾渾噩噩，不識不知。」[16]。過去資產階級、新興知識份子的妥協，實際隱含著亡國滅族的危險，一旦台灣人接受同化論，自覺的意識消失，就是統治者的勝利。受強權暴力迫害、受經濟力壓迫、剝削的勞動人民，可以直接體悟到殖民統治者的厲害手段，一旦放下赤裸裸的武力抗暴，勞動階級的抗爭力道便消失；知識份子的覺醒雖然是緩慢的，但意識啓蒙的意義極大。揆諸「文化協會」所爲種種，藉教育民衆喚醒民心的意圖非常明確，而「新民會」以發行機關誌爲手段，堪稱台灣民族反抗運動史上極可貴的開端。「新民會」的宗旨之一既在推動「文化向上」，其以民族自決爲鵠的區分意識自爲其隱藏的目標，《台灣青年》於「六三法撤廢運動」、「台灣議會設置運動」、「台灣文化協會」著文宣傳，負責推動的任務，成爲台灣人的喉舌。由台灣留學生主導的台灣文化啓蒙運動，透過《台灣青年》的發行，不但贏得島內中學以上知識青年的支持，也獲得日本進步人士的鼓勵，主要是此項訴求走在世界潮流之中，也走進台灣人的心靈。

《台灣青年》關懷的範疇廣泛，舉凡政治、教育、經濟、法律、文化思潮都在注目之列，在關心地方自治、島民參政權益、勞動問題、女子教育，討論文化、青年責任、人生價值之餘，亦同時展出文學創作或藝術創作[17]，是以，儘管執持文化自覺的言論瀰漫整個雜誌，亦不乏對文學職務深自期許，但綜觀爲期兩年（一九二〇～一九二二）的《台灣青年》雜誌，尚未暇觸及「新文學」的問題，只是就文化自覺開了端而已。一九二二年四月，《台灣青年》改稱《台灣》，言論上仍本廣泛的台灣文化向上論，普遍關懷全面性的台灣事務，以喚醒台灣民族之覺醒爲要務，不過興革意見也由抽象進步到具體；就文學言，文學的改革，不再是停留在振興文化的說詞，已轉化成具體的〈漢文改革論〉[18]及〈論普及白話文的新使命〉[19]了。白話文新使命緣生自迫切的文化滅亡危機感：「我們台灣不是一個獨立的國家、背後沒有一個大勢力的文字來幫助保存我們的文字，不久便要受他方面有勢力的文字來打消我們的文字了。」「台灣統治的方針，要用日本國固有的文化來同化我們的緣故、這豈不是我們社會不發達的原因麼？」「我們雖然是生在一個小小的台灣孤島，總是我們也是宇宙間人類的一部分，既然是人類總要合世界人類的生活、要依天命發揮我們的個性，有了人類最高的文化生活，脫離了動物那樣的生活，方才叫做人類的本能罷！」[20]。

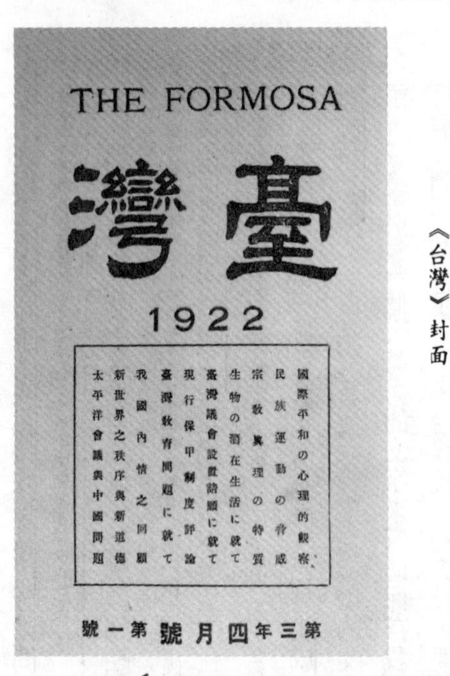

《台灣》封面

把文字的改革向上引伸到社會文化、民族意識的醒覺，「把自覺的努力來改造這個暗黑的社會，變做一個光輝的社會，才叫做美麗的島……這豈不是我們的天職嗎？」這樣的言論的確爲剛剛萌芽的台灣新文學運動暗示了特殊的性格。《台灣》仍然刊載「詩學」、「詞宗」這些已經受到撻伐的舊東西，但也開始登載白話的新文學創作，一向被視爲台灣新文學運動起步象徵的第一篇白話小說——追風（即謝春木）的〈她往何處去〉㉑，已敲開了台灣新文學的創作之門。另有無知的〈神秘的自制島〉㉒、柳裳君（即謝星樓）的未完成作品〈犬羊禍〉㉓，以及若干詩、隨筆、遊記類文字，開啓了台灣新文學運動的舞台。

三、新文學運動的誕生

這些最早的新文學規模，的確透露了台灣新文學的原始性格，首先，它是台灣民族覺醒運動的一環，擔負民族意識振興的旗手，它和以「文化」為煙幕的思想反抗運動密切結合，和統治者的統治規則玩捉迷藏的遊戲，它以文化區分意識和統治者「同化論」相抗衡，它脫胎於台灣反抗運動史的文化抗爭；因此，它天生具有強烈的現實主義性格，和現實的種種同一脈動；其次它也是改革主義者，和充滿改革意識的文化運動亦步亦趨；當然，它更是台灣人意識的堡壘，有強烈的自我期許的民族使命。

最早的這兩篇小說，探討傳統憑媒妁之言迂腐的婚姻制度的錯誤，鼓勵女性自覺，追尋自我，或以寓言諷喻失去自覺，被奴役成性的民族，保守、愚昧、昏庸無知，令人悲哀。〈犬羊禍〉則在揭露社會運動領導群的內幕，和二〇年代，整個反抗自覺運動的步調十分吻合。〈她往何處去〉以日文寫作，〈神秘的自制島〉、〈犬羊禍〉以章回小說流行的半文言寫作，卻都無損於它們是台灣新文學的象徵和代表，原因在於這些作品的精神內涵已經在文學理論的改革之前，以創作走在文化改革、文學建設的道路上了。擊發台灣新文學運動的原因極為複雜，不過，來自文學本身的覺醒，接受台灣內部政治的、社會的、文化的求變求新的徵召仍是最主要的。論者謂：「從一八九五年至一九一五年的二十年間，台灣智識份子反日的革命鬥爭，特別是肇端於一九一五年歐洲大戰時期的近代化群衆性的，如火如荼的台灣民族解放運動，是台灣歷史劃時代的一個運動，其開始是政治經濟的民族解放運動，但其影響，卻是深滲於思想、文化、科學、文學等各方面，特別是文學方面受影響最多，其成就也最大。台灣反日民族解放運動使台灣文學急驟的走上了嶄新的道路，……台灣文學運動與台灣民族解放運動是分不開的。因爲反日民族解放鬥爭是適應全部台胞的要求，台灣文學歷史的發展就是由這樣的鬥爭而來的。它適應全部台胞的要求而創造，反映了社會的眞實的新內容新形式新風格。正因爲如此，所以說，台灣文學運動的主流……是龐大台胞自己倔強的靈魂的民族文學運動。」㉔。

這段旁觀者的論述除高估了台灣知識份子的醒覺速度和主觀地以祖國意識認定台灣新文學運動「正與中國革命的歷史的任務不謀而合地取得一致」外，的確是一語洞燭了台灣新文學運動主要受日本帝國主義殖民統治壓迫而產生的背景。

台灣新文學運動發展過程中受到來自舊式文學、守舊文人的阻力，並不意外，一九二三年，黃呈聰、張我軍等人在《台灣》及《台灣民報》掀起的白話文改革論和新舊文學論爭，清楚地將矛頭指向這些阻撓改革的舊勢力，以詩翁詩伯爲骨幹的舊文學眞如敗草欉中的破舊殿堂，不堪一擊，不過，經過論爭，新文學的方向和使命益形清晰，舊文學的阻撓無疑也是一股推動新文學前進的力量，這與日本統治當局動輒查禁、檢查，和其後的禁用漢文、台語，使文學刊物遭受開天窗、文學發展受到阻撓的情形一樣，也是刺激新文學向上的助力。而稍早發生的中國新文學運動則被視爲直接的助力：「『台灣新文學運動』果否是受『中國新文（學）運動』的影響而發生的？這由以下二點可以窺伺一斑。1.『中國新文學運動』發生於民國六年，『台灣新文學運動』是發生於民國十三年，相距八年。2.『中國新文學運動」始於文字的改革，而終於『文學的改革』，『台灣新文學運動』亦步其後塵，由黃呈聰、黃朝琴提倡白話文於先，張我軍提倡詩學的改革於後，而漸發展的。上引諸人都是在『中國新文學運動』發生後，到過祖國，目睹蓬蓬勃勃的新文學運動，大受刺激，回來提倡白話文或提倡文學改革的，所以說：『台灣新文學運動』是受『中國新文學運動』的影響而發生的……。二者相差的地方，是所處的環境相殊發展情形不盡相同而已。」[25]。中國白話文運動以及其進而推動的新文學運動刺激了台灣的知識份子進而發動台灣的白話文普及和文學改革，自是不爭的事實，但台灣文學受到時代潮流的變革，與發改革的主要動力還是來自台灣社會內部，也是鐵錚錚的事實，早在黃呈聰、張我軍等人之前，台灣文學已有變革的徵候，這也是論者一致承認「發展情形不盡相同」，台灣新文學實有不同內涵的事實。

1.台灣意識覺醒與台灣新文學

一九二三年四月，《台灣民報》以漢文版發行半月刊，「專用平易的漢文、滿載民衆的知識、宗旨不外乎是啓發我島的文化、振起同胞的民氣、以謀台灣的幸福」[26]，做爲台灣人唯一的喉舌，民報不但提供新舊文學論爭的戰場，張我軍、蔡孝乾、連雅堂的筆仗，都是在民報上施展。民報由半月刊、旬刊、週刊而終於達到搬回台灣發刊的宿願，一九二七年八月一日終以報紙的方式出現台北，此一長達七年的努力，也寫下了《台灣民報》反抗壓迫追尋成長的奮鬥史。台灣新文學寄身其間，賴和、張我軍、楊雲萍、涵虛、楊守愚、蔡愁洞、瘦鶴……等重要台灣新文學先驅，作品大都以《台灣民報》、《台灣新民報》[27]爲舞台。在文學雜誌此仆彼起，多半短命只辦數期便無疾而終的情況下，民報扮演的角色就格外吃重了，這也多少可以觀察到台灣新文學依附其間，所造成的文學性格影響。

一九二〇迄一九四五的二十五年日據下台灣新文學運動史，大致區分起來，前面的五個年頭，由《台灣青年》、《台灣》而《台灣民報》的時代，那是台灣人意識的啓蒙運動期，以東京留學生爲主的知識青年，順應世界民族自決潮流所趨，志在甦醒台灣人的民族意識，提昇鍛鍊民族的情操和智能，以反抗台灣總督府的專制統治。台灣人應覺醒到做爲世界一員的責任在於：「討厭黑暗、追慕光明」、「反抗橫暴、服從正義」、「擯除利己的，排他的，獨尊的野蠻生活，企圖共存的，犧牲的文化運動」，再不覺醒，將「致使中國失去了平衡」，「破壞了世界和平」的基石，但覺醒絕不是徒托空言，要「廣泛地側耳聽取內外的言論」、「細大不漏地攝取，作爲自己的養分。而且把所養得的力量，盡情向外放注。」㉘，強大熱烈的文化建設的大旗下，夾處大批政經論著之間的文學空間的狹隘，可想而知。因此，此一時期，陳炘的「文學職務論」探討文學的價值和功能，對舊文學現象提出質疑，也算是點到爲止，發出文學改革的第一聲了。而甘文芳的〈實社會與文學〉㉙則嘗試以引進歐美的寫實主義文學打開文學的僵局，這可以說是文學自覺不甘自外於文化建設大隊伍的起床號了。

確實而具體的文學改革論則是《台灣》時期（一九二三年四月迄一九二四年四月）的事了。受到中國新文學運動刺激的黃呈聰和黃朝琴，分別提出〈論普及白話文的新使命〉和

創刊詞

慈舟

(1)

祝臺灣民報創刊

蔡鐵生

民報達民情。
民權任你評。
民心眞未死。
民族自增榮。

對臺灣青年之希望

芳園

(2)

一九二三年《民報》創刊號

〈漢文改革論〉，和中國的白話文運動採同一步調，目的放在啓迪民智，發展「一種普通的文，使民衆容易看書、看報、寫信、著書」，使人民曉得世界的事情，了解社會的黑暗，不再愚昧。雖然這是抄襲中國的改革論，但充滿急切與熱情，黃朝琴在文末忍不住呼道：「可愛的兄弟，快起運動，快起運動！」把文學改革完全融入整個台灣社會全面大改革的行列了。這些限於語言、文字改革的主張，如果沒有追風、無知、柳裳君的創作做見證，新文學運動還是空中樓閣；其實，追風的小說和詩都走在改革的理論之前，而無知、柳裳君用的章回小說時代的語言，也並未受到文學改革論多少感召。易言之，這個時期的文學寄生於文化的大纛之下，迸裂的儘是些零星的文藝火花。

一九二三年四月十五日增刊發行的《台灣民報》半月刊，明確將自己定位在「用平易的漢文，或是通俗白話……啓發台灣文化」，開放文藝專欄，落實「提倡文藝」的宗旨，每期都刊登有關文學藝術的討論文字和創作作品，使得台灣新文學有了第一個家。迄一九三二年，《南音》、《福爾摩沙》、《先發部隊》等文藝性雜誌相繼創刊前的八年間，《台灣民報》的「文藝」、「評論」、「詩」、「小說」，實質鼓勵了台灣新文學的創作。文藝作品的轉載、迻譯、評介，世界各地文藝思潮的演述，則開拓了台灣新文學的眼界，當其他同時期的報刊如《台灣日日新報》、《台灣新聞》、《台南新聞》，尙保留「漢文欄」給予舊詩文苟延殘喘時，《台灣民報》逐漸濃厚的文藝氣息，無疑扭轉了文化抗爭的航行圖。

2.從文化運動中獨立的新文學

創辦《台灣青年》以及支持此一以文化爲手段抗爭路線的社會中堅或知識青年，目標方向非常明確，而且夾在中間的無論是從事創作或理論建設的，都同時具有民族自覺運動旗手的身份，他們何以從事、關注文藝，原因甚明，他們的文藝觀也是透明的，因此，透過作品或理論，宣揚政治主張或社會改革、文化建設的理念，也是順理成章的，這些也是早期的文藝活動實在不能用文藝的標準來品評的原因。當然，另一方面，殖民統治當局也對這些假文藝的眞胸懷瞭若指掌，《台灣青年》、《台灣》屢遭台灣總督府刪剪、禁閱，《台灣民報》遷回台灣發行以後，總督府干涉迫害更嚴，直接檢閱雜誌，政治、社會問題的言論尺度遭遇進一步的緊縮，而《台灣民報》卻適時地擴充了文藝的版面，設文藝專頁，其中的巧妙不言可喩，文藝成了避開言論自由迫害的避風港，政治社會的改革運動者或直接投入文藝創作的行列，或當文藝理論的旗手舵手，台灣新文學的幼苗，突然蓬勃地發展起來。這也是促成台灣新文學與台灣民族覺醒自救行動，與反抗運動緊密結合的最重要歷史成因，它已經形成台灣新文學的重要性格。日據時期的台灣新文學作家幾乎沒有一位和政治運動撇得清關係，也幾乎沒有一本文學雜誌、沒有一個文藝社團、文藝聯盟能脫離政治的干擾和影響，最重要的是幾乎沒有一篇作品能脫離跳開這個大運動的軌迹。小說如是，詩、散文、戲劇，甚至文藝理論都在運動的氛圍之中。賴和、楊華、王詩琅、吳松谷、楊逵……，不但是政治性社團的發起人、領導人，而且都坐過政治牢，他們的小說和詩的主題，不外繞著統治者的弊端與台灣人內部理想新社會的建設打轉。

政治上它控訴日本殖民統治者對人權的摧殘、經濟的壓榨，警察的殘暴、欺壓良民，賴和的小說〈一桿秤仔〉（一九二六）寫農民對惡警採取寧死不妥協的報復，〈惹事〉（一九三二）寫日本警察栽贓欺侮寡婦。陳虛谷的〈無處伸冤〉（一九二八）則指控好色的日本警察蹂躪台灣婦女。賴和的詩〈南國哀歌〉（一九三一）爲霧社事件而作，要「兄弟們！來！來！來！／捨此一身和他一拚！」太平洋的〈夜聲〉（一九二九）則批判殖民政權的重稅壓榨，描述保甲苛稅擾民，都是直接銳利的批判統治當局的作品。其次，經濟上受到資本家、會社、地主壓榨剝削的貧賤農民、工人等弱勢族群，也是文學關懷的對象；賴和的〈豐作〉（一九三二）暴露蔗糖會社欺騙、剝削蔗農的伎倆。劍濤的〈阿牛的苦難〉（一九三一）寫被地主收回耕地的佃農。楊雲萍的〈黃昏的蔗園〉（一九二六）則是寫蔗糖會社下無助的蔗農。SM生的〈可憐的老車夫〉寫受富人、日本人欺凌的老車夫。可見爲弱勢受欺壓的族群代言，是這些作品的第二特質。對自己族群反省式的批判則是第三大特色，涵虛的〈鄭秀才的客廳〉（一九二七）嘲諷御用團體——公益會。一村的〈他發財了〉（一九二八）嘲笑奉承巴結日本巡查、沒骨氣的同胞，而歸結到爲文化協會做宣導。第四種則指向封建社會餘毒：瘦鶴的〈出走的前一夜〉（一九二七）描述有自己思想的新女性，反抗媒妁之言的婚姻，決心出走，以擺脫舊制度的牢縛，追求人生的光明，掌握自己的命運。大致說起來，台灣新文學運動最初期的作品，確立了以描寫貧苦無助受迫害最烈的勞動人民爲主幹的社會寫實風格，積極鼓吹新知和勇敢覺醒，異族的統治者、扮演剝削者角色的地主、資本家，代表壓迫、施暴的警察，台灣人走狗——御用士紳，與佃農、工人及一般小市民之間，預先被畫上對立的符號，而台灣新文學選擇爲受害者講話，他們也同時看出以迫害、榨取爲本質的統治政權與爲維護自己財產權利的地主、資本家奉爲正朔的封建社會體制，同樣以愚民政策利用民衆的無知，予以傾軋、迫害，台灣新文學主動擔負起啓迪、鼓舞、煽火的責任，女性往往又是他們最普遍的、代表他們對人間不平悲憫、關懷對象的極致，蓋女性多遭了一重封建社會的壓制，自然成爲新文學表達受迫害、受壓制形象的典型。

從最早《台灣青年》時期，朦朧的文學自覺、文學自我期許意識的萌發，到《台灣民報》回台發行，確立了台灣新文學的體質與精神方向，台灣新文學運動不但已具備了實質的文學體格，在整個抵抗運動中成了文化抵抗的主導，並使文化抵抗取得抵抗運動的主導。以

《台灣青年》爲發軔的、源生於島外的、以留學青年爲主的抵抗運動，與接續在武力抵抗之後的島內以「文化協會」爲出發，發展出來的抵抗運動主流，在新文學運動上取得了交集；同時，以保鄉衛土講求生活實質問題的農工勞動貧弱階級爲主體的反抗運動，和以新興知識份子迂迴抵抗策略發展出來的文化抵抗運動，也在台灣新文學的主題意識上產生了交會，因此，從文學內在的發展言，台灣新文學運動經歷了八年的奮鬥，至此已確定了它的雛型。

3.民族文學的確立

做爲屬於民族的文學新規模的確立，一九二〇至一九二七年間的台灣新文學運動，不僅只是體質的，而是全面的，八年間，不斷有人對文學的功能與價值提出議論和主張，也引進世界各地的文藝運動，介紹世界文藝思潮，也有人產生辯論和爭議，互相品評，這對文學理論的辯證與文學運動的前瞻，作品質的不斷提昇，已發揮了實質的效果。新文學運動通過「新舊文學論戰」，解決了文學價值觀的問題，語言的問題也解決了一半，自一九二一年陳端明在《台灣青年》上發表〈日用文鼓吹論〉，掀起台灣白話文運動以來，以實用、普及語言寫作的主張很快便爲台灣新文學接受。一九二三年《台灣民報》的同仁在台南成立「白話文研究會」，嘗試解決創作文字的困難，其後的，以鄉土主義出發的台灣話文運動出現後，雖然意見莫衷一是，一時並未有結論，但至少將台灣新文學的語言問題，探到最根柢了。

自黃石輝發表〈怎樣不提倡鄉土文學〉[30]及郭秋生發表〈建設台灣話文一提案〉[31]，糾結著鄉土主義的台灣話文運動正式登場，黃石輝認爲台灣人頭戴台灣天，腳踏台灣地，眼見台灣的狀況，耳聽台灣消息，時間所歷是台灣經驗，嘴裡所說是台灣語言，所以「用台灣話做文，用台灣話做詩，用台灣話做小說，用台灣話做歌謠，描寫台灣的事物」的鄉土文學，是台灣文學建設的目標。郭秋生則認爲台灣人的問題，在於台灣人是現代知識的絕緣者，普遍得了文盲症，要醫治文盲症就要透過民間認同的文學——歌謠、民間歌曲（所謂俗歌），把文學（歌謠）歸還給吃苦的衆兄弟，因此，他主張台灣話文——就是台語化的文學；他說，日文、漢文（文言、白話皆同）都不是言文一致的，所以不以台灣話之創作，作品不可能蔓延到賣菜兄弟、看牛兄弟的生活中去。黃、郭二氏的主張，雖仍引來一些爭議，但已可以看出台灣新文學運動已清楚地呈現出它的主體性在於「環境不惠」的一般人民身上，也證明新文學運動是脫胎換骨的文學運動。《南音》創刊後（一九三一·十二），不但設立〈台灣話文討論欄〉，更有〈台灣話文嘗試欄〉，其背後隱藏的文學創作上自主意識，是極其明顯的。

若就所謂「嘗試欄」的作品觀察，有理由相信創作是走在理論前面的，賴和的〈鬥鬧熱〉、一村的〈他發財了〉、孤峰的〈流氓〉……，這些通篇俱見台灣話文的作品，早已在爭論之前實踐了台灣話文運動了。

另一個可以說明這是全面性文學運動的例子是，小說之外，詩、散文、戲劇，另還兼及民間歌謠之採集，歌仔戲的批判，都走著相當一致的步調。「文化協會」成立之後，在各地也都成立文化劇團，排演文化劇，諷刺社會制度，傳播文化理念，蔚爲風氣，暑假期間亦有

〈鬥鬧熱〉作者賴和

留學生回台組團演劇，其後，「台灣黑色青年聯盟」更以演劇運動「透過倡導打破舊習及改良風俗思想來宣傳社會革命」，稱作「文明戲」的新劇運動，更明顯的是整個大運動的一支了。賴和、虛谷、守愚、一村、一吼、楊華……等人的詩也都盡到了「用冷徹而纖細的眼光去透視現實」、「用萬馬奔騰的熱情去表現民族意識」。林獻堂的〈環球遊記〉、蔣渭水的〈北署遊記〉、一吼的〈一吼居譚屑〉、芥舟氏的〈社會寫眞〉都不是縱情山水、閒話家常的有閑文學；教育民衆、啓迪民智的使命感仍牢牢地拴著他們的筆鋒。《台灣民報》設「歌謠」專欄，向全島徵集歌謠，都是用意至深的文化建設行動。

4.新文學領銜的抵抗運動

台灣新文學運動第一個十年結束之後，《南音》、《福爾摩沙》、《先發部隊》、

《第一線》等以文學為主體，刊載文藝創作為主要的純文藝性刊物相繼出現了，這象徵台灣新文學運動寄生台灣文化運動，為台灣民族反抗運動傭兵的時代結束了。《南音》創刊於一九三二年一月，屬半月刊，維持九個月。《南音》集合了台北、台中的十二名作家組成雜誌社，動機在補充《台灣民報》文藝版面之不足，在創刊號上即刊載「懸賞創作募集」，鼓勵創作的目標至為明確。

署名「奇」的，在〈發刊詞〉上說：「怎樣纔能夠使多數人領納得思想和文藝的生產品」、「有甚麼方法或是用甚麼工具和形式來發表，纔能夠使思想、文藝浸透於一般民眾的心田」、「講究種種的方法去鼓勵作家，以期有所貢獻於我台灣的思想，文藝的進展。」、「就是本誌應當奉行的……使命。」《南音》也是把作家的使命和文學的職能定位在台灣人運動的同一標的上的，畢竟是純文學刊物，不可能如文化、思想性刊物之直來直往，如日人對它深懷戒懼，認為「專以深文曲筆譏諷當局」者有之，認為《南風》「專唱高調」、「是資產階級的娛樂刊物，是霧峰派的小嘍嘍」者亦有之。姑不論其中是非，這些評語卻足以明白，台灣新文學已從反抗運動陣營奪得一席之地，從此進入獨力作戰的時代了。

謗言足以證明新文學受到看重，總督府的言論管制逐漸加緊，正是反抗運動以文學為避風港的理由，深文曲筆是文學利器。「應痛罵日人處，最好，不必即刻劍拔弩張，直搗黃龍，惹翻檢閱者的神經；與其作無謂的犧牲，何如運用含蓄的筆法，使讀者稱快，而檢閱者惘然，較為得策。」[32]，即使《南音》出發前已訂妥這樣的遊戲規則，仍然和之前發行的一些如《三六九報》、《伍人報》、《明日》一樣，壽命不長。遭遇「有一段被嫌疑全部就不許發行」動輒「食割」「禁行」的命運，《南音》發行十二期，即有三期被禁，可見統治者的魔掌連文學也不放過，《南音》的例子，頗可以看出反抗運動形式的遞變，也可以看到台灣新文學成長史的另一個面。

一九三四年七月，台灣文藝協會發行的《先發部隊》〈宣言〉：「然而能夠以誘致民衆的改造意識、與連社會的改造拍車、以恢復文化之律於生動活流者，常是唯文藝之力以爲力……，藝術的發生是基因於生活的刺戟與整理、並不是閑人的消遣，或生活的餘興的，是故文藝與人生生活的關係如何可知。尤其是於社會生活或個人生活的碰壁期，待望於文藝擔負的配役更見重大，唯文藝能夠以先時代社會一步，啓發當來的新世界與新生活啦。」本期以〈台灣新文學出路的探究〉爲主題，且不論在創作上能實踐多少，但強烈的自我期許，已經不是二○年代的含蓄、小心所可比擬。

《第一線》則以「民間文學」爲主題，「在台灣呢？對於民間文學的認識，完全不澈底。甚至有人說，台灣是絕海的孤島、沒有甚麼民間文學值得我們的一顧。」這和一九三三年三月《福爾摩沙》的創刊宣言：「台灣有著數千年文化的遺產，卻還沒產生過獨自的文化……我們決意從新創作『台灣人的新文藝』。絕不俯視褊狹的政治及經濟的束縛，將問題從高遠處觀察，來創造適合台灣人的文學新生活。」[33]如出一轍。

從上面三誌的創刊宣言，非常清楚地看出知識份子相當齊一的文化抗爭步調，他們抗拒台灣沒有自己的文化的誣衊，覺悟到整理台灣文化的迫切性，而且野心勃勃地以開創台灣新文化自許。不過，不可忽略的是，抗爭走到文化的絕境上來，本來就隱含迂迴前進、固本權行的本質，因此，在實際的創作上豐碩可期，且看此一時期，張文環、巫永福、吳天賞、吳希聖、賴慶、王白淵等人的小說，巫永福、王白淵、蘇維熊、王登山、翁鬧等人的詩，吳坤煌、蘇維熊、劉捷、黃石輝、黃得時、施學習、郭秋生等人的評論，楊雲萍、蔡德音等人的隨筆，巫永福的戲劇……，都是重要的台灣新文學運動成果，顯現了蓬勃的文藝振興氣息，相對於文藝的氣息濃厚了，反抗意識的銳角也不再那麼鋒利了，一些並不具備時代使命自覺的文人自我陶醉式的作品，也夾處在這個時代裡，這個階段的台灣新文學運動，在強大的環境勢力壓迫下躍爲反抗運動的主導，但是也因爲文學的忘我的自我膨脹，而失去了有效的力量。表面上看，他們捕捉了最深層的台灣文化——台灣人意識標竿的根本大題大作文章，也爲他們的作品注入了所謂比較永恆的主題，而使得可以傳世，但它也同時失去了反抗利器的身份，也許這是文學的一種風格。

誠如先此十年前，一九二四年器人雲萍（楊雲萍）所創辦的《人人雜誌》〈發刊詞〉所言：「人生的定義——是享有地球的物——以助生活——延長生命，人生的義務——是以藝術——作地球上的物——盡人生造物進化的工課，所謂人生藝術主義」，儘管「勞動藝術」、「藝術民衆化」的口號可以喊得冠冕堂皇，卻清楚地看出文學假借藝術之名逃避尖銳即刻對抗的明顯意圖。因此，進入三〇年代後台灣新文學運動在壯大中消失的銳意，也是使它達到高峰瞬即滑落的一個重大理由。此外，文字的不再堅持，也是個徵候。《福爾摩沙》因創刊於東京，並以留學生爲骨幹，以日文發行，尚能理解，何以在白話文漸趨成熟的時刻，《第一線》率先撤退，摻雜日文作品，接納日籍及日文作家，無疑是台灣新文學運動心靈上的某種撤防行動，準備迎接日文創作時代的來臨。

和純文學雜誌創刊頻仍、卻又都壽命不長的情形相仿，文學工作者的勇於結社，也是三○年代台灣新文學運動的一大特色，一九三三年三月成立了「台灣藝術研究會」發行機關誌《福爾摩沙》，同年十月台北的作家組織「台灣文藝協會」發行《先發部隊》和《第一線》，一九三四年五月，住在台中的作家召開全島文藝大會，八十餘名作家到會，發表宣言，成立「台灣文藝聯盟」，發刊《台灣文藝》雜誌，誓言爲台灣的木鐸，要「把台灣的一切路線築向到全世界的心臟去！」無論社團、雜誌的維持都不容易；施學習在回憶「台灣藝術研究會」的情形說：「沒有基金，所需經費，全仰靠同仁的慷慨的捐助及會費的湊集來維持。」廖毓文也說「台灣文藝協會」：「除郭秋生是大酒家的經理，私人經濟比較富裕外，黃得時、黃青萍……朱點人……林克夫……徐瓊二……」也都是窮光蛋，「台北市內雖然很多富商巨賈，倒找不到一個對文化事業有理解的人，肯解囊相助的」，和早期《台灣青年》、「新民會」獲得林獻堂、蔡惠如等資助的情形看來，三○年代進入高峰創作期的台灣新文學運動反而成了有志文藝青年——在經濟上的新貧階級——的孤軍奮戰了，從這裡可以看到反抗運動與殖民政權的統治成績，相對的值的變化。

5.烽火中的文學運動

一九三七年七月，中日爆發戰爭，八月，台灣軍司令部發表強硬聲明，宣佈進入戰時體制，警告台灣人民，禁止非國民之言動。日本政府派出海軍大將小林躋造取代文官總督，依戰時國策推動「皇民化運動」，把殖民統治的黑手從政治、經濟，延伸到台灣人的思想意識、家庭生活、敬神祭祖、風俗習慣裡面去；先此，一九三七年四月一日總督府已下令廢止漢文書房，報刊禁用漢文。這對正邁入顚峰成熟期的台灣新文學運動形成重大壓力，一方面固然促使作家加緊組織、串連、團結，激發他們的抗爭決心，但也有不少人受到打擊而退縮。此一時期的文學運動除了承擔來自統治者壓迫，得不到資本家的奧援，並且在世界性的經濟大恐慌席捲下，以農民爲主的勞動大衆也另有所圖。「文化協會」分裂後，反抗運動的陣營一再分歧、重組，就證明這種內在體質有不得不不斷重新組合的因素，這也就是《先發部隊》以降，文學宣言一再要走入民間、群衆，一再強調勞動藝術的結合，實質的創作卻越來越知識份子化的原因。在統治者假借戰爭的口實進行彈壓文學以前，新文學作者意識上的分道揚鑣，並非無跡可尋。賴和、吳希聖、楊逵、呂赫若、翁鬧、楊華等人的作品，描寫受壓迫最深、貧苦無助的農民、工人、失業的人的生活困難。而巫永福、王白淵、王錦江、賴慶、吳天賞、龍瑛宗等人的作品則關心知識份子爲主的心靈苦悶，或更廣闊的人生課題。

戰時體制帶來的限制和壓力，當然是台灣新文學運動在三〇年代中期，由盛極的顚峰滑落的一個重要因素，但文學本身的質變，使它不再具備全民運動的條件，不再是反抗運動的重心，也是一個很重要的理由。新文學在行動上以尋求文學獨立的境地，不再是政治的附屬品，以藝術氣味爲藉口，顯然已把言猶在耳的：深入到大衆裡去、做台灣的木鐸、爲台灣寫春秋，這些壯志「熱語」，一手拋開了。套句《先發部隊》的宣言：文學有文學之律貫穿著，挑動台灣新文學的律動停滯了，往下滑落也是內在的必然。

在軍人總督宣佈戰時體制的同時，長達四十年的統治正發揮作家已放棄漢文寫作的堅持，以日台詩人合組的「詩人協會」、發行的機關誌，「文藝協會」相繼出現，以作品角逐日本內地文學獎、徵文獎的情形十分普遍，作家出席大東亞文學會議、決戰文學會議，以及若干新文學運動的健將出走他方，日台作家、文學交融的情形，其實在官方以「皇民文學奉公會」的壓力之前，已有某種和解的跡象，當然這也和他們創作的動機和作品的內涵一樣，不能一概而論，像賴和反抗到最後一口氣、楊逵的抵抗都是頗富盛名的。戰時體制下至日據結束的八年間，新文學運動的發展和成長依然是可觀的，只是脫離了主導運動歷史的主線，呈現了多樣而繁富的面目而已。有些著名作家，如龍瑛宗、張文環、呂赫若、楊逵、邱淳洸都是在這個時期，展現他們個人文學生命史上最重要的十年，其他像吳濁流、翁鬧、張慶堂、賴明弘、吳漫沙、陳火泉、王昶雄、楊千鶴、葉石濤、吳瀛濤、陳千武也崛起自這個時代。就台灣新文學的發展言，是進入繁複多元發展的時代，也是迷惑紛爭的時代；一九三七年，漢文禁用令頒佈後，楊逵的《台灣新文學》便宣佈停刊，但黃得時、王育霖、龍瑛宗、張文環、吳新榮等人卻參與籌組日台作家共組的「台灣文藝協會」創刊《文藝台灣》。後來張文環還脫離《文藝台灣》成立啓文社，刊行《台灣文學》。可見台灣作家在創作上並未失去積極進取的一面，當然不可忽略的是戰時體制下惡劣的環境條件，作家竭盡智慧保持了新文學存在的意義，無論作家以什麼方法生存，除了極少數甘爲御用，眞心響應皇民化運動，爲「聖戰」效力外，絕大部分的台灣作家，即使爲自己的文學和行爲披上迷彩加以僞裝，都還沒有喪失作家的良知，痴儍到出賣自己的地步，則是事實。只是作家未再積極擔負起民族解放運動鼓手的任務，只能消極、迂迴地將反抗的情緒宣洩、反映戰時體制下，被殖民統治下的苦悶和困境，運動的精神傳統因此受到挫傷。

不過，台灣新文學運動的反抗精神傳統，不是單一直線的反日本帝國主義殖民統治，它同時也是民族的意識覺醒和成長運動，所謂戰時體制下的台灣新文學運動，雖然沒有扮起積極反日的角色，但透過另一內省式的覺醒，它卻擔負起自己民族內部白血球的功能，作爲反封建、反落後體質清掃的先鋒。張文環的小說〈論語與鷄〉，反省的箭頭指向傳統、迂腐的知識象徵——私塾教師；呂赫若的〈合家平安〉批判了不務正業、靠祖產過日子、抽鴉片抽掉家產的敗家子，〈風水〉寫民間的迷信；吳濁流的〈陳大人〉寫走狗的悲慘下場；龍瑛宗的〈植有木瓜樹的小鎭〉寫知識份子內心的蒼白懦弱，〈一個女人的記錄〉、〈不知道的幸福〉探討婚姻問題。在反抗政治經濟壓力桎梏之外，因愚昧、貧窮、封建保守帶來的阻力與窒礙，也是作家們廣義的反抗對象，因此，反抗精神的存在，是這個時期還能產生不少優秀作品、傑出作家的原因，但反抗目標的朦朧現象，也是這個時期的台灣新文學運動步向衰退

〈植有木瓜樹的小鎮〉作者龍瑛宗

的原因。

四、徬徨與抉擇

一九三七到戰爭結束的八年間，是個佈滿謎一樣的時代，統治者出自不信任的加強文藝管制政策——皇民文學奉公會，任務卻在要求作家效忠，作家逃避的有之，緘默的有之，虛與委蛇的有之，被迫表態的有之，主動附從的有之，這是一個統治者與被統治者彼此心知肚明，卻寧願玩猜謎遊戲的時代，傑出的作家仍然能在壓力的夾縫中找到自己的文學天地，他們的心境是謎樣的，言詞是閃爍的，但反抗的傳統不變。

日本在一八九五年經由和中國的戰爭取得台灣的統治權，而成爲台灣歷史上空前最有組織、最具效率的統治者，長達五十年餘的統治期間，台灣人從急就章的、基於保鄉衛土直率的反抗行動中，覺悟到以組織對組織、體制對體制的反抗經驗，足足耗費了二十五年的歲月，武力抵抗的終結，非武力抗爭的開端，恰好均分了五十年的統治史，從非武力的制度抗爭中，文化首先被認爲是凝聚抗爭力量、發覺抗爭意識的基礎工作，因而文化區分、凝聚塑造、蒐求闡發、詮定，甚至過濾反省、宣揚實踐的功夫乃爲後半部的反抗運動的重心和指針，新文學運動夾處在文化建設的大纛下，也成爲反抗陣營不可或缺的一環。因此說，日據時代的台灣新文學運動史，根本就是一部反抗運動史，並不誇張。台灣新文學應反抗運動之運而生，也隨著反抗律動的強弱，而強烈鮮活，而疲軟遲滯，則清楚地反映在文學運動史上。這樣的歷史因緣，也建立了台灣新文學與台灣現實和台灣人的命運，同一呼吸、同一脈動的篤實性格，在企圖審視戰後四十年間，台灣新文學發展時，日據時代新文學的經驗和歷史，則是不可缺少的一環。

註釋：

❶《台灣青年》第一卷第一號陳炘〈文學與職務〉。原文中「雖」誤植爲「難」，「筋」誤植爲「肋」。

❷張我軍於一九二四、四、廿一《台灣民報》二卷七號發表〈致台灣青年的一封信〉，批評舊文人爲「不良老年」、「一身臭糞」引發連雅堂反駁，就新、舊文學展開論爭。

❸見一九二四、十一、廿一《台灣民報》二卷二十四號張我軍：〈糟糕的台灣文學界〉

。

❹見同註❶。

❺見一九二五、一、一《台灣民報》三卷一號張我軍：〈請合力拆下這座敗草欉中的破舊殿堂〉。

❻見一九二五、一、十一《台灣民報》三卷二號張我軍：〈絕無僅有的擊鉢吟的意義〉，原題目誤作〈義意〉。

❼見同註❸。

❽見同註❺。

❾見同註❻。

❿見一九二五、一、廿一《台灣民報》三卷三號張我軍：〈揭破悶葫蘆〉。

⓫據楊碧川：《台灣歷史年表》攻防戰中台民死亡一萬四千餘人。

⓬日本明治維新的功臣，被封爲正二位勳一等伯爵，也是著名的自由主義者，一九一四年三月來台，發起設立「台灣同化會」，獲林獻堂等人贊同，以促進親善融和，使在台日人尊重台人人權，保護台人生命財產，以利於台灣之統治爲目標。

⓭見矢內原忠雄：《日本帝國主義下之台灣》。

⓮見葉榮鐘：《台灣民族運動史》台陽中學創立發起人黃欣談話。

⓯見「台灣文化協會」章程第一章第二條。

⑯見《台灣青年》創刊號李漢如：〈發刊之辭〉。
⑰《台灣青年》一卷五號卷首有〈黃土水作品の寫眞〉。
⑱黃朝琴作，見一九二三、元月號《台灣》。
⑲黃呈聰作，見同前。
⑳見黃呈聰：〈論普及白話文的新使命〉。
㉑日文小說，刊《台灣》一九二二年七月號。
㉒漢文小說，刊《台灣》一九二三年三月號（本號在台灣被禁止）。
㉓漢文小說，刊《台灣》一九二三年七月號、八月號連載（未完，七月號在台灣被禁止，八月號排版有誤）。
㉔見一九四七、十二、廿一《南方週報》創刊號歐陽明：〈論台灣新文學運動〉。
㉕見廖漢臣：〈新舊文學之爭——台灣文壇一筆流水賬〉。
㉖一九二三年四月十五日《台灣民報》創刊詞。
㉗《台灣民報》自一九三〇年三月廿九日第三〇六期起改稱《台灣新民報》。
㉘以上節自一九二〇、九、十六《台灣青年》創刊號〈卷頭辭〉，原文爲日文，依黃得時譯文節錄。
㉙見《台灣青年》三卷三號，一九二一年九月十五日出版。
㉚見一九三〇、八、十六起《伍人報》九至十一期。

㉛見一九三一、七、七起《台灣新聞》連載三十三回。
㉜見黃郇城：〈談談「南音」〉，載一九五四、八、二十《台北文物》三卷二期。
㉝見施學習：〈台灣藝術研究會成立與福爾摩沙創刊〉一文中譯文。

第二章　戰後初期的重建運動

（一九四五～一九四九）

一、重回起跑點的新文學運動

一九四五年八月十五日，日本宣佈接受菠茨坦宣言，戰爭終止，結束對台灣的統治。戰時，受到殖民統治壓抑、箝制，因皇民文學而扭曲的台灣新文學運動，也面對了新的起跑線。自台灣總督府禁用漢文以來，以漢文創作爲主的作家們早已從四○年代的文壇斂跡，而若干與反抗運動並肩偕行、深具抵抗意識的作家，也已從戰爭期悄悄隱退。戰爭期間，一些作家與皇民文學奉公會虛與委蛇，或發表口是心非、言不由衷的意見，出席大東亞文學會議、接受獎賞的事跡，固然未必眞正傷害到台灣新文學運動長期與反日民族解放運動同義的本質，畢竟眞正盲從的皇民作家，或甘爲異族統治者鷹犬、爲戰爭販子圓謊的皇民文學並不多見，但因皇民文學運動的雷厲風行，以及日本在戰爭末期失利加緊對台灣人民思想、文化的壓迫，使文化及文學運動遭受加倍的壓力，作家不得不避開統治者的迫害鋒刃，改由迂迴進攻的策略或改採地下文學的創作方式，仍然帶給新文學運動一些實質的傷害。

有論者以終戰後，台灣作家面臨跨越兩個不同的統治政權，無法適應，不及調整自己的創作腳步，未能迅速克服語言的障礙，而紛紛停筆，造成台灣新文學運動的斷層，顯然是發生了歷史剪接的錯誤。其實，台灣新文學運動在戰爭期間已呈現衰退的現象，文學不再參加直接抗爭，與反抗運動的主流各行其是之後，已經在戰爭期轉以迂迴前進的策略或轉入地下。活躍於戰爭期間的作家，如楊逵、張文環、龍瑛宗、呂赫若等人的作品風格，頗能說明四〇年代初期台灣新文學的處境。

楊逵於一九三二年開始靜下來寫作，在這之前，從日本回來的楊逵，是文化協會、農民組合裡重要的成員，並爲反抗運動屢屢進出法庭和監獄。而楊逵的小說旨在喚醒台灣民族的自覺，卻不得不包裝在爲勞動者請命和揭發大東亞經濟共榮圈的謊言——這樣的外衣，與統治者玩捉迷藏的遊戲；呂赫若的作品絕口不提政治，僅透過被經濟重壓下殘喘的勞動人民的生活以及抨擊封建、落伍的腐敗思想，對自己的民族進行風俗、民情的批判，善盡作家民族救贖的責任；張文環的作品更是充滿霧樣的迷惑，他的芳香泥土的暗示，恐怕不是輕易解得開的謎。龍瑛宗的苦悶、惆悵，也絕不是無病呻吟一無所指。總之，這個時期是看不到顚峰期的眞槍實彈、直來直往的文學，而進入沈潛狀態的衰退期。

吳濁流的地下文學則是另一種型態的文學。在全島進入戰場狀態的非常時期，吳濁流冒著被告發後逮捕的危險，寫下了只有日本戰敗才有機會出版的長篇小說——《亞細亞的孤兒》（原名：《胡太明》），備述日本殖民統治下，台灣青年徬徨無依的命運。無論在創作內涵上以及做爲一個台灣作家精神的表示，都是影響深遠、意義重大的。創作行動代表了台灣新文學作家堅毅不屈的反抗精神，成爲連貫戰前、戰後兩個截然不同的世代文學承傳的有形橋樑，戰前時代的吳濁流，雖然早在一九三六年發表過〈水月〉、〈泥沼中的金鯉魚〉及〈回歸自然〉等三篇極有份量的作品，但對文學還不是全然的投注，戰爭期間的冒險創作有其內心裡作家天職的徵召。「亞細亞的孤兒」

一九四六年出版的《新新》雜誌封面

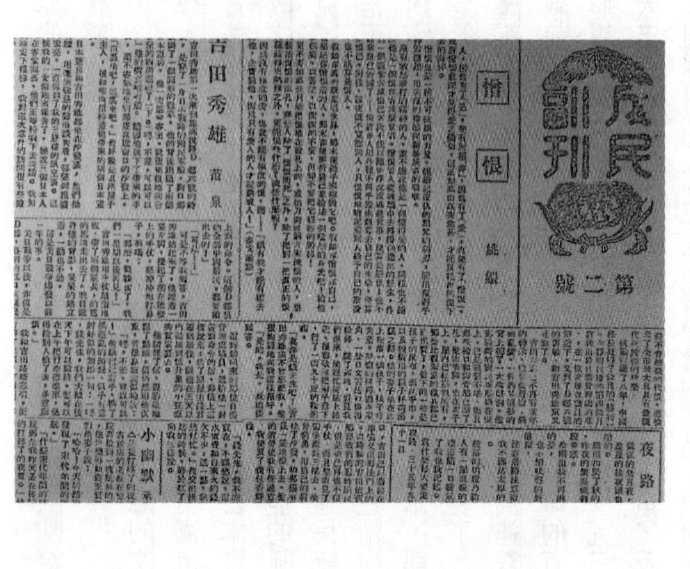
人民副刊

第二號

憎恨

吉田秀雄 范泉

夜路

小幽默

一九四六年十月廿七日《人民導報》副刊〈人民副刊〉創刊號，刊頭之二字應係誤植

一詞，深刻的打動了台灣人的心靈，作品也成爲戰後台灣文學精神的指標，吳濁流本人順著「亞細亞的孤兒」也成爲貫穿戰前戰後台灣新文學運動的香火傳人。

戰爭期間已隱爲潛流或地下文學的台灣新文學運動，在終戰後面臨的是個全新的時代，當然在中國軍隊抵達基隆，台灣行政長官公署正式成立視事之前，台灣社會有長達六十近七十天的統治眞空時期，心急的台灣新文學運動已經出發了。作家楊逵幾乎是日本剛宣佈終戰的一刻即闢立「一陽農園」，成立「新生活促進隊」，組織「民生會」，創刊《一陽周報》，邁開新文化建設的腳步。一九四五年底以前，計有《民報》、《台灣新生報》，蘇新主編的《政經報》，黃金穗主編的《新新雜誌》，以及《鯤聲報》等創刊發行，吳濁流任《台灣新生報》記者，楊雲萍任《民報》主筆，龍瑛宗、張文環、葉榮鐘等作家分從各種不同的角落走出來，可以說腳步不曾停歇地在戰後即刻進行文化、文學重建的工作。這對因語言和統治政權更遞造成戰後文學斷層的臆測不攻自破。事實上，擔任此一時期台灣文學旗手或鼓手的作家早已在戰爭期間取得了他們應有的位置，而且他們的腳步並未歇止，反而更見積極。同時，他們的創作與使用漢文與否無關，也與環境的壓力無關。戰爭期間他們的文學已經成爲民族信心重建的一環。

一九四六年，又有《人民導報》、《台灣民聲日報》、《中華日報》、《興台新報》、「台灣文藝社」、《台灣文化》（楊雲萍主編）、「台灣藝術社」、《台灣月刊》、《自由日報》、《新知識》等相繼創刊、設立，呈現蓬勃的文化重建景象。

楊逵縮衣節食於一九四五年九月廿二日創刊《一陽週報》「介紹祖國的革命理想與文學作品」，一九四六年加入「台灣評論社」，並擔任《和平日報》新文學欄主筆，三月刊行日文小說集《鵝媽媽出嫁》，五月於《和平日報》發表〈文學再建之前提〉、〈台灣新文學停頓之檢討〉等文，七月，由「台灣評論社」，刊行《送報伕》中日文對照本❶。楊逵只是一個例子，但並不是戰後初期台灣作家的孤例。

王詩琅在論及終戰初期，台灣新文學的空白現象時說：「這個時代的巨大轉捩，在文學也發生劇烈的變化：這兩年來，因日文作家喪失了表現手段，無法繼續寫作，中文作家又因長年的輟筆，鼓不起情緒來，致成空白時期。」❷、「同時，還從其發展過程也可以知道：台灣的新文學運動雖然保持獨立性發展起來，但事實上不但是新文化運動的一支戰鬥隊伍，且它根本就和反日的民族鬥爭分不開。」、「那麼過去在日本帝國主義鐵蹄下，從崎嶇的險阻中，尙能闢開一條路徑，並曾開過花結過實的台灣的新文學運動，枷鎖一旦解除，重返祖國懷抱的今天爲何不發揚光大而反萎微凋謝呢？……分析其癥結之所在：一、外在的原因：(1)台灣歷半世紀培養過來的文化系統隨日本統治的消滅，從根本推翻，一切須從新做起。(2)台灣歸返祖國的懷抱，反日民族解放運動完成了歷史的任務，文學也隨之暫時喪失了對象。(3)光復後時代急激轉變，且社會環境迫使業餘性的台灣文藝工作者忙於生活。二、內在的原因：(1)台灣的文學運動在日據時期還沒有建立堅強的陣營，文藝工作者大都是業餘性的，並非以它爲生活手段。(2)工作者面臨新的客觀的社會現實，忙於自己精神上的整理，從事學習。(3)表現工具上，過去以中文寫作的因多年輟筆，有的已離開文學，有的不敢輕易動筆。而以日文寫作的既無日文作品發表機關，又限於中文寫作能力不夠；新的工作者更非急速可以培養出來。(4)對於現實的蛻變還沒有確切的認識，以致多抱遲疑、觀望的態度。」❸。

主張台灣新文學運動「一貫是反日民族解放鬥爭的一支有力的別動隊」的王詩琅，此文論旨在於「配合台灣歸返祖國的新現實」，固然詮盡了四〇年代親歷世代巨變的各種類型作家的處境和心情，但也似乎忽略了台灣新文學運動內在的若干蛻變，誠如整個抗日的歷史，反抗的宗旨可以不變，但形式則無時不在做因時制宜的調整。戰爭期間，楊逵、呂赫若等作家的作品已經擺脫以鬥爭爲唯一的抵抗文學形式，楊逵、呂赫若站在受迫害農民、工人的立場，爲勞動大衆發言，他們分別從勞動人民的生活困境，暴露經濟、物質上民不聊生的社會

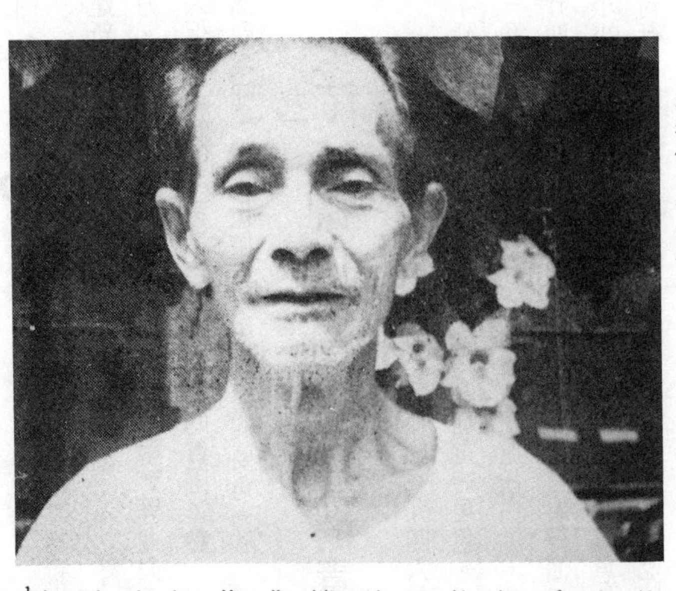

〈送報伕〉作者楊逵

以對抗「皇民」、「聖戰」等口號，達到挖苦、批判的目的。以這樣的眼光審視終戰之際的台灣社會，他們很快成爲戰後文壇的要角。文學的躍躍欲試，作家們磨拳擦掌準備大幹一番，重建台灣新文學運動的輝煌史頁，正是整個社會乍乍脫離殖民統治桎梏，預備全面翻動的氣象。

終戰後的五個月內，報刊、雜誌紛紛創刊，文化界傾巢出動，正是此一新興氣象的一端。「他們面對戰爭帶來的可怕摧殘，並沒有悲傷和退縮。……特別顯得精神抖擻的是一向代表無數民衆跟殖民者展開不屈不撓的鬥爭的知識份子；尤其曾參加新文學運動，孜孜不倦地建立台灣文學的一群作家。他們從戰爭的重壓下復甦，極欲繼續完成他們未完的事業——建立富於本土色彩的台灣文學以躋入世界文學之林。因此各種形態的刊物如雨後春筍不斷刊行，……。」❹。

楊逵的《一陽週報》、《和平日報》的新文學欄，雖未盡到揭載創作、鼓勵新作家的重建新文學責任，但介紹「祖國」文藝、作家，一再著文呼籲重建、再建台灣新文學不遺餘力。其他諸如《民報》、《人民導報》等並未爲文藝保留發展空間，但《民報》的社論針對〈促進文化的方策〉❺、〈文化的貧困〉❻、〈關於禁止日文版〉❼，一再著文爲文化重建高聲疾呼，實際也擔負文化重建的要角。

二、日據作家負起新傳的責任

終戰後最初的一年半間，創刊於一九四六年二月二十日的《中華日報》「日文欄」扮演了延續舊日新文學運動承傳相當吃重的角色。《中華日報》自三月十五日開始在日文版特闢一角，刊登文學性作品，由龍瑛宗擔任主編。此一園地雖僅短短維持了七個多月，便在十月廿四日隨著日文版廢止而終止，但對只看得懂日文或僅能用日文寫作的台灣民眾而言，這塊小小的園地是他們唯一暫時能呼吸到文藝氣息的一扇窗。日文文藝欄先後以不盡相同的面貌刊行了四十期，每期約刊出三千字左右的稿件，而且文藝的意界也被無限延伸到家庭、婦女、飲食、衣著、衛生保健等面目全非的大雜燴。

從另一個角度看，卻仍不失爲一五臟俱全、鬚眉皆具的全能文藝專刊；舉凡論說、書評、作品、作家介紹、藝評、小說、詩創作、隨筆、雜說，應有盡有；龍瑛宗自己也擔任文藝作品介紹及評論者的任務，他介紹老舍的《駱駝祥子》及吳濁流的《胡太明》（即《亞細亞的孤兒》），評論「由於奸商操縱糧價，使得本省人沒米吃」探討〈台灣會怎樣？〉，發表小說，其積極想「創造歷史」的抱負，關心台灣前途的心情，雖與楊逵的路線有異，熱情卻絕不稍減。在龍瑛宗的主持下，日文版文藝欄的作者，有戰前即嶄露頭角或頗知名的作家，吳濁流、吳瀛濤、葉石濤、詹冰、王碧蕉、蔡德本等；新人則有黃昆彬、邱媽寅等人發表小說，施金池、賴傳鑑、莊世和、僑霖、張雪英、孫土池等人寫詩，王育德（王莫愁）寫評論，以及新、舊面孔作家的許多隨筆，足以證明衆多台灣作家在遭逢時代巨變的一刻，並不曾打盹、遲疑，作家們可說是即時投入新時代建設的隊伍中。他們的詩文充滿時代感、現實性，他們抨擊法西斯和封建餘孽，以〈飯桶論〉批判中國大官生活優裕，只知遊玩，枉顧人民生活的疾苦，指責戰後社會混亂、民不聊生、米價暴漲、人民面臨餓死，是廣大人民的代言人。同時，他也充滿理想和熱情，呼籲年輕人發出怒吼，推動文化建設，「不要只吃著稀飯而不唱歌」、「團結建設新台灣」。王育德更扮演打倒封建的急先鋒。

如果以這些文學作品發表的時間，印證後來因言論惹禍，二二八事件中遭到酷殺的、在《民報》、《人民導報》撰寫書生之見，在社論裡寫時評政論的知識份子，那麼，日文欄的作家，實際上也是深具知識份子良知，貼近時代脈搏言行的勇者。他們的作品不多、不精，他們的活動僅是曇花一現，卻肯定接續著台灣新文學的香火傳統。《中華日報》在終戰一週年的前夕，懸賞小說徵稿，結果由甫自日本回國的十四歲少女陳蕙貞的《漂浪的小羊》當選爲入賞作品。陳蕙貞爲北一女學生，其父陳文彬曾任《人民導報》總主筆、建國中學校長，二二八事件後爲保釋學生，遭警總拘禁數月，一九四九年五月再受通緝，全家逃離台灣，在北京長期從事文字改革研究，一九八二年十一月病逝。

日文欄還應該一提的是，吳濁流針對「聖烽演劇研究會」第一屆發表會演出的〈壁〉和〈羅漢赴會〉發表劇評，引發對新劇的討論。〈壁〉是簡國賢作的獨幕悲劇，由宋非我導演，於六月九日在台北市中山堂首演。舞台從中以一堵牆隔成兩區，一邊住著一家失業工人，一邊住著發國難財的富商，形成兩個強烈對比的世界；窮人家貧病交加，孩子餓得跑去隔壁偷吃鷄食，失業工人自己又得了肺癆，只好狠心毒死家人，自己仰藥自盡。壁的這一邊，正開著奢華的舞會，慶祝囤積的米糧又漲價了，發了大財。〈羅漢赴會〉則爲三幕劇，主題也與貧富不公有關。描述簡便救濟團邀地方士紳名媛開會，討論救濟事宜，一批叫化子強行闖入，認爲他們有權參加討論，團結對抗救濟會，透過笑鬧的方式，批評救濟會措施失當，也諷刺了官僚體系的顢頇。

吳濁流認爲〈壁〉「把身子撞向牆壁而告死亡」、「死亡不就是一種逃避現實嗎？」、「壁是一種絕望的人生觀，把歷史看得太悲觀了些。惟有超越壁，人的犧牲才有意義。」而〈羅漢赴會〉裡，鐵羅漢激發叫化子同吃共樂，被認定「在思想上有進步傾向」。吳濁流的評論，純粹就當時社會的氣氛而言，不希望台灣人在這當口說喪氣話，似乎忽略劇作者出自階級覺醒意識的發言。但這都無損於戰後初期台灣作家，從小說、詩、隨筆、評論之外，投注劇運重建的決心和認識。

戰前，日本當局以「皇民奉公會」爲名的箝制台灣人思想、行動的殖民統治政策，摧毀了相當蓬勃的新劇運動，以皇民奉公會下成立的「台灣演劇協會」收編了台灣的歌仔戲團、傳統戲曲等，連布袋戲、傀儡戲也不放過，使新劇運動的發展，受到了極大的挫傷。終戰後，戰前的作家以及劇運人士立即著手推動新劇重建的固不乏其人，「聖烽演劇研究會」即由戰時參與新劇運動的張文環、王井泉等人結合宋非我、江金章組成；此外，王育德也在台南組織一個「戲曲研究會」，自編、自導、自演出獨幕劇〈幻影〉，黃昆彬亦編有獨幕劇〈鄉愁〉。張武曲、楊文彬等人也組成「台灣藝術劇社」在台北中山堂公開演出。終戰後，新劇也積極快速地投入新台灣的重建工作，自一九四六年八月廿八日至一九四七年三月十五日，共有一三三團，包括新劇、歌仔戲等甲種劇團依規定向台灣行政長官公署的宣導委員會辦妥登記[8]，得以在台灣境內演出，可見戰後初期劇運蓬勃之一斑。

三、二二八事件扭曲的新文學運動

戰後最初的一年半期間，台灣知識界的全面動員，從《民報》、《人民導報》的本諸知識份子良知憂時憂民、淑世救族的建言，到文藝界，無論小說、詩、隨筆、評論、戲劇，目標一致的朝向新文學、新台灣的重建運動，即使由於為期甚暫，受到諸多條件、環境的限制，無法成為滾滾文學江流的水源，但絕不能用「空白」二字一語抹殺。當時，王莫愁發牢騷說：「台灣人非常勤勞努力，不停地在文學土壤施肥或灌水，可是不成比例地產生不了優秀的作品。我不知我們生於哪一種命運之下。也許台灣文學是被詛咒的吧！」❾，不過，歷史的塵土落定之後，不妨比較寬容地來看這段陳跡：「光復後初期的台灣日文文學充份表現了日據時代新文學運動的傳統精神，以寫實的技巧，反映了民衆生活的眞實，同時剖析了社會和時代的光明層面和黑暗層面，完成了歷史性使命。雖然他們這一群作家流淚撒種，卻看不到後來豐碩的收穫，但他們的確開拓了路，……這是台灣文學史上彌足珍貴的一個歷史性階段。」❿。

眞正給予戰後的台灣新文學運動當頭一棒的是二二八事件。雖然二二八事件的發生並非偶然。剛剛擺脫日本殖民統治的台灣人民，朦朧的漢族意識產生的「回歸祖國」熱望，很快地就被懷著戰勝者驕姿的台灣行政長官公署的接收行動冰消了。不及一年，全台各地普遍爆發物價飛揚，米糧、食糖、五金原料、機器類等重要物資大量外流，工廠癱瘓，失業嚴重，貪官污吏橫行，歧視污辱本省人，台灣早已絕跡的霍亂、天花、虎疫再度流行，短短數月間即使台灣陷入經濟崩潰、社會解體的恐慌中，透過《民報》社論自一九四六年七月起的一再呼籲：〈莫讓台胞入失業者群〉、〈挽救工業的危機〉、〈霍亂復侵入台北〉、〈急救經濟破產之危機〉、〈嚴辦貪官和實施自治〉、〈司法獨立〉、〈天花將蔓延全省〉、〈防止幣災〉……儘管二二八的眞象未盡明朗，仍然可以推知陳儀的台灣行政長官公署的統治，短短期間，已在台灣全島滿佈了民怨民恨的火藥庫。

事件爆發後，對終戰後即積極投入新台灣建設行列的作家們、知識份子的傷害和損失，當然是直接而重大的。事件中被殺的王添燈（人民導報社長）、林茂生（民報社長、台大文學院長）、林宗賢（中外日報社幹部）、吳金煉（新生報日文版總編輯）、宋斐如（接替王添燈爲人民導報社長）、陳澄波（畫家）、陳炘（台灣金融界先驅）；被捕的楊逵、張文環、吳新榮、黃師樵（新竹縣圖書館長）、莊垂勝（台中市圖書館長）、蔡鐵城（和平日報記者）；遭通緝而逃離台灣的：江文也、陳文彬、蘇新……，不但對戰後初期萌芽的結合文化與文藝的重建運動造成永遠的傷痛，也成爲數十年仍抹之不去的陰影，這份名單內以及名單外的某些作家，有人從此隱姓埋名徹底絕望，再也不涉及台灣人事務，更遑論動輒杯弓蛇影即可能惹禍的文藝工作，有人發誓終生不學普通話、不用中文寫作。葉石濤回憶說：「光復的來臨給台灣人帶來當家作主的機會。可惜，自由、民主的憧憬像曇花一現似的掠空而去，從二二八到五〇年代的白色恐怖，日據時代的噩夢再度出現，台灣又復淪爲豺狼横行、魑魅魍魎跋扈的黑暗世界。台灣的知識份子和作家奮力抵抗，想維持台灣新文學的傳統香火於不墜，但這些抗議和控訴在巨大的統治力量下逐漸崩潰。台灣作家同殖民地時代一樣，被囚禁、被放逐、被處決。終於被迫沈默，大地一片寂靜和漆黑。在這樣的法西斯統治下，文學只是執法者統治下的工具。作家必須依附權力機構才能苟延殘喘，同執政者的既得利益背道而馳的一切文學活動或歧異思想是執政者用盡手段要予以撲滅的對象。……老一輩的台灣作家……只好忍氣呑聲放棄了文學。」⓫。

台灣行政長官公署在中國軍隊登陸後更進行以「綏靖工作」爲名的清鄉行動，以封閉報社，切斷台灣人喉舌，徹底掃除台灣人的文化意識，台北的《大明報》、《民報》、《人民導報》、《中外日報》、《重建日報》，台中的《和平日報》、《自由日報》都在封閉之列，各報社長、編輯、記者都成爲搜捕對象。長官公署的機關報——《新生報》於四月一日的社論說：「我們來到邊疆，和在其他一般身份工作不同，除了應盡的職守之外，還得負有特殊的任務！這任務就是要使本省同胞擺脫日本思想的桎梏、消滅日本思想的毒素、充分認識祖國、了解祖國！這一次事變，旣不是什麼政治改革要求、更不是民變，完全是日本教育的迴光返照、日本思想的餘毒從中作祟……。」⓬，這種假藉掃除日本教育思想餘毒、實際進行台灣意識清鄉檢查的行動，應是接續在日本戰時假皇民文學奉公，進行思想整肅、檢查之後，對台灣新文學賴以生存的台灣人意識自覺運動，最嚴重的一次迫害、打擊，使得戰後剛剛萌芽的台灣新文學重建運動，受到了相當致命的一擊，作家噤聲喑啞，文學蒙上陰影。

二二八事件後，台灣新文學運動最重大的變化就是台灣文學的主導權落入統治者認同的外省人手裡，台灣作家反成客卿的地位，文化清鄉之後，行政長官公署的機關報——《新生報》——接替了台灣文學的發言人位置。五月四日，《新生報》推出何欣主編的〈文藝〉週刊，每逢週日出版，第七期起改在星期三刊出，共出十三期。何欣在發刊辭〈迎文藝節〉一

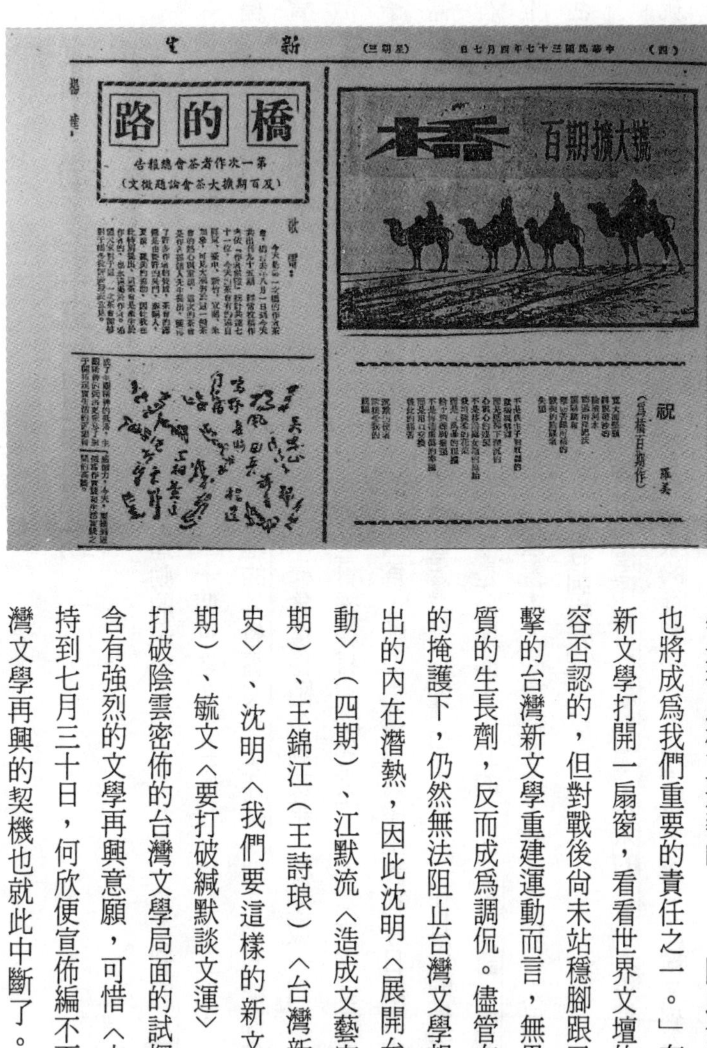
新生
中華民國三十七年四月七日（星期三）
橋　百期擴大
橋的路
第一次作者茶會總報告
（及百期擴大茶會論題徵文）
祝（爲橋百期作）

一九四八年四月七日〈橋〉副刊一〇〇期

文中表示：「文學不能『閉關自守』，世界文學是彼此相互影響的：：。因此介紹世界文學也將成爲我們重要的責任之一。」有意爲台灣新文學打開一扇窗，看看世界文壇的善意是不容否認的，但對戰後尚未站穩腳跟已受重重一擊的台灣新文學重建運動而言，無異是不符體質的生長劑，反而成爲調侃。儘管在世界文學的掩護下，仍然無法阻止台灣文學想要奮力迸出的內在潛熱，因此沈明〈展開台灣文藝運動〉（四期）、江默流〈造成文藝空氣〉（七期）、王錦江（王詩琅）〈台灣新文學運動史〉、沈明〈我們要這樣的新文藝〉（九期）、毓文〈要打破緘默談文運〉，都是企圖打破陰雲密佈的台灣文學局面的試探性發音，含有強烈的文學再興意願，可惜〈文藝〉只維持到七月三十日，何欣便宣佈編不下去了，台灣文學再興的契機也就此中斷了。

四、劫後重生的重建運動

接替在〈文藝〉之後，主導台灣文學運動的是一九四七年八月一日創刊的〈橋〉副刊。〈橋〉以三日或間日刊出的形式，維持了二十個月之久，共出刊二百二十三期。〈橋〉的主編歌雷（原名史習枚）是一對文學頗有見地的外省籍文學工作者。他在創刊號裡發表了類似宣言的〈刊前序語〉：「橋象徵新舊交替，橋象徵從陌生到友誼，橋象徵一個新天地，橋象徵一個展開的新世紀。」又說：「拋棄那些曾經終日呻吟的文字，那些文字就是使人鑽小圈子，傷感、孤獨，帶有濃厚傳染病菌的，因爲，唯美主義與傷感主義在今日讀者中已經沒有需要。」、「一個文藝工作者，最重要的是眞實、熱情與生命。」在日後的幾次文學論戰裡，〈橋〉的主編雖也一再聲明自己的立場是公開的、中立的，卻無可否認〈橋〉實際上是推動「新現實主義」文學的大本營。包括歌雷本人的講稿在內，都不忘把「人民的」、「生活的」、「戰鬥的」、「革命的」……形容詞掛在嘴上。

〈橋〉的文藝宣言不但符合台灣新文學運動以寫實的、大衆的、具人道精神的文學傳統，其實也隱含對另一種類型的外省籍作家的批判。一九四六年以後，陸續來到台灣的外省作家，程度參差不齊，所能提供的文學典範，不但讓台灣作家摸門不著，連他們自己人也不滿意，當時「報紙副刊上的文章，充滿了名人以及名女人的軼事，陳舊不堪的掌故，『鴛鴦派』的抒情，以及庸俗酬唱的舊詩詞。有多少文人噤若寒蟬、不敢說話，也不敢發表文章，有多少文人大量寫著『大腿、櫻唇、隆胸、豐臀』的黃色文藝，和胡扯白道的洋幽默。」⑬。一九四七年以後，文學活動倚爲重心的報紙副刊主編清一色是外省作家，台灣作家不過羞澀、被動的游離寄生在這個時代的夾縫而已。

歌雷領導下的〈橋〉副刊，剛開始，對台灣過去的歷史和文學運動並沒有具體的認識，卻無愧爲對文學沒有偏見、誠實而狂熱的文學信徒，接掌〈橋〉之後，幾乎毫不遲疑地著手推動台灣新文學的重建工作，一絲不苟地在台灣發展以地緣出發的台灣新文學。無論如何，歌雷透過〈橋〉發出來的聲音，雖然並不是那個時代外省作家唯一的聲音，卻是唯一贏得有心的台灣作家發出共鳴的聲音。〈橋〉打出來的新舊交替，從陌生的友誼的口號，顯示了要和台灣作家攜手並肩的誠意，不只在對文學的認知上相貼近，意識上聲氣相投，而且付諸具體而積極的行動。這時期的台灣作家，除了葉瑞榕、王井泉及就讀台北師範學院的學生林曙光、黃昆彬等少數人能寫出稚拙的中文作品外，其餘的，不經翻譯，作品就沒有出路，〈橋〉副刊實際承擔了橋樑的任務，負責請人爲日文作品翻譯。

〈橋〉在好些方面都顯露其行動派的本質，存在的一年多時間裡，輪流在各地辦了十場以上的茶會，主動出擊邀集台灣作家投稿出席茶會，對台灣作家的交流溝通顯得主動而熱切，這些還是形式上的、次要的。透過〈橋〉副刊約集的外省作家群，也處處表現了對台灣新文學眞誠和有深度的關懷，他們在極短時間內醒悟過來，相當認眞地去學習、探求先此台灣新文學既有的成就和特質，做爲他們與台灣作家攜手共建台灣新文學思考的基準。

這批如曇花般出現台灣文壇的外省客，幾乎都在一九四九年以後突然消失，包括歌雷也在台灣社會隱姓埋名遠離文學，他們泰半身份不明，來歷無法查考，卻可以肯定都不是三〇年代的成名作家，充其量只曾是三〇年代中國新文藝思潮的信仰者、崇拜者，但到了台灣，卻埋首尋求實踐的機會和可能，和台灣作家攜手共進，留一段合力建設台灣新文學的美好記錄。不過，這些作家或文藝工作者，也有由於出生背景產生的、無法克服的文學上的主觀意識，影響他們的判斷和言行。彼此之間無可避免地存在著的某些歧見，引發了一場相當熱鬧的文學爭論，不少熱心推展台灣新文學建設的作家，急著在理論上確立台灣文學的發展方向，引發了有關台灣文學本質的爭論，也許由於〈橋〉存在的時間，對於文學的爭論和成長而言，時間都太短了，因此，等不及爭執獲得結論，爭論在創作上開出花朶、結出果實，難以定評他們的成績，卻不容抹殺他們是一群具有開闊胸襟，眞正願爲台灣文學的前途、命運熱切付出的文學工作者。

外省籍的〈橋〉副刊作者，由於對台灣新文學運動的歷史，或完全茫然無知，或認識並不精確，卻多半懷著善意的強烈主觀意願，要把「祖國」五四以降，以「民主科學」包裝的新文學天籟、福音散佈到沉寂的台灣寶島。

歐陽明的〈台灣新文學的建設〉結論：「在『人民世紀』的今天，『民主』喊得震天價響，人民的力量已經成爲不可抵抗的世界潮流，……讓新的文學走向人民，作爲人民自己的巨大的力量，創造今天人民所需要的『戰鬥的內容』、『民族風格』、『民族形式』。」，「集中眼光朝著一個正確的目標，深入社會，與人民貼近，呼吸在一起，喊出一個聲音，繼承民族解放革命的傳統，完成『五四』新文學運動未竟的主題：『民主與科學』。」⓮。揚風則提出〈文章下鄉〉的口號：「中國的文藝運動，已邁著它新而健強的步伐——那就是我們叫慣了的『現實主義的大衆文學』。因爲整個時代的步伐在催促著、要求著文藝工作者，到大衆去，和大衆生活在一起，因他們一起生活，一起呼吸，一道歡樂，也一同痛苦，並這樣寫出來、喊出來。」、「我們應該從書房裡走出來，從沙發上站起來，從都市裡走到鄉間去，走到廣大的農村去，同那些以前被我們忽略了的苦老百姓們生活在一起，感覺他們所感覺的，並大聲喊出來，大膽的寫出來，能如是，我們的文學運動，才會得著更多人的共鳴和支持，才有堅強而廣大的基礎。」⓯。駱駝英解釋〈什麼是新現實（或寫實）主義呢？〉：「新現實主義是立腳在辯正唯物論和歷史唯物論上，且站在與歷史發展的方面相一致的階級的立場上的藝術思想和表現方法。」⓰。

上面這些聲音，代表〈橋〉集團的外省作家對文學的基本主張，也是他們據以指導台灣文學的基礎。這樣的腔調令人回憶起《先發部隊》、《第一線》的發刊宣言，看來他們的確全然懵懂於台灣新文學運動的歷史，對儼然已建立自己傳統的台灣新文學作品而言，當然說不上指導。不過這群來自中國的狂熱的文學使徒，雖然迷信「正確的理論也是實踐的燈塔」，「論爭也是台灣文藝運動的實踐的『具體』內容之一。」⓱。這些用寫實或新現實主義包裝的代表左翼文人、具有濃厚普羅意識的文學主張，成爲自說自話，未能及時得到台灣作家的熱烈共鳴，一方面固然是論爭還停留在理論宣導的階段，沒有足夠的時間從容地付諸實踐，使有足夠的創作成果印證理論，另一方面，因爲台灣作家另有所思，尙有自己的心結，亟待疏解。因此，諸多論爭，不過成了台灣文學史上的空谷跫音，聊備一格而已。

楊逵在二二八事件後曾經被捕，坐牢一〇五天。他是台灣作家中，在戰後站出來積極推動台灣文學重建的急先鋒，他在主持《一陽週報》以及《和平日報》〈新文學〉欄編輯任內，已經爲重建台灣文學畫下藍圖。楊逵的重建藍圖，是建立在歷史的承傳——〈過去台灣文學運動的回顧〉，和展望能力的——〈作家到人民中間去觀察〉、〈尋找台灣文學之路〉，因此，他應該是最有資格代表台灣文學發言的人。不幸，這個時期的台灣文學運動，由外省作家反客爲主，台灣作家只能做些被動的辯駁和澄清誤解。王錦江以〈台灣新文學運動史〉回應〈新文藝〉：台灣還是一塊「文藝的處女地」的單向呼聲，正是這種欲辯還羞的心態。楊逵不同，楊逵是主動出擊的。一九四八年三月，〈橋〉準備舉辦第一次茶會，刊出啓事，特別指名請楊逵參加。楊逵在茶會上發言重申他在〈如何建立台灣新文學〉一文中的幾項具體步驟：主張打破省內外的隔閡，召開全省文藝工作者座談會，擬定題目座談新文學問題，翻譯刊登日文寫作之作品，提倡寫實的報告文學，充分顯露他文學運動家的本色。

出席第二次茶會的台籍作家，還有吳濁流、吳坤煌、吳瀛濤、林曙光、黃得時等人，與會台灣作家大部分的意見都在強調台灣文學過去的成就不容抹煞，和台灣作家現階段所面臨的創作困境，只有《福爾摩沙》時代的大將吳坤煌提出台灣作家驚弓之鳥的心情，他說：「光復後，我們也出版過台灣評論，二二八事件前我們還計畫出版一個文藝雜誌，……但是目前的環境下，大家都不敢說話。」這次以〈如何建立台灣新文學〉爲總題的茶會報告，是以台灣作家爲主的二次會議主題，這篇報告引發了日後台灣文學問題的討論，持續了一年之久，直到〈橋〉停刊爲止。

曾經主編《中華日報》〈新文藝〉[18]副刊的江默流說：「近來有人主張在台灣來一個新文學運動，這當然是好的。不過我們不要忘記，本省的情形有點特殊，五十餘年受日本帝國主義的統治，台灣與祖國的關係被隔開了，文化的交流遇到了障礙，我國『五四』時代所掀起的新文藝運動，二十餘年來曾有若干收穫，但台灣卻沒有機會接受這個運動的影響。」[19]。這些不合水土的自拉自唱：〈我們要這樣的新文藝〉[20]、〈要打破緘默談文運〉[21]。姑且不談這些報紙創刊的背景，這些論旨卻強烈地顯示他們有意要把台灣文學推動走向他們主觀的〈文藝統一陣線〉[22]，也就成爲與台灣作家爭論的主要癥結。

歐陽明等作家後來也都能很欣悅地肯定日據時期台灣新文學運動的價值，並證明和自己的文學同調：「台灣反日民族解放運動使台灣文學急驟的走上了嶄新的道路。近的目標是求『民主』與『科學』。這目標正與中國革命的歷史任務不謀而合地取得一致。」、「這說明了台灣文學運動與反日民族解放運動是分不開的。因爲反日民族解放鬥爭是適著龐大台胞的要求，台灣文學歷史的發展就是由這樣的鬥爭而來的。它適應龐大台胞的要求而創造了反映了社會的眞實的新內容新形勢新風格。」、「台灣文學運動的主流，決不是以在台的那些殖民統治者幫閒狗吃的所謂日本『作家』，而是龐大台胞自己倔強的靈魂的民族文學運動。」、「台灣文學的第二階段（指一九三〇年以後）是一個新舊興替的扭轉期，是一個台灣的『五四』新文學運動。」[23]。這篇套好招的議論，大致尙能說進台灣作家的心坎裡去，也正是「交替」、「合作」的主要基礎。

省內外作家相繼發表意見，目的不外都想努力打開沈悶的文學局面，楊逵在《力行報》副刊上所開展的台灣文學建設理論，和〈橋〉副刊依次漸進的台灣文藝全面性的建設方向爭論，可以說，反映了此一時期，從摸索到成長中的台灣文學再興運動面貌，最完整的寫照。〈橋〉經過冗長而多面的討論，已逐漸探到了具體而核心的問題，反映了從根做起的建設決心和雄心。

〈橋〉在解決現實與本土問題之前，也經歷過一段文學定位的爭論，稚眞的純文藝論，提倡「爲文藝而文藝」，引起揚風激烈的反擊，揚風的立場，其實就是〈橋〉開宗明義揭示的立場，以〈請走出象牙之塔〉諷刺純文藝論者，認爲眞正的文藝工作者，應承當得起「人民前驅」、「一定對時代的苦樂是敏感的，而這敏感又往往代表著許多人所感受的苦樂，他歌頌光明，也咀咒黑暗」、「盡生活在大衆的生活裡面，……大聲的喊出人民的痛苦，大聲的歌頌人民的歡樂。」戰後第一波的文學論爭，始終停留在稚眞、揚風這兩篇最早的文章裡，陷在各執其詞的爭執，畢竟純文藝是個古老的文學懸案。稚眞否認其「爲文藝而文藝」

的主張，可以和「鴛鴦蝴蝶派、禮拜六派的文人態度併爲一談」，揚風則強調「『眞的文學，也只是反映時代的文學』……，『和現實脫離關係的懸空文學，現在已經成爲死的東西，現在的活文學，一定是附著現實人生的』」，表面上詞彙用法的對立，似乎一下子又回到文學最原始的出發點上了，因此，第一波的爭論，並沒有深化。

五、台灣新文學的理想與依據

一九四八年四月七日，〈橋〉推出百期擴大號。「百期擴大茶會論題徵文」正式揭開建設台灣文學的討論序幕。楊逵在會中代表台灣作家發言，率先提出「如何建立台灣新文學」，並呼籲作家「到人民中間去，對現實多一點的考察，與人民多一點的接觸」、「本省與外省的作者，應當加強連繫與合作」。揚風則說：「文藝不能忽略了人民與現實」，秦嗣人說：「作者的範圍必須擴大深入到各社會階層裡面去，……寫出了眞實，並不是反映了現實，現實是比眞實更高級……。」㉔，可見省內外作家，皆同聲譴責浪漫懸空的文字，一致認爲應建立紮根於人民、反映現實的台灣文學。

楊逵建言中的絃外之音，則似乎未被注意，因此，第二次以台灣作家爲主的茶會上，他再度發言，除了詮釋日據時代台灣新文學運動的本質外，也概述了《台灣青年》以降的台灣新文學運動的歷史淵源。楊逵說：「在日本帝國主義統治下，台灣文學的發端約在二十多年前，就是第一次世界大戰方才結束，民族自決的風潮遍滿世界的時候。台灣新文學運動受這風潮的影響與激動當然是很大的，而五四運動的影響也不算小。因此，在其表現上所追求的是淺白的大衆的形式，而在其思想上所標榜的即是『反帝與反封建』、『民主與科學』」，接著又分析說：「回顧台灣新文學運動的過去，我們可以發現的特殊性是語言上的問題，在思想上的『反帝反封建與民主科學』」、「光復以來快要三年了，應要重振的台灣文學界卻還消沈得可憐。這原因其一是在語言上，就是，十多年來不允使用被禁絕的中文，今日與我們生疏起來了，以中文就很難得充分表達我們的意思了。」、「其二是政治條件與政治變動，致使作者感著不安威脅與恐懼。寫作空間受到限制。」楊逵的發言曲盡了台灣作家在沈寂的空氣中的心聲，也清楚地說明了今後台灣文學建設應有的新起點。與會的吳濁流、林曙光也都分別強調了先認識台灣文學的過去，再談台灣文學的未來建設的看法。這些聲音，隱約間在提醒掌握主導權的外省文藝工作者，「合作」要從平等的基礎開始。

以〈橋〉副刊爲中心的外省作家，對文學抱有極強烈高遠的憧憬，他們有意在他們的手裡一手建立起劃時代的「新台灣文學」，不過，他們的困難在於多半昧於認識已有二十多年歷史的台灣新文學傳統。孫達人可以說是個例外，他說：「我們從台灣文學的歷程中看，台灣因爲身處於異族管制之下，所以他們對於反帝、反侵略、反封建的努力，所表現的，比較國內可以說是更進一步的強烈，我們應該說，台灣文學的進展，較國內有過無不及，我們不能因語言的變革就否定思想的內容。」㉕，這是外省作家中，唯一不把台灣文學的被殖民經驗當作負數的。

但歌雷相對性的發言，則代表外省作家無法放棄的文學上的定於一的天朝至尊心態，歌雷憂慮：「關于台灣文學的特殊性問題，並不是我們要強調台灣文學的地域性，與地域性的獨特保持，而是說我們必須要通過今日台灣文學的特殊因素而使之發展，正如我們所能看得到的國內文壇中所提到的『邊疆文學』一樣，是藉著地域性的不同，來反映現實性的眞實與民間形式的應用。」歌雷接著認為台灣文學的特殊性有四：第一是文字技巧及形式應用上還停留在五四時代白話文的直叙的表現方法。第二，「文學上滲雜了日文語文與台灣所有的一種鄉土中所變化的俗語與口語的語文」，語彙辭彙混雜。第三，思想上受到日本作家感染，「作品帶有濃厚的個人的傷感主義與低沈氣氛」。第四，創作心理與反抗心理融為一體，保有民間的文藝形式與現實化。他同時建議：「台灣新文學在今日的現狀中所保有的特殊性，在未來的新文學發展上要經過『揚棄』的過程，有的要極力追求新的道路而改進，有的則要對於原有的傳統與精神的保有及發揚，……在文字的學習上，不僅僅是台灣文藝工作者對於中文白話文的普遍的學習與進步，來趕上這五十年中國在文字上的形式及技巧上的不及，……在文藝精神上與創作心理上……要在擴大文藝寫作的領域上，求一般『廣度』與『密度』的反應……。」

這些建言充分暴露了歌雷本人的文學水平，不過是能喊幾句左翼文學口號的文學幫閒而已，同時，他也是個徹底的台灣文學盲，他對台灣文學、台灣作家在園地、隊伍的寬容胸懷和他對文學視野的鄙狹，實在不能相併比，他那完全中國中心的文學觀使他盲於認知，新舊文學論戰之際，台灣作家早已解決的「特殊性」問題，彼時，台灣作家已經認知，台灣文學認同於五四白話文運動的意義和價值，台灣文學也僅只於這個認同下發展其特殊才有希望，至於文學語言的問題，賴和、守愚、蔡秋桐等人也早已從創作的實踐中解決了。

外省作家陳大禹等人也一再從自己的標準批評台灣作家語言的熟練問題，以及以語言爲台灣作家唯一的特殊性，和暗示台灣作家還留有日本思想的遺毒，感染日本文學的餘習上大作文章。當然在這麼嚴重的盲目自大的歧視性分歧上，「異途同歸」只好永遠懸爲一種空想了。

歸納外省作家的台灣文學建設之路，完全是爲了建立主觀的文學和爲文化的祖國化大纛鋪路，所以楊逵等台灣作家正視「特殊性」的呼聲中所隱含的特殊困境，與特殊精神意義並未受到重視，台灣作家希冀在「特殊性」的基礎上出發台灣文學再興運動，被有意無意誤解爲文學上及文化上的祖國化亟待克服的障礙，各說各話，因此雙向間所謂的「合作」是建立在怎樣的基礎上，已經非常明白。此次有關台灣文學的建設理論的爭論，先後有林曙光、葉石濤、歌雷、揚風、胡紹鐘、雷石榆、田兵、孫達人、彭明敏、姚筠、駱駝英、葉瑞榕、吳阿文、歐陽明、錢歌川、陳百感等人參加，差不多就在省內、省外的意識分野上決定了他們的立論。

楊逵、林曙光（瀨南人）、葉石濤等台灣作家，一再爲文闡述日據時代的台灣新文學運動的歷史與成就，顯然是想以事實駁斥台灣文學「與內地的文學有眞空的感覺」的說法，希望台灣文學的再興運動是在有條件的「特殊性」下再求茁壯。外省作家卻不放過懷疑台灣文學是否在舊傳統中揉合了「殖民地文學色彩的文學」、表現「日本時代的台灣民族性，他們沒有把國家認識清楚，只知道模仿，太缺乏自主心了。」[26]，這種以懷疑台灣作家的忠誠度爲出發的看法，將台灣文學的特殊性認定在殖民地的歷史挫折經驗上，同時又憂慮台灣文學發展成褊狹的鄉土藝術……，彼此之間已經沒有交合點可言了。

其中又以錢歌川將提倡台灣文學視爲具有地域性的對立意識的發言[27]，最不友善。瀨南人反對以「淪日五十年」這個簡略的說法做爲台灣文學「特殊性」的依據，而主張「台灣的地理位置、地形地質、氣候產物——就是自然的環境才會造成，被西班牙與荷蘭人竊據，以及淪陷於日本人——的歷史過程，並且這些歷史過程，再和她的自然環境互相影響而造成台灣的特殊，而這種特殊，使得台灣需要建立台灣新文學。」又說：「我不否認台灣是中國的邊疆之一。但我肯定台灣文學的目標不是在建立邊疆文學。更難承認冠以地名就會使其作品減少價值而終于成爲邊疆文學。」、「總之，爲了適應台灣的自然底或人民底環境，需要推行台灣新文學的運動，但是建立台灣新文學的目標不應該在於邊疆文學。」[28]。瀨南人清楚地根據台灣文學的特質，描繪了台灣文學的藍圖，表明台灣作家應該建設的台灣文學，是植根於台灣這塊地域上的，融合了台灣的人文與自然環境的自尊自主的文學，它既不是爲反抗而生，也不預存對立的目的，這些意見，已經可以包羅所有當代台灣作家委屈婉轉而無法盡言的全部心聲了。稍後，駱駝英的長文〈論台灣文學諸論爭〉㉙仍然堅持他的唯物辯證法：「但消沉、傷感、痲木、『奴化』……等落後的『特殊性』，必然而且應該向內地人的普遍覺醒的一般性轉化。文藝工作者的主觀的努力應該就在於促進這個偉大的轉變。」越說越離譜，錯失了本地作家與外省作家交會的契機，第二波的爭論也就隨著〈橋〉的突然中止而留下沒有結論的結論了。這段台灣文學史上空前熱鬧的論爭，仍然引發出不少擲地有聲的見解，雖然來不及將理論付諸實踐，仍不失爲文學史上一段令人懷想不已的盛事。

六、焦土烈日下出發的創作

文學論爭的熱鬧非凡，相對的在創作上卻顯得距離開花結果甚遠。二二八事件後，僅有極少數的老作家懷著驚懼繼續擁抱文學，此外就「全靠的是不諳世故的年輕人的懵懂」延續了文學的香火。事件後，台灣文學幾乎完全喪失自己的園地，像龍瑛宗主持的〈文藝欄〉那樣的台灣作家自己的小天地已不可得，唯一台灣民間力量創辦的《新新》雜誌已停刊，連楊逵的《文化交流》也只辦了一期，卻成了失去戰場的將軍，整個台灣文學淪爲寄人籬下的狀態。老資格的作家中楊逵的奮戰不懈，主編《台灣文學》叢刊，是個特例，也只不過維持了三期，吳濁流出版他的日文小說，張深切出版獄中記，銀鈴會發行中日文混合的油印詩刊——《潮流》，台灣作家的自主性文學活動，僅有這些零星的記錄了。

寄生在〈橋〉副刊的王錦江、王井泉、王白淵、葉石濤、林曙光、蔡德本、黃昆彬、邱媽寅、葉瑞榕、謝哲智、王清溪等台灣人作家，雖然都表現了過人的文學熱情，但限於客觀的條件，並未形成具體的文學果實。

葉石濤的〈三月的媽祖〉是文獻中最早以二二八事件為背景寫成的小說。蔡德本的〈苦瓜〉，描寫戰後孤苦無依的老婦人，兒子戰死南洋，媳婦逃走，為了偷摘愛吃的苦瓜，被園主逮住，寧挨打也不說出自己是誰，苦瓜有雙重象徵意義。黃昆彬的〈美子與豬〉，寫嫁給台灣人受婆婆虐待的日本女子，戰後想養豬為教書的先生製一套西裝，豬得霍亂，夢碎了。謝哲智的〈拾煤屑的小孩〉，寫拾煤渣進而偷煤塊的小孩，不怕挨打，不顧危險，工人們對偷煤的小孩，油然生出同情心，車守卻不顧危險把小孩踢下車去跌斷手臂。邱媽寅的〈叛徒〉，寫戰時在東京的台灣人對自己角色認同的撲朔迷離。葉瑞榕的〈高銘戟〉，是充滿理想的知識份子在戰後成為時代的失落者。王清溪的〈女扒手〉，寫逮住了偷走皮包的女扒手原是慣竊，卻被她動人的表演騙過去了。這些算是〈橋〉副刊在小說方面最尖端的成就了。份量雖不多，這些新銳卻無愧是戰戰兢兢、中規中矩在寫小說了，作家們都能忠實於寫實的、人民的、生活的文學信條。

外省來台作家，也是長於議論拙於創作，除了不成熟的詩作及隨筆外，缺乏擲地有聲的佳構。一九四八年二月與魯迅頗有交情、曾任台灣省編譯館館長及台大中文系系主任的許壽裳被人用斧頭砍死，李何林、雷石榆、李霽野、袁珂等作家嚇得逃回中國，木刻家黃榮燦死在牢裡，臺靜農、黎烈文等噤聲自文壇隱退，一時之間，外省作家紛作鳥獸散。二二八事件對外省作家一樣也造成震撼。

二二八事件後，劇運的發展尤其困難，甚至可以說戰後曾經一度興致勃勃的新劇運動生機，面臨破滅的命運。事件後，受到統治當局言論管制的影響，劇的演出受到層層限制，警備司令部有完全的生殺大權，劇作家的處境危險萬分。「聖烽」的「宋非我是台北社子人，『二二八』事件之後逃往中國大陸。《壁》的作者簡國賢則在『二二八』之後，被誣爲共產黨槍斃。」㉚。日據時代曾演出張文環的〈閹鷄〉的林博秋，曾在戰後組成「人劇座」劇團，演出三幕劇〈罪〉及獨幕劇〈醫德〉，也在事件後銷聲匿跡。二二八後的戲劇活動，絕大部份由國防部新聞局軍中演劇隊、青年軍的「新青年劇團」掌握大局，不是宣傳劇，就是舊劇，與劇運發展無關，卻直接扼制了新劇發展的機會。

事件後，影響新劇發展的重要人物是外省作家陳大禹和台灣作家呂訴上。陳大禹是歌雷〈橋〉集團的一員，因此他所屬的「實驗小劇團」往往能將演出，透過〈橋〉發表意見引發討論。「實驗小劇團」初期演出曹禺的〈原野〉，並嘗試以國語、台語分別演出，後來演出陳大禹編導的〈香蕉香〉（又名〈阿山阿海〉）時，已可以看出陳大禹有意發展與本土相連接的創作路線了，他的閩南語作品〈台北酒家〉雖因故不能上演，卻受到熱烈而廣泛的討論，劇本在〈橋〉刊出後，討伐最力的卻是麥芳嫻、林曙光等台灣閩語系作家，可見文學劇作還是有不能越俎代庖的地方。

日治時代詩人郭水潭

另一個對戰後台灣劇運貢獻卓犖的人就是呂訴上。二二八事件後長期從事劇運的呂訴上，結合張芳洲、王詩琅、吳漫沙、郭水潭、廖漢臣、賴明弘、朱點人、王白淵、陳逸松、黃啓瑞等文藝界知名人士，成立「台北市電影戲劇促進會」，爲戰後第一個本土性的戲劇研究團體。經常有活動、演出，進行廣泛性的戲劇推廣工作。呂訴上本人則勤於編導各種型態的劇本或廣播劇，並埋首台灣「傀儡戲」、「皮猴戲」等之研究，推動台灣演劇改革不遺餘力，其後著有《台灣電影戲劇史》（一九六一年出版）。

被歸類爲半山，曾出任台北市長的游彌堅，曾在戰後初期與許乃昌、黃啓瑞、林獻堂、楊雲萍、蘇新、李萬居等人成立「台灣文化協進會」，發行《台灣文化》。市長任內支持成立「鄉土藝術團」，設有音樂、戲劇、舞蹈、美術、文藝等部，演出民歌、歌仔戲等。

一九四九年四月六日，《公論報》刊出中央社訊：「警備總部近據確報有台大及師院學生廿餘人首謀張貼標語，散發傳單，煽惑人心，擾亂秩序，妨害治安……」有廿餘名台大、師院學生漏夜被捕，獲得其他學生聲援，是爲「四六事件」。原本只是警員、學生之糾紛事件，由於警察抓人又毆打學生，引起學生跨校列隊向警局請願抗議，遭致警方以大逮捕對付，終至引發大學潮。〈橋〉副刊作者——台大學生孫達人（孫志煌）也被逮捕。四月七日，報載：「省府電令師範學院即日停課，聽候整頓，所有學生須一律重行登記。」《公論報》刊出：「本報訊，本市新生報副刊編輯史習枚，昨（六）晨在懷寧路宿舍二樓被治安當局派便衣人員拘訊。又成功日報記者黃佩璜，也於同日早上五時被捕，案情不詳。」歌雷被捕，〈橋〉副刊也就在出刊二百二十三期後，戛然而止，結束了另一個台灣新文學運動積極重建的機會。歌雷雖經其任將軍的親人緩頰，未因此事件坐牢，但〈橋〉副刊因四六事件而終結，則是事實，歌雷也從此隱姓埋名，從台灣文壇消失。〈橋〉的停刊，是一個警訊，它告訴台灣作家，延續日治時代以來的新文學運動的終結，台灣文學將走進一個全新的黑暗時代。

註釋：

❶以上引自林梵：《楊逵畫像》。

❷見一九四八、五、三《和平日報》社論〈台灣的新文學問題〉。

❸見一九五二、三、一《中學生文藝》創刊號。
❹見一九八四年二月《文學界》第九期，葉石濤：〈流淚撒種的，必歡呼收割〉。
❺見《民報》一九四六、二、三社論。
❻見《民報》一九四六、七、十八社論。
❼見《民報》一九四七、八、廿七社論。
❽引自焦桐：《台灣戰後初期的戲劇》第一章第三節〈戰後的本土劇運〉。
❾見一九四六、八、廿二《中華日報》日文版文化欄〈徬徨的台灣文學〉。
❿見同註❸。
⓫見葉石濤：《台灣文學的悲情》，十五頁〈一個台灣老朽作家的嘮叨〉。
⓬以上引自史明：《台灣人四百年史》。
⓭見劉心皇：〈自由中國文學三十年〉，國立編譯館館刊第九卷第二期。
⓮見一九四七、十一、七《新生報》〈橋〉四十期歐陽明：〈台灣新文學的建設〉。
⓯見一九四八、五、廿四《新生報》〈橋〉一一七期揚風：〈文章下鄉〉。
⓰見一九四八、八、四《新生報》〈橋〉一四八期駱駝英：〈論「台灣文學」諸論爭〉。
⓱見一九四八、八、廿五《新生報》〈橋〉一五七期何無感：〈致陳百感先生的一封信〉。

⑱一九四六、十一、廿一創刊，蘇任予主編，共出三十六期，主要作家有江默流、郭風、姚朋、莊幸、江森（何欣），都是外省來台作家。

⑲見一九四七、六、十八《新生報》〈文藝〉第七期江默流：〈造成文藝空氣〉。

⑳見一九四七、七、二《新生報》〈文藝〉第九期沈明作。

㉑見一九四七、七、廿三《新生報》〈文藝〉第十二期毓文作。

㉒見一九四八、三、廿六《新生報》〈橋〉九十五期揚風：〈新時代，新課題〉。

㉓見同註⑭。

㉔以上發言並見於〈橋〉百期擴大號。

㉕見一九四八、四、九《新生報》〈橋〉一〇一期〈如何建立台灣新文學〉續。

㉖見一九四八、五、廿四《新生報》〈橋〉一一七期胡紹鐘：〈建設新台灣文學之路〉。

㉗一九四八、六、十四各報刊載中央社訊發出之錢歌川對台灣文學之意見。

㉘見一九四八年、六、廿三《新生報》〈橋〉一〇三期〈評錢歌川、陳大禹對台灣新文學運動意見〉。

㉙見一九四八、八、一《新生報》〈橋〉一四七期。

㉚見焦桐：《台灣戰後初期的戲劇》。

第三章　風暴中的新文學運動

（一九五〇～一九五九）

一、變色的台灣與變色的文學

在進入一九五〇年代的前夕，台灣再度被捲入苦難歷史的風暴中，中國國民黨的軍隊由於戰事節節失利，重慶、成都的辦公室相繼不保，乃於一九四九年十二月七日宣佈遷設台北。雖然，先此已於八月一日在台北草山設有總裁辦公室，但國民黨政府的正式遷台，才把台灣正式捲入這場戰爭風暴裡去。國民黨政府遷台，爲台灣帶來了「共匪」和「共產黨」。中共曾有意乘勝追擊，攻打台灣，也確曾揚言：「盡一切努力，於短時期內完成解放台灣的任務。」從此，台灣即陷入中共「血洗台灣」和國民黨政府「戡亂」、「戒嚴」的恐共政策的雙重恫嚇中；一方面，台灣人民確實陷入中共可能派兵攻過來的恐懼中，一方面，國民黨政府藉此實施以打擊敵人為名的恐共統治，並檢討「戡亂戰爭」失敗的原因，歸咎於三〇年代的文藝，認為「三〇年代文學」對各方面都有影響，因為它影響了思想。而總的影響，則是共黨得以佔據大陸❶。這樣的結論，使得魯迅等三〇年代中國作家作品在台灣受到禁錮四十年的命運，也立刻將台灣推進新的言論思想管制時代，亦即所謂的白色恐怖統治的開始。不但左翼思想的作家、作品受到清除，在所謂「戰鬥文藝」、「反共抗俄文學」的一元化文學政策下，過去三十年的台灣新文學命脈，被強硬的切斷。

台灣五〇年代前夕開始的戒嚴，可以視為中國內戰的延長，事實上中國內戰蔓延到台灣來，早在警備總司令部發佈全省戒嚴令的一個多月前已經有加緊步調的跡象，台大、師院學生被捕的「四、六事件」就是個警訊，戰後台灣新文學運動的發動機之一的楊逵也在四六這一天，為撰寫「和平宣言」再度被捕，被囚於綠島，而且一去十二年。楊逵的被捕，論者咸信是為陳誠的統治政權舖路，擔任大清掃的工作。「四、六事件」後，外省來台作家逃的逃，不逃的也都銷聲噤音。陳誠在五月二十日發佈「全省戒嚴令」，除了〈橋〉廢刊，「銀鈴會」解散，呂赫若赴港與中共華東局聯絡回台後失踪，下落不明，葉石濤在一九五一年被捕，林曙光在四、六事件時放棄師院學業避回高雄，二二八事件後，繼續寫作的台灣作家中即有黃昆彬、邱媽寅、陳金火、施金池等人遭到逮捕、坐牢的命運。在進入「戰鬥文藝」、「反共抗俄文學」的時代之前，台灣文學發展的根基和理想可以說被完全清理乾淨了。

1949

第八版　星期二　公論報　中華民國

文藝　第一期

T.S.愛略特的「四個四重奏」　Stephen Spender作　江森譯

劇院

天使　康坦斯

一九四九年九月十三日何欣主編之《公論報》〈文藝〉第一期

取而代之的刊物是潘壘的《寶島文藝》月刊、何欣主編的《公論報》〈文藝〉周刊、程大城的《半月文藝》、鐵路局的《暢流》、冷楓主編的《自由談》、金文的《野風》。官營、黨營的報紙也紛紛開闢副刊，計有《民族晚報》的孫陵、《新生報》的馮放民、《中央日報》的耿修業、孫如陵、《中華日報》的徐潛、《經濟時報》的奚志全、《公論報》的王聿均、《全民日報》的黃公偉，他們不但全面佔領、接收了台灣的文壇，也控制了全台灣的言論思想的空間，他們正式標舉「反共文藝運動」。

孫陵主持的《民族晚報》副刊，在一九四九年十一月十六日創刊，其發刊詞便以「戰鬥的姿態出現」，宣言文藝工作者當前的任務，在「展開戰鬥，反擊敵人」，他先假設自己「是一個眞正的、自由主義的文藝工作者」，而且「在呼喚自由，歌頌自由的喉嚨，已被鐮刀斧頭所砍得鮮血淋漓」，那些拿著鐮刀斧頭要切掉他最後一線呼吸的不是別人，正是「僞裝的、破壞的、腐蝕的：打著『自由主義』幌子的，眞正自由主義的敵人」、「自由主義的文藝工作者，沒有對於敵人浪費友愛的必要！」、「他們是反侵略的，反賣國的，反自由主義的當前大敵——蘇聯及其走狗！」，文藝工作者「必須自動的配合客觀環境底要求！配合戰鬥！配合建設！配合革命！我們必須歌頌戰士！歌頌英雄！暴露敵人！暴露奸細！向前方的英勇戰士看齊！向後方的自由戰士靠攏！創造士兵文學！創造反共文學！創造眞正認識自由、保衛自由的自由主義的文學！」

號稱是「自由中國」的第一個反共的報紙副刊，寫下的第一篇反共文藝運動論文，不但迅速地爲自己取得愛國的專利權，也爲自己册封「眞正自由主義的文藝工作者」的頭銜，以此自設的「愛國」、「自由主義」立場，展開一長串的對內鬥爭。正如往後數十年間在箝制台灣社會的反共神話一樣，他們一定先「安全地」、「自由的」跑到沒有「共匪」的地方再高喊反共，他們一定先確定沒有「敵人」威脅了，再大叫「反擊敵人」。從那些聲調高亢的口號裡，不難輕易的發現，他們遠離眞正敵人的威脅後，再從內部選擇比較弱勢者做爲「敵人」再予以痛擊狠打的伎倆。但反共文藝幾乎壟斷了所有的輿論工具、文學園地，他們組成一個叫做「武裝部隊之外的筆部隊」、「自動的作一名反共的文化狙擊手，一發現敵人，便隨時射擊。」❷，原有的、其他的文學聲音，不但沒有任何反擊的能力，而且無所不在的反共、戰鬥文學聲音，幾幾乎佔領了整個五〇年代，想要緘默也倍感威脅。

反共文藝武裝部隊最先抓到李友邦的黨營《新生報》開火。李友邦是戰後回台的「半山」，主持「三民主義青年團」，後來出任國民黨台灣省黨部副主委，兼任《新生報》董事長。歌雷下台後，《新生報》副刊由傅紅蓼接任主編，傅紅蓼被形容爲「鴛鴦蝴蝶派的才子作家，寫寫章回小說，作作酬唱詩，塡艷體詞，甚至和『女弟』玩玩。」因此，他們不把傅當做主要敵人，而「原諒了他」，傅紅蓼主編的《新生報》副刊，發表了一篇署名巴人的〈袖手旁觀論〉，被認爲是呼籲作家不要揷手國共鬥爭，最好袖手旁觀，成了剛發行的〈民族副刊〉筆部隊的槍靶子，認定它是「寫得彎彎曲曲的匪諜文章」，顯然他們將槍口指向李友邦。李友邦是率先著文提出「戰鬥文藝」主張的人，沒想到卻成爲眞假「戰鬥文藝」部隊第一個試槍的靶子——被鬥爭的對象。李友邦在一九五一年七月以「通匪」罪名被槍斃。一九五〇年六月十三日，當局公佈「戡亂時期匪諜檢舉條例」，筆部隊動輒以匪諜修理異己，可視爲某政治團體派出的斥候。李友邦的死也證明了所謂反共抗俄戰鬥文學運動，不過是國民黨內鬨鬥爭的一環，不幸卻將台灣文學推進暗無天日的十年。

二、標榜戰鬥的「反共文學」

反共抗俄文藝筆部隊，除了那些手握副刊的主編外，早期主要的成員還包括于還素、劉心皇、葛賢寧、孫旗、陳紀瀅及一些使用千奇百怪的筆名不敢以眞姓名示人的作者。他們大部分出身情治系統，其中陳紀瀅還是CC團及中統局的幹部。從筆部隊的背景看，他們把文藝運動視同作戰，把不同文藝主張的人視同敵人，是順理成章的事。

把筆桿和槍桿綁在一起的構想，固然出自背後強大的中共渡海血洗台灣的壓力，利用強大的呼聲爲自己壯膽，以虛構的力量，消彌心中的恐懼，也是可以理解的。一九四九年十一月初，國民黨政府正式遷台之前，已經指派也是CC出身的中宣部代部長任卓宣，來台出任台北市文化運動委員會主委，積極展開反共反蘇文化運動，大力提倡反共文藝。一方面掃灰掃黃，一方面高唱反攻大陸歌，替自己叫魂。所謂掃灰掃黃，說穿了就是爲遷台鋪路，國民黨的先遣人員告訴台灣人——「共匪要來」，弄得人心惶惶，能跑的都跑了，不能跑的，誰也不敢相信大片土地無一處守得住的政權，在彈丸之地的台灣又能支持多久？局勢造成的末日心情，被指爲灰色。和整個反共抗俄戰鬥文學，同一模子造成的——先製造出敵人，再高喊反擊敵人；自己製造了灰色、謠言，再高呼掃灰、掃黃。「台灣當時，既然這樣受大陸局勢惡化的影響，在文壇方面，便呈現著『動亂、灰色、和黃色』。方形的黃色雜誌和報導內幕的雜誌很多，裡面的東西，不是黃得一塌糊塗，就是捕風捉影的似是而非的戰局內幕，和一些私人生活內幕；報紙副刊的文章，充滿了名人以及名女人軼事，陳舊不堪的掌故，『鴛鴦派』的抒情，以及庸俗酬唱的舊詩詞。有多少文人噤若寒蟬，不敢說話，也不敢發表文章，有多少文人寫著『大腿、櫻唇、隆胸、豐臀』的黃色文藝，和胡扯白道的洋幽默。」❸。

以文學反映現實、反映人生的角度看，灰黃文藝倒是適時反映了時代，掃灰掃黃不過暴露了以政治力強力干預文藝活動，以蠻力扭曲現實的強悍作風，並開啓了永不歇止的文藝箝制政策。任卓宣的反共文藝，也出過唱歌保衛大台灣的餿主意，孫陵寫的〈保衛大台灣〉將反共文藝推向「有聲有色」的境界，除了虛張聲勢給自己壯膽，還聲言：金澎舟山是海上鋼拳，「敵人來一千，我們殺一千，敵人來一萬，我們殺一萬」之外，完全把「拿起武裝上前線，殺盡共匪保家鄉！」的責任，一股腦推給七百萬台胞。當然，這種放著來到眼前的敵人不打，拚命逃跑，卻叫別人武裝上前線的筆部隊，台灣作家中是沒有人願意奉陪的。整個筆隊伍只有呂訴上（戲劇）是台籍，其餘青一色是外省來台人士。台灣新文學運動，在日據時代台灣總督府的皇民化政策出現後，以及戰後二二八事件，都受到重大的挫傷，但被連根斬掉，還是由於反共抗俄戰鬥文藝運動。台灣作家被殺（徐瓊二，即徐淵琛，徐慶鐘之姪子，《民報》記者，一九四六年當選台北市參議員，一九四九年曾出任游彌堅支持的「鄉土藝術團」團長，一九五〇年遇害）、被捕、因恐懼而逃走、噤聲，尤其是完全失去了文藝園地，根本喪失可以呼吸的空間，傷害是空前的。

進入五〇年代以後，由於世界局勢的重大改變，先是六月廿五日，北韓軍隊越過北緯三十八度線，攻陷南韓首府漢城，美國經由聯合國安全理事會通過出兵南韓，爆發了韓戰。韓戰爆發後，台灣戰略地位改變，使美國發表了所謂「台灣中立化宣言」，下令美國第七艦隊防守台灣海峽，並決定一九五〇年下半年起，對台灣實施軍事、經濟之援助，一九五一年以

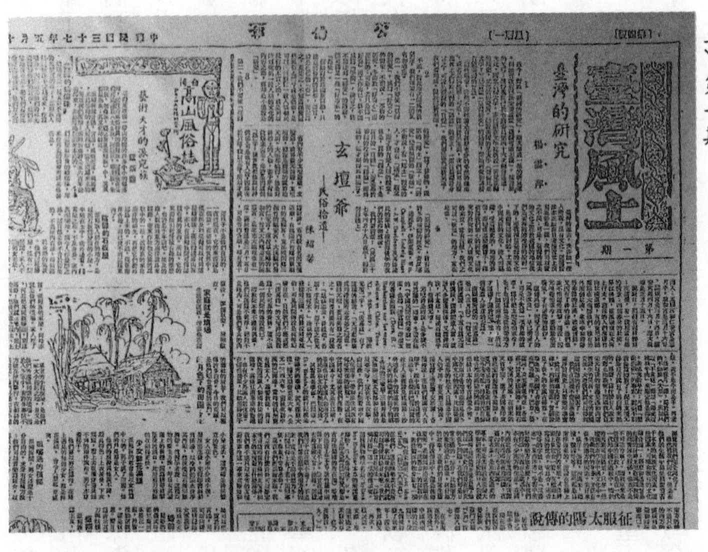
臺灣風土
第一期
臺灣的研究
玄壇爺
—民俗拾遺—
高山風俗誌
征服太陽的傳說

一九四八年五月十日《公論報》〈台灣風土〉第一期

換文方式，成立聯防互助協定，在台北設立援華顧問團辦公室，堅決表示不讓中共侵佔台灣，第七艦隊把台灣從中國大陸隔開，加之大批的軍經奧援，據估計，自一九五一年至一九六五的十五年間，美援達四十億美元，改變了國民黨政府在台灣風雨飄搖的命運。

四〇年代結束以前，官方已經掌握了幾乎全部的文藝媒體，並且迅速建立了「戰鬥性第一，趣味性第二」反共抗俄文藝政策，甚至也盡可能掃清了所有的不同聲音。正式進入五〇年代以後，官方更透過黨、政、軍、救國團及各級學校成立各種型態的——有純官方的，有軍方國防部出面的，有官方出資、以社團掛名的——各形各色的文藝團體，並以這些文藝團體的名義設立文學獎，出版刊物，藉以達到全面控制文藝活動的目的。

一九五〇年五月四日，「中華文藝獎金

委員會」成立，由張道藩擔任主任委員，張道藩亦爲CC團成員。文獎會維持了七年，一九五六年底結束，每年於元旦、「五四」、十月十日、十一月十二日定期舉辦，前後共舉辦十七次，七年間有三千多人投稿，作品近萬件，入選者給予高稿酬或獎金，舉凡詩歌、曲譜、小說、話劇、平劇、文藝理論、宣傳畫、漫畫及木刻、鼓詞小談都在徵求之列，徵稿辦法上特別述明：「蓄有反共抗俄之意義者爲原則」。獲獎作家共有一百二十人，從優得稿費的作家在一千人以上。台灣作家有廖清秀以長篇小說《恩仇血淚記》（一九五二年）及鍾理和以長篇小說《笠山農場》（一九五六年）分獲第三獎及第二獎，李榮春以七十萬言鉅著《祖國與同胞》得稿費獎勵，可惜也只印了二十萬字，其他再也沒有下文。「文協」的成立大會宣言，明白表示是以反共抗俄爲己任，要做文藝戰士，很快地掌握了整個台灣社會文藝的動脈，也因此，食髓知味，以蠶食鯨吞的方式，壟斷了全台灣的文藝生存空間。一九五一年以後，「中國美術學會」、「中國青年寫作協會」、「中國語文學會」、「中國婦女寫作協會」，以及諸多掛名「中國」的音樂、電影、詩學、舞蹈……等官資、官護、官立的文藝組織，配合全面接管控馭下的報紙、雜誌，從中央到地方，從平常百姓到軍人、婦女、學生層層節制，達到一呼百應的威力，配上可觀的金錢支出，官方全面操控了一九五〇年以後台灣的文藝活動。

一九四九年，陸軍上尉的月薪約爲七十八元，一般報紙、雜誌的稿費約爲千字三十元，一九五五年，鍾理和發表四千六百字的〈野茫茫〉，得稿費四十元，不夠從美濃至高雄兌領匯票的車資，被迫留作紀念品❹。一九六一年，中校軍官月薪約四百八十元，一九五五年，台灣國民全民所得平均爲台幣三千二百九十六元，同年，鍾理和以《笠山農場》獲「中華文藝獎金會」小說第二名，獎金一萬元，超過三個國民平均所得。「文獎會到四十五年停辦，短篇、中篇、長篇小說第一獎的獎金，四十五年度是三千元、八千元、一萬二千元」，以當時的物質環境言，這是相當可觀的獎勵了❺。這使人恍然大悟，「中華文藝獎金會」的得獎名單中，何以那麼多人僅在得獎名單出現，卻未曾在詩壇、小說、戲劇界留下任何作品的名字，鉅額獎金對許多人而言，可能是一筆補貼，統治當局則以之視爲籠絡文學的手段。「文獎會」之外，統治當局不恤民膏，借用「軍中文藝獎」（一九五四年）、「教育部學術文藝獎」（一九五五年）、「中山學術文化基金會」（一九六五年）、「中國青年反共救國團青年文藝獎金」（一九六五年）、「中國文藝協會獎章」（一九六〇年）……，多得不勝枚舉的獎勵名目，除了最後一項「中國文藝協會獎章」，沒有一項不挾大得嚇人的獎金數目做號召，名爲獎掖文學文藝創作，實則在以鈔票管理作家、管制文學，這原意在爲虛幻的「反共抗俄文學」湊熱鬧、招徠文人的拙劣的文藝干預非常手段，意外地竟成爲統治當局獲得特殊療效的文藝政策，數十年來竟奉行不渝，以金錢收買、籠絡文人和作家，花費可觀。以一九七二年爲例，僅以學生文藝思想爲對象的「救國團」，其所隸屬的「幼獅通訊社」、「幼獅電台」、「中國青年寫作協會」、「中國婦女寫作協會」、《幼獅月刊》、《幼獅文藝》……活動資金，每年即由國庫支付達六〇億元以上，其他以金錢所做的文藝工作，耗費

《笠山農場》作者鍾理和

之驚人也就可想而知了。

「政府撤遷來台之初，鑑於大陸失敗的教訓，開始重視文藝。而文藝界的本身，也做了深切的反省和檢討，認爲今天的反共戰爭，原是一種思想戰，文藝對於人類思想的影響，較之任何教育來得有效。加以當時追隨政府來台的文藝作家，多是忠貞之士，也多對共黨的殘暴和不仁有深刻的認識，他們飽嘗了顚沛流離之苦、國破家亡之痛，於是以一種極其悲憤的情懷寫出了他們的怨恨、寫出了他們的創痛。而這種怨恨、這種創痛，匯合在一起，就是『反共愛國』意見的具體表現。」❻，這段反省文字，有助於勾勒當年反共抗俄文學的本質和反共文學作家的創作動機，一定的、預存的文學的功能和立場，到底能觸及多少眞正的文學和藝術，便不必多論了，何況，所謂「當時追隨政府來台的文藝作家」之中，有哪些人來台之前可以被稱做作家的?又何以少數曾是「三〇年代」或「抗戰時期」的已知名作家,來台之後,逃回中國的有之,不逃的多保持緘默,不加入「反共文學」的行列?雖然,張道藩曾說,來台的兩年間,「自由中國的文藝運動,隨著反共抗俄的高潮,呈現出空前的蓬勃。」❼,指的是官方主控下「作品量」的豐沛,和巨額獎勵下,對「作家利」的誘聚,但是,事後平心檢討起來:「五〇年代的反共愛國作品是豐沛的。也許這一類作品太多的原因,就難免落入牛哥那類『牛伯伯打游擊』的公式。」❽。

「反共文學」大鍋菜式的同質性(公式化)、虛幻性和戰鬥性等反文學主張,是它的致命傷,所以儘管它霸佔了整個台灣文學發展的空間,文學的收成還是等於零。「據葛賢寧估計:『四十年度自由中國的小說創作,從各純文藝刊物到各大小報紙的副刊,每天平均有二萬字左右呈現到廣大讀者的面前。全年該有七百萬字的份量。』如此說來,五十年代小說創作起碼有七千萬字……。」❾加上反共詩、歌曲、戲劇,和所謂「評論」、「理論」,和不經由刊物刊載直接出版的長篇小說,應有兩億字左右的「反共文學」吧?今果安在哉?令人可惜的不只那些文藝園地,而是黃金般的台灣文學十年歲月被埋葬了。

反共詩與反共歌,以至反共劇,已從題目暴露了其非文學族類,文獎會巨額獎助的孫陵的詩叫〈保衛大台灣〉、楊麗生的詩叫〈華僑愛國大合唱〉、譚峙軍的詩叫〈反攻大合唱〉、李中和的曲叫〈一切都在打勝仗〉。即使數量最可觀的小說,從若干被哄抬得很厲害的「名作」,也仍然不失一切都在打倒萬惡「共匪」的本色。如陳紀瀅、張愛玲、姜貴、潘人木、潘壘等背景、身份、資質未盡相同的「來台作家」（張愛玲僅作品來台，並未長住過台灣），卻一致不例外地赤裸地控訴了「共匪萬惡」。陳紀瀅的小說《荻村傳》有相當紮實的農村背景，對農村、農民生活有深刻的觀察，卻把主題引向故意安排的匪幹，以控訴「共匪」罪行。潘人木的名作《蓮漪表妹》以及《馬蘭自傳》，潘壘的《紅河三部曲》，更是千篇一律在揭發共匪罪惡。潘壘的三部曲有兩部就乾脆定名爲《爲祖國而戰》和《自由自由》。

在所有「反共小說」中，當年被稱作是愛國青年，也是文藝青年的姜貴，出身軍旅，「抗戰八年一直在前線或敵僞區爲國家服務。」❿，他的代表作《旋風》和《重陽》，受胡適肯定爲所有台灣反共八股中僅有的佳作，雖然他的小說主題仍然是控訴「共匪」的殘暴和禍國殃民，但他的地下情治工作人員的經歷，幫助他把小說寫得有點像反共間諜電影《長江一號》那樣曲曲折折的鬥智遊戲，各顯手段後，光明終於贏過了黑暗，滿足消滅萬惡「共匪」的精神勝利。較之那些手法低劣、大量粗製濫造的反共八股，當然別有勝境。姜貴的另一個不同，在於他是反共文學的邊緣人，五〇年代反共文學大行其道的時候，他正涉訟，生活潦倒，是個失意人，這使得他寫作反共小說時，也有此自覺，少了一層負擔，在技巧的控訴了「共產黨暴行」之餘，並不避忌以寫實的手法，同時暴露了中國生活的恐怖、詭譎、狡猾和腐敗，成了對兩面構成撻伐，他對以牙還牙的情治工作鬥爭手段，視以爲常，卻不合當道虛美自己實醜敵人的「反共」原則，因此，儘管他的「反共小說」獨樹一格，卻不受青睞，《旋風》還遭到長期禁刊的命運。

三、軍中文藝與軍人作家

「反共文藝」佔領了《新生報》副刊後，立即增闢〈文藝〉週刊及〈戰士園地〉，《中華日報》也開闢了〈中華文藝〉，以特設管道鼓勵現役軍人寫作。另外《中央日報》、《暢流》、《寶島文藝》、《自由談》、《自由中國》等也配合在軍中找後繼者的任務，於「戰鬥文藝」下發展「軍中文藝」工作。來台軍人受過教育的不多，具有青年學生身份的軍人，距離拿筆打仗仍遠，《新生報》的〈戰士園地〉爲了「接受現役戰士的投稿，小說、散文、新詩分別聘請了幾十位作家，爲投稿的戰士改稿。……後來有不少成名的軍中作家和詩人，就是從『戰士戰士』這塊靶場開始掄槍射擊而成爲百步穿楊的高手。」[11]。一九五〇年六月，「國防部總政治部」創辦《軍中文摘》，後來改名《軍中文藝》，做爲發展軍中文藝的獨立據點，十月則有「軍中電台」、「空軍電台」的設立。一九五二年《青年戰士報》創刊，有副刊專載軍中官兵及眷屬文藝作品。同年，救國團成立。一九五四年，國防部也設置「軍中文藝獎金」，一九五四至一九五八年，計辦了五屆，受獎者多達二百六十九人，散文、小說、詩歌、歌曲、劇本都在獎勵之列。一九六五年以後，更逐年召開「國軍文藝大會」，成立「國軍新文藝運動委員會」，擴大頒獎範圍，分項設立金、銀、銅像獎，獎金極高，前後數千人次得獎，「軍中文藝」、「軍人作家」自成一個系統。以槍桿與筆桿結合的假設理想，硬把識字不多的軍人，培養成可以提筆上陣，既能武鬥，又擅文鬥的筆隊伍，使軍中文藝自成一系，這在世界文學史上都是空前絕後的，值得一記。

循「軍中文藝」管道長大的「知名」作家有：朱西寧、司馬中原、田原、王祿松、李冰、瘂弦、張默、管管、辛鬱（宓世森）、張拓蕪、張騰蛟、周伯乃、蔡丹冶、桑品載、文曉村、提日品（菩提）、王映湘、李藍、邵僩、姜穆、段彩華、張放、楊御龍、盧克彰、李明（尼洛）、張永祥、鄭愁予、朱夜、履彊、林仙龍……等，其他佔多數的屬於得了獎就跑的臨時作家。直到八〇年代仍舉辦軍中文藝獎，「軍中文藝」的影響層面，眞可說是無孔不入了。

「可惜五〇年代作家都斤斤計較於意識鬥爭的窄狹領域，缺乏透視全民族遠景的遠大眼光，終於在文學史上交了白卷。同時，他門來到這一塊陌生的土地上，壓根兒不認識這塊土地的歷史和人民，也不想瞭解此塊土地上台灣民衆眞實的現實生活及其內心生活的理想和心願，更不用說和民衆打成一片。一個作家的根脫離了民衆日常生活的悲苦和歡樂，他們的文學無異是空中樓閣，只是夢囈和嘔吐罷了。實際上他們的根還留在大陸，……把白日夢當做生活現實中所產生的文學，乃壓根兒跟此地民衆扯不上關係的懷鄉文學。」、「他們的文學來自憤怒和仇恨，所以五〇年代文學所開的花朶是白色而荒涼的；缺乏批判性和雄厚的人道主義關懷，使得他們的文學墮爲政策上的附庸，最後導致這些反共文學變成令人生厭的，劃一思想的、口號八股文學。」⑫。

排山倒海而來的「反共抗俄文學」，表面上威勢十足，事實上，它不但贏不到有良知的知識份子的共鳴，一般民衆，不分省籍，一樣也予以唾棄。一九五四年，各報聯合發起「文化清潔運動」、「厲行掃除三害」。嚴厲撻伐「赤色的毒」、「黃色的害」、「黑色的罪」。「反共文藝」墮落爲白色恐怖統治機器的一環，清掃左翼傾向的、人民的、生活的、寫實的、被冠名「赤色的」文學，自不意外，但大張旗鼓的勞師動衆——「這是我國文教各界的一次集體行動的文藝批評工作」，只爲了抵抗黃色小說、武俠小說、黑色（描寫黑社會殺人、越貨、走私、販毒內幕）小說，而大動干戈，亦未免再次暴露了「戰鬥文藝」的戰鬥性，不過是牛椆內鬥牛母而已。黃色小說、武俠小說、黑色、異色小說大行其道，廣爲民衆接受，做爲戰亂時代的精神避難所。葉石濤說：沮喪和疲倦，使得五〇年代部分逃避現實的作家，躲在象牙塔裡大作兒女私情的綺麗夢境，鴛鴦蝴蝶派小說於焉復活。其與「反共文學」的虛構性，頗有同質之處，卻不見容。一九五五年春，蔣介石總統親自號召文藝界實施「戰鬥文藝」，足以讓人瞭解到民間眞正的文藝傾向是什麼。

四、現代派與本土詩的現代化

文學界對「反共文學」巨浪的直接反響，表現在「現代詩」、《文學雜誌》創刊和本土文學的再萌芽三方面。《文學雜誌》創刊於一九五六年九月，以月刊方式維持了四十八期，一直維繫到一九六〇年八月，《現代文學》創刊後才結束。主編是台大外文系任教的夏濟安，他結合了一群在大學任教的人士撰稿，《文學雜誌》強調「苦幹、硬幹、實幹」的樸實作風，夏濟安本人也從未發表什麼有關雜誌的宣言，僅在創刊號後寫了一篇〈致讀者〉，表明不想標新立異，反對舞文弄墨，反對顛倒黑白，反對指鹿為馬，反對共產黨的煽動文學，和不提倡「為藝術而藝術」，只想腳踏實地用心寫好文章，用文章來報國。這篇保守的表白不是完全沒有所指，也在強大的環境壓力下，表示了一定的堅持和自保。

《文學雜誌》採古今交融、中西互映、創作理論並重的編輯方針，既不排斥對舊詩文的探討研究，也刊登了新文學的創作，既不忘以譯介方式引進西方文學作品、理論和文藝思潮，也實質鼓勵了新文學作品的創作、批評和理論探討，樸實、理智、冷靜地避免「身處動亂的時代」而寫出的「動亂」的文章，夏濟安的小心是看得見的。誠然，整體的文學面貌是模糊的，不過，《文學雜誌》在這高壓的時代下，覓得一片比較純淨的文學空間，為台灣文學的發展開啓了一扇呼吸西方文學的窗，仍然具有非比尋常的意義。《文學雜誌》吸收了梁實秋、夏濟安、林以亮、余光中、聶華苓、張愛玲、毛子水、張秀亞、黎烈文、林海音、勞榦、林文月、琦君、陳之藩、於梨華、宋海屏、吳魯芹、王鎮國、梁文星、許世瑛、葉慶炳、侯健等與反共作家陣營截然不同的作家、學者群，也等於間接說明了它是反共文藝政策反響下的產物。夏濟安在《文學雜誌》撒下的種子，直接促發了《現代文學》系統的文學支脈。

「現代詩」與「反共詩歌」的作者群，雖然嚴重重疊，但還有許多怪異語言、怪異詩想、詩風的「現代詩」誕生，則絕對與反共文藝政策有關。五〇年代引進現代詩的關鍵人物是紀弦和覃子豪。紀弦本名路逾，曾與戴望舒等人合辦過《新詩》月刊，來台後也曾獨力出版過《詩誌》詩刊，不過僅出一期。一九五三年成立「現代詩社」，創刊《現代詩》，擎起現代派的旗幟。現代派在詩學上，除了沿襲戴望舒等現代派的旗號，喊喊口號外，並未建立多少自己對於詩的主張；現代派成立時，曾有八十三人加盟，會員一度到達百餘人，但僅以「領導新詩再革命」和「推動新詩現代化」的口號，並未爲詩帶來認眞的外貌或體質上的改變。尤其紀弦相當自負，他以「時代的鼓手」自居，以「開一代新紀元的中國詩的大功臣」、「文學史上永不沉落的一顆全新的太陽」爲自己刻石記功，具有強烈的英雄色彩，令人不得不承認，他這個動作，對人人以戰鬥員自居的戰鬥文學，達到實際的「革命」意義。

紀弦曾經爲現代派制定過自相矛盾、十分曖昧的詩的〈六大信條〉，其中最受爭議的便是「認爲新詩乃是橫的移植，而非縱的繼承」，並要現代派以之爲「一個總的看法」、「一個基本的出發點」，這點引發了詩壇對他主張新詩全面西化論的批判。其次，他把現代派的任務定在「詩的新大陸的探險，詩的處女地之開拓」，重覆表現他與歌雷等人對台灣文學的無知之論，而誤認爲自己是台灣現代詩的開山祖師。最令人發噱的是，他的第六信條——愛國反共，追求自由與民主，硬是爲自己的反叛留了一道孤狸尾巴。覃子豪的「藍星詩社」雖然以民族大義咬住他的「橫的移植」和新詩的抒情本質而非知性兩條，窮追猛打，引發一場論戰。但這樣的詩論戰，並未與台灣社會發生關連，充其量，不過是吊著鋼索離地在空中交戰的兩組遊戲比劃而已。新詩實乃由舊詩體，包括內容與形式的革命及反抗而來，五〇年代的現代詩的崛起，則更進一步是針對反共文學被扭曲的新詩而來，其自有文學變革的軌跡可以探尋，紀弦掩人耳目的第六信條，徒然暴露他的信條的虛假和不負責任，影響也被形容爲「如曇花」。

和紀弦針鋒相對的是覃子豪的「藍星詩社」。覃子豪也是自中國來台的詩人，一九五四年籌組「藍星詩社」，並在《公論報》創刊〈藍星週刊〉，其後再創〈藍星詩頁〉，同仁有鍾鼎文、余光中、夏菁、鄧禹平等人，相對於「現代派」嚴密的籌組過程，「藍星」只能算是鬆散的文藝沙龍，除了藉週刊的一角發表同仁詩作，既無宣言，也沒有任何信條。「藍星」的同仁也承認，「藍星」因對抗紀弦而產生，因此引發論戰自非意外，然而做爲新詩運動道路上的反叛者，引起保守勢力的反抗，也很自然。「藍星」在紀弦放棄現代派之後，一度成爲攻擊現代詩者的箭靶子，而捲入另一場論戰。先是蘇雪林批評現代派的詩是「隨筆亂寫」，覃子豪著文反駁，後來有更多的人加入論戰，又是「傳統的」和「現代的」，在搬弄了一些名詞之後，基本上，這只是個人對文字好惡的爭執，誰也說不出所以然來，不過是打了一場混仗而已。

《創世紀》的發起人也曾經是向上述兩個詩刊投稿的軍中作家——瘂弦、張默、洛夫，三人以左營爲根據地，於一九五四年創刊了《創世紀》。《創世紀》自稱要抖落過於編狹的本鄉本土主義，強調詩的世界性、超現實性、獨創性和純粹性，並提出建立「新民族詩型」的口號。《創世紀》顯然是受到西方詩潮衝擊較大的一個詩社，它的超現實主義曾經被激將說，先吃掉現實再超現實，它在文字、形式上的前衛性、實驗性作法，則被譏爲「惡魔主義、虛無主義、形式主義」，它們也在現代派之後，走上了現代主義的路子，而受到保守主義的強烈批判。《創世紀》成員出身保守的軍中詩人身份，內心的苦悶，形成他們在詩的主張上的加速反抗，容易理解，但問題在於他們並沒有誠實地將這種感受反映在他的詩作上，寧願假冒「超現實」、「純粹」這些遁詞，扭曲他們對現實生活的感受，將詩寫成晦澀、怪異、混亂、無人能懂的夢囈。僅僅一個「晦澀難懂」便在詩壇上整整爭論了十年，仍糾纏不清。

日據時期的台灣新文學運動，詩文不分家，小說家、散文家也都能寫詩，詩人也能寫小說，新詩運動雖未獨樹一幟，卻無損於曾經蓬勃發展的事實。戰後初期，一九四七年以前，戰前戰後兩代台灣詩人：巫永福、吳瀛濤、詹冰、桓夫、陳秀喜、杜潘芳格、羅浪、黃靈芝、林亨泰、錦連等，幾乎不曾歇腳，便積極投入戰後台灣新文學運動的行列。一九四二年創立的詩團體——「銀鈴會」，還曾經由在台北師範學院就讀的同仁：林亨泰、朱實、子潛（許育誠）、蕭翔文（蕭金堆）等帶進師院，結合詹冰、詹明星、陳素吟等成爲有一百多名同仁的詩團體；戰前，「銀鈴會」曾出版過《緣草》詩刊，戰後繼續出刊，一九四八年改名

《潮流》，爲一中日文合刊的油印刊物，一直維持到一九四九年才停刊。紀弦於一九四八年十一月廿九日來台，自誇爲台灣帶來了新詩復興運動的火種，完全是昧於台灣新文學運動歷史的無知和自大。

戰前，打自一九三〇年起，陳奇雲等人即出版有新詩集，一九三〇年陳奇雲出版《熱流》、水蔭萍（楊熾昌）出版《熱帶魚》，一九三一年，王白淵出版《荊棘之路》，一九三二年水蔭萍出版《貿易風》、《樹蘭》，一九三八年邱淳洸出版《化石之戀》……，較之紀弦的詩經驗和他想一手建立台灣詩壇的雄心，令人爲他個人的狂妄悲哀，也爲台灣新詩運動錯過一次碰觸的機會惋惜。即使以「現代派」提出的六大信條中，最受人爭議的現代精神——「超現實」、「知性的純粹語」而言，一九三五年，水蔭萍、李張瑞籌設「風車詩社」出版《風車詩刊》時，早已經歷「超現實主義」的洗禮，水蔭萍的作品，即以創作實踐「知性純粹」的詩想了。

「現代派」的詩在台灣崛起，雖然不直接導源於台灣新詩運動的傳統，但因台灣現實的碰觸而生，是台灣現實的產物則不容否認，同時，由「現代派」衍生而出的《藍星》、《創世紀》，依然也可以做如是觀，就「現代派」在詩主張和詩創作上所挑撥的反抗精神而言，現代詩在台灣具有反叛的本質，且不管它的叛逆是多麼的曖昧，多麼的詭異、不濟事，但它所挑起的反叛情緒，絕不屬於「反共抗俄文學」的嫡傳脈系，則無庸置疑。而它與深受沉重壓力，幾乎偃旗息鼓的台灣新詩運動失去了一個交會的機會，錯身而過，的確可惜。

整個從「現代派」到「創世紀」漫長的十餘年間的現代詩運動中，僅有白萩、林亨泰、黃荷生等三名台灣詩人積極投入，吳瀛濤偶而投稿，雖然他們都是極優秀的詩人，不過在面對「現代派」的走向，還有紀弦的霸主性格，他們所能施展的空間非常有限，事實證明他們只是新詩改革，或新詩革命的信仰者，而不是「現代派」的徒衆。白萩、黃荷生同時間也向《藍星》投稿，而林亨泰、白萩後來加入「創世紀」之後，儼然成了「創世紀」詩集團裡的現代派的理論大師。一方面固然是這個時期整個現代詩運動性格的曖昧不明朗，根本無法成爲強有力的文學生根運動，另一方面，台灣本土詩人由於政治環境造成的、在詩壇退爲客卿的身份，喪失園地和人才，無法主導詩運動的發展，使得整個五〇年代的詩運動，從「反共抗俄文學」殺伐聲開始，在爭吵、曖昧與囁嚅中結束，它在台灣文學史上仍然只是揷枝的文學事件。

五、從石罅中萌芽的本土文學

現代詩運動是一面鏡子，它淸楚地映現了台灣新詩在「反共文學」時代，強風暴雨下的處境，其他的小說、散文、戲劇的命運，自然也好不到那裡去。活躍在〈橋〉副刊時期的小說家、評論家、劇作家，在進入五〇年代之前，都紛紛捲入白色恐怖統治機器，楊逵因〈和平宣言〉入獄十二年，葉石濤、黃昆彬、邱媽寅、吳新榮先後入獄，呂赫若失踪，白色恐怖的陰影足以擴散到每一個作家的心靈上，普遍的作家在驚魂未定之餘，恐怕都未能清醒地辨識這樣截然不同於往者，且又錯綜複雜的形勢，只好失聲銷音，或乾脆遠遠的躲離文壇。

因受人牽連，無罪卻遭到三年監禁的葉石濤說：「五〇年代，我是徹底的旁觀者。從土地改革而失去土地的沒落地主家庭，變成日無隔宿之糧的窮苦人家，文學對於我只是奢侈的夢罷了。整個五〇年代到六〇年代末期，我的文學生命似乎已經結束。我被社會所遺棄，上帝所遺棄，經常住在被一片廣大的甘蔗田所圍繞的農舍裡，靠酒精爐燒飯煮菜，晚上點油燈，……這樣渡過了被人踐踏、爬在泥土上的苦日子。所以我也不太清楚反共文學業已結束。」⓭。

五〇年代的台灣文學，可以說是在基於政治目的、以枉顧文學產生、成長、演變的一定背景條件，以蠻橫的政治力製造的反共文學潮流，直接而深重的傷害了台灣文學。反共文藝動用了所有的社會、文學資源，費盡苦心，殺伐異己，結果製造出來的文藝，終不免被評定爲，吃台灣泥土種出來的五穀長大，卻和台灣的土地脫節，呼吸台灣的空氣，卻與台灣人民永遠隔閡，喝台灣的水卻不唱台灣的歌，作品既不屬於台灣這塊土地，也不屬於他們自己生活的時代。這樣的文學當然讓一向就是從土地裡汲取蜜與乳汁、具有銳利寫實性格的台灣作家，摸門不著，乾脆放棄文學。於是歷經數劫的台灣新文學運動，可以說是進入了最寒冷的一季，前一代的作家幾乎全面消失，戰鬥文藝充斥下，台灣新文學的歷史都流失而空白了。作家完全失去文學承傳的任何熱力，至少在小說創作的傳統上，是澈底切斷的。

廖清秀的作品

五〇年代中期，第一批戰後新一代的台灣小說家誕生了，他們不但在艱辛中開啓了一個嶄新的文學世代，也在精神上承續了台灣新文學最早的傳統，雖然他們不是戰後最早出現的台灣作家，卻仍具有第一代的歷史地位。誠如楊逵的小說題目：〈壓不扁的玫瑰〉，第一代作家是從反共戰鬥文藝的巨石縫隙中長大的，他們雖然走不進反共文藝的隊伍裡去，他們完全沒有虛構反共作品的背景；做爲做家，他們別具自己的使命，但這並不表示他們無法進入那個時代的文學園地。

這些所謂戰後第一代台灣小說家，多半已在終戰前完成日本人的制式教育，年齡在二十歲左右，漢文對他們是完全陌生的語文，做爲作家，所面臨的艱難便是先要以脫胎換骨的毅力克服語言工具的障礙，因此，「文藝寫作協會」所辦的寫作班，「文獎會」以及其他報刊、雜誌舉辦的各式各樣的徵文比賽，成爲他們誠懇學習、考驗自己不能放棄的機會，在通過「獎金」、「徵文」的考驗之前，都經歷長期與退稿奮鬥的日子。第一代台灣作家放棄自己的語言，學習外來語言，並接受外來語言標準評定他們創作水準的怪現象，在世界文學史上，也是絕無僅有的。把持所有文藝副刊、文藝雜誌的中國來台編輯，以自己使用的語言做標準，挑剔本地作家的文字「粗糙」、「不夠優美」，使得新生一代的本土作家人人成了「退稿專家」，造成他們寫作初期難以平復的夢魇。

經由「中國寫作協會」小說研究班首期研習，並以研習作業長篇小說《恩仇血淚記》，在所有戰後新生本土作家中，率先獲得「中華文藝獎金會」獎勵（一九五一年國父誕辰紀念長篇小說第三獎）的廖清秀，正如不少第一代作家一樣，是勤奮創作的楷模，從加入小說研究班之後，即寫作不輟，而且寫作興趣廣泛，寫作近四十年來，發表的長、中、短篇小說、散文小品、論評、傳記、雜文有兩百多篇一百多萬字，翻譯作品五、六百篇，三、四百萬字。四十年來，對文學的熱愛不減，寫作不輟，然而這樣一位臨老的作家，在檢討自己三十多年來的寫作生活時，最大的遺憾仍是「未把文字搞好，文字爲文學的表達工具，也是一種藝術，透過白紙黑字使人感受喜怒哀樂，而文藝的『美』就是文字的『美』。」、「台灣光復後我從ㄅㄆㄇㄈ開始學國語文，讀、背不少文言傑作，也讀不少中外名著且做筆記，三十多年來雖然能把文字寫得通順，但難免樸拙，缺乏字彙，而最要命的是：寫出來的是呆呆板板，缺乏文藝氣息……。記得我使用日語文只有十一年（八歲～十九歲），十六、七歲時寫的……幾十篇散文，六、七萬字卻有佳句連篇、妙趣橫生，現在唸起來，連日本人都稱讚，但我學國語文已有卅多年，卻不如日文，原因何在呢？……光復後學國語文的文友之中，有的說理的文字到爐火純青的地步，寫小說的文字卻生硬，字彙貧乏甚至有些幼稚而不通；……。」⓮。

第一代作家的文字災難，對台灣文學運動具有刨根性的傷害，這逼使他們除了在意識上要逃過「反共文學」的壓迫外，還要在表達工具上扭曲自己，使自己在文字上失去自覺。鍾肇政在回憶五〇年代台灣作家〈艱困孤寂的足跡〉⓯時說：「在這段期間裡，作品較有發表機會的，實在太有限。前面提到的鍾理和的名作〈故鄉〉（由四篇作品構成，一般稱爲〈故鄉四部〉）寫成後四處投稿均遭退，即爲典型例子。」

其實，第一代作家對台灣小說文字的反省和自覺並非全然茫然。在《文友通訊》上便曾經爆發過一絲自覺的火花。《文友通訊》是連繫戰後第一代作家，特別是小說家的、不起眼卻重要萬分的油印刊物。一九五七年，鍾肇政經由梅遜介紹認識了同是本土人作家廖清秀，進而逐漸連絡上了九位、已經在文壇嶄露頭角的本土人寫作者。鍾肇政以興奮莫名的心情發現有這麼多本土同道，乃立意發起，藉由集體通訊，互相交換作品觀摩的方式，期使「精神上聯成一氣齊一步伐，互相策勵」⓰，通訊自一九五七年四月廿三日發出後，迄一九五八年九月九日發出最後一次通訊止，計維持了一年四個月之久。通訊集合了陳火泉、廖清秀、鍾理和、鍾肇政、施翠峰、李榮春、許炳成（文心），以及後來加入的許山木、楊紫江，計有九人，加上因故未加入的林鍾隆和鄭煥，差不多就是五〇年代中期、文壇上可以找得到的本土作家的全部了。

《文友通訊》的主要功能在於聯繫各文友近況，包括生活的和寫作的，互相報告近況——寫作成果、得獎、出版消息，發表對傳閱觀摩作品見解，雖然私人聯誼性質濃厚，但對驚弓之鳥、少得可憐的本土作家，精神鼓勵之大，是不可忽視的，透過那些即興而率性的意見表達，零星卻也暴露若干關鍵性的文學發展問題。譬如：鍾肇政在第一號通訊的前言裡，即表現了開山拓荒、創造文學新紀元的萬丈雄心：「我們不能妄自尊大，也不應妄自菲薄，我們是台灣新文學的開拓者，將來台灣文學之能否在中國文壇上——乃至世界文壇上，佔一席地，關乎我們的努力耕耘，可謂至深且大。」

以台灣文學的開拓者自居的豪語，固然是忽略了賴和以降，台灣新文學運動過去輝煌的一段歷史，也遺漏了戰後初期一度充滿熱力的新文學重建運動，但也顯現出他們已深切體認到做爲台灣人精神象徵的台灣文學的開拓，他們處在一個令人迷惘眩惑的時代，「由於缺乏反共經驗，無從寫出反共意識的作品」，因此，第一代作家的生存空間，狹隘而危險，他們從事寫作要付出極高的智慧和毅力，他們批判戰爭，清理被殖民統治的歲月，寫到所謂日據經驗小說。差不多所有的戰後一代的小說家都寫過被日本統治的經驗小說，或寫求學、或寫當兵，或寫職業、婚姻的歧視，或寫戰爭，大都偏重日據末期、戰爭期間的經驗，和日據時代新文學作家的作品、取材截然不同。

日據經驗小說中的反日、抗日主題，和反共小說虛構的民族主義情緒有可以相容的地方，廖清秀的《恩仇血淚記》獲獎即爲一例：林金火還是小學生的時候，便被日本人欺負，升六年級時，發現本島人教師不能教六年級，半工半讀就職時，受不平等待遇，墜入情網的日本愛人被活生生搶走。但整個故事也有非戰主義者的日本人爲本島人仗義直言，而被搶走的愛人，丈夫戰死南洋，戰後，當警察的公公被毆成重傷，爲了付大筆醫藥費竟淪落爲神女，林金火爲她贖身，日僑撤離之前，公公切腹自殺，遺書感謝林金火的寬大良善。這樣處理日台恩怨，可以說符合「國策」；廖清秀的短篇小說〈冤獄〉亦有相似的主題，可以說開啓了本土作家在戰鬥文藝風潮下一個可能的伸展空間。

鍾理和的《笠山農場》也是一個例子。嚴格說來，《文友通訊》裡的作家，最年長的陳火泉，與最年幼的文心，相差廿三歲，卻無傷於他們屬於同一個文學世代的事實。鍾理和出生於一九一五年，比陳火泉小八歲，比文心大十五歲，都是屬於上一個世代——日據時代的作家，只是他傳奇般的人生際遇，使他早期的文學活動沒出現在台灣而已。鍾理和原是南台灣屏東出生的農家子弟，爲追求同姓結婚的婚姻自由，不惜遠離家鄉，經由日本、滿州至北京定居謀生，直到戰後才攜妻子返鄉。旅居北京期間，即著手實現他從小就擁有的文學之夢，開始寫作，一九四五年四月返台之前，在北京馬德增書店出版的短篇小說集《夾竹桃》便是他第一階段的寫作成績。返鄉後的鍾理和，一度任教於內埔中學，旋因肺疾吐血辭職赴台北療養三年。因病變賣祖產，又因病失去健康無法從事勞動的鍾理和，進入他第二階段的寫作生活。這時，他一邊療病，一邊寫作，雖然體力極差，每天只能寫一、二個小時，但艱苦的生活卻打不倒他，一部叙述土地變遷的歷史、深入描寫農民生活，卻隱含他自己的同姓之戀故事的《笠山農場》，爲他贏得一九五六年「中華文藝獎金會」的長篇小說第二獎（第一獎從缺），奠定他在文壇上的地位。

《笠山農場》著眼於土地和人民，寫得溫馨而富人情，深入現實而不失鄉野生活的情趣，自然也在高壓的文學空氣中覓得一絲生存的空間。回鄉後的鍾理和作品風格迥異，《夾竹桃》年輕氣盛，銳利、明快而不苟且。代表回鄉之作的〈故鄉〉、〈雨〉說明他的作品寫到故鄉的土地裡去，作家的情與愛都反射到他身邊的農民、樵夫身上去了。他那與農民的生活交融，感覺如同一呼吸的描寫，奠定台灣農民文學的典範。當然最能見出鍾理和這個作家

鍾理和作品《夾竹桃》

深情大愛的，還是那些以婚姻、家庭生活為背景的作品，這些作品經常被他傳奇性的婚姻故事干擾，很不容易讓人品味出：出生在一個極端保守世界裡的脆弱的渺小的個人靈魂，如何堅強、武裝起來，向封建社會巨人挑戰的艱苦。〈奔逃〉、〈貧賤夫妻〉、〈同姓之婚〉、〈薪水三百元〉、〈野茫茫〉、〈復活〉……這些作品背後，實際上藏著一顆充滿智慧、深富生活戰鬥意志的作家魂。鍾理和雖然也受的是日本統治下的教育，精通日文，旅居中國期間，一度擔任通譯，卻一起步便堅持以中文寫作，所以戰後返鄉，他沒有跨越語言的難題，但他仍為「退稿專家」。鍾理和一九六〇年八月，因舊疾復發逝世。他的主要文學志業都集中在五〇年代，可惜生前連得獎的《笠山農場》都苦無出版機會，死後，作品才逐漸受人矚目，卻直到七〇年代，台灣文學的鄉土意識漸趨熱烈，全集面世之後，人們才有機會認識鍾理和的作品在整個五〇年代、甚至台灣文學史上的意義。把那些一再碰壁、遭退稿的作品連綴起來，可以發現他乃是五〇年代唯一可以卓然成家的台灣小說家。

鍾理和以農村、農民為背景，而具有獨特生活哲學的作品，不見容於五〇年代文壇，可以揭穿本土作家受到語言工具拘限的謊言和幻覺。其實，戰後返鄉的鍾理和無論創作的經歷抑或中文的使用經驗都遠遠超過那些「反共作家」。李榮春也是另一個見證。李榮春出生於一九一四年，戰爭期間被日本軍方徵調赴中國作戰，其後自稱在中國大陸流浪了九年，戰後才回到故鄉頭城，為了寫作放棄就業的機會。一九五二年已經完成經營數年的七十萬言鉅著《祖國與同胞》，獲得「中華文藝獎金會」的獎金獎助，可惜只印行了二十萬字，其他的至今仍未出版。戰後，立即能以中文寫出七十萬言鉅著的李榮春，在《文友通訊》的自我介紹表格裡卻這樣寫著：「擦脚踏車」爲業，「獨身」、「《祖國與同胞》去年（指一九五六年）出版第一部（一千册）每册成本八元，定價十四元，大中國圖書公司經銷，以五折照算，每册虧本一元……」，「我的一生爲了寫作什麼都廢了。至今還沒有一個自立的基礎，生活一直依賴於人。爲了三餐，將寶貴的時間都費在微賤的工作上……。」⓱。這是鍾理和之外，第二個寫作之神的故事。《祖國與同胞》始終未能以全豹示人，大意是描述一個台灣青年，一心希望以自己生命的熱力報效祖國，卻面臨報效無門的苦惱，只能過著流浪的生活，懊喪之餘，對自己生命存在的意義，都感到懷疑。或許這正是另一個《亞細亞的孤兒》的心聲。在如是惡劣的創作條件下，李榮春仍在一九五八年完成《海角歸人》，於《公論報》〈日月潭〉連載，同樣也未能結集成書。李榮春的故事，不過再次證明戰後本土作家遭遇的一連串的以語言做藉口、實即打壓本土作家的謊言事件。

《文友通訊》第四次正式被提出來討論的文學議題是：〈關於台灣方言文學之我見〉。雄心勃勃的鍾肇政提出此項建議，可能有他實際從事創作時引發的感思，意圖在開拓台灣文學時，先解決語言必須穿制服的迷思，可惜形格勢禁，文友們未盡瞭解他的苦心，除了表示「値得嘗試」、「可使文章生動」、「增加鄉土氣息」、「只能用在對話」之外，都憂慮「外省人」看不懂，不被接受。「語言」，這一最能顯示文學本土自覺的觸角，也就不了了之了，但細審這些第一代作家，包括發表反對發展方言文學者在內，在他們的實際創作中，儘管仍持小心羞怯的態度，但還是表示了本土語言擋不住的吸引力，而發展了既非方言文學，也非「標準」普通語的他們獨特的文學語言。

鍾理和、李榮春之外，廖清秀、鍾肇政、文心、鄭煥、林鍾隆以及終戰時已三十八歲的陳火泉，都是戰後從學習ㄅㄆㄇㄈ開始他們的寫作生涯的，到《文友通訊》開始的一九四七年四月，廖清秀已完成得獎的長篇小說《恩仇血淚記》，出版有短篇小說集《冤獄》。鍾肇政也有翻譯的文藝理論集《寫作與鑑賞》出版，短篇小說〈老人與豬〉獲文獎會稿費，〈阿月的婚事〉獲《豐年》小說比賽第三名。施翠峰的散文集《風土與生活》已連載兩年，長篇小說《愛恨交響曲》，及長篇小說譯作多部連載中，許炳成的短篇小說〈命運的征服者〉（一九五五年）、〈古書店〉（一九四六年）都獲得多項徵文獎的肯定。

陳火泉由於年紀最大，曾經是戰爭末期的日文作家，語言學習對他困難最多，自不必贅言，但他在創作上充滿苦鬥的精神。他最早的作品，可以日據經驗小說〈溫柔的反抗〉做代表，「寫一個本省青年在歡送『皇軍』出征宴席上，趁酒意編造艷遇諷刺驕傲的日本軍官，寫活了日據時代台灣青年心中的一股憤怒，含蘊著強烈的民族意識。」[18]。廖清秀在日據經驗小說之外，短篇〈阿九與土地公〉、〈父與子〉這些作品，顯露了他是個現實感十足的作家，他以世俗人際關係的特別關注形成的小說風格，終身奉行不渝。許炳成是五〇年代台灣文壇年輕的崛起者，但主要的小說作品也完成於五〇年代前後，六〇年代以後，改在電視劇方面發展，與小說創作逐漸疏遠，一九八七年二月，因心臟病發去世。文心的作品對受命運戲弄的人，不吝惜地賦予同情，對人的積極向上鼓勵不遺餘力。文心的筆觸樸素而簡練，小巧型的取材，總能捕捉到深刻打動人心的情節。出版有短篇集《千歲檜》、《生死戀》，散文小說集《我行我歌》及長篇小說《泥路》。《泥路》描寫空襲下的台灣，一家人逃避空襲，疏散鄉間的離亂故事，充滿溫馨和情愛，也算是日據經驗小說的另一種類型。

五〇年代的鍾肇政在文學上只是初試啼聲，多寫生活周邊、具有人生向上意義的小故事，對他六〇年代以後，以長篇小說創作爲主的文學生涯而言，這些作品還看不出他的文學規模，不過，主持《文友通訊》一年，卻多少顯現了他的文學輪廓和企圖心。林鍾隆的寫作風格近似廖清秀，參與的範疇廣袤無邊，長短篇小說、詩、散文、評論、翻譯、劇本、兒童文學、作文指導等樣樣皆通，一九四九年即開始在報上發表作品，也有長達四十年以上寫作不輟的文壇長青樹經歷，據鍾肇政估計，各類作品超過六十冊以上。他的小說具有濃厚的現實生活性，人性中許多隱秘而微妙的事項，常是他特有的取材方向，大致說來，他是不慍不火地寫了四十年。鄭煥與鍾肇政同年，也在五〇年代中期（一九五六年）即有作品發表，作品也獲文獎會獎助。鄭煥係農林學校畢業，也實際從事農耕，所以，早期的作品描寫農村的形形色色，往往具有他人不能及的專業眼光，不過，他的小說也深受農村社會的腳踏實地作風影響，幾乎篇篇都在頌揚人生的光明面，老實卻不夠眞實。七〇年代以後，幾乎不再涉足文壇，他自稱是文學界的一名逃兵，卻「仍未完全放棄文學寫作」，長短篇作品有一百多萬字，結集的有：短篇小說集《長崗嶺的怪石》、《茅武督的故事》、《毒蛇坑繼承者》、

《輪椅》、《崩山記》，長篇小說集《春滿八仙街》。

戰後第一代台灣小說家的創作紀錄，證明終戰後不到十年，經歷過終戰初期的擺盪、二二八事件、反共抗俄戰鬥文藝的洗禮，台灣新文學的種籽還是在自己已經凍僵過的堅硬土地上，迸出了新芽，長出綠色的新葉了，這要歸功於第一代作家的智慧和努力。除了上述在五〇年代小說舞台正式擁有一席之地的作者外，黃春明、東方白、陳映眞等更年輕的一代，也開始發表他們的作品，趕搭上五〇年代的末班車。第一代台灣本土作家，沒有附驥爲反共文學的尾巴，跟著盲目亂喊，而分別從寫實的、生活的、歷史的、生養自己的土地的角度，發展屬於自己的文學，盡到從荆棘橫梗中開拓者的角色，對幾乎消失在迷霧中的台灣新文學，實居關鍵性歷史地位，因爲他們的文學，在精神上承續了台灣新文學的傳統。

五〇年代的散文，也是反共散文的時代，更是散文氾濫的時代，由於散文義界寬鬆，不易界定，固是理由之一，而相較於詩、小說與戲劇，一旦標上「反共」、「戰鬥」，便都受到縱容，許多殺伐之聲，枯燥無味的口號，也寬大地被接納爲散文。當然，依照物極必反的道理，這樣的惡意寬容，也形成一個不斷製造口角是非的時代，有許多假藉各種名目陰損他人，攻訐異己，無奇不有的「雜文」，被冠以「專欄」的堂皇名稱，也混充散文天地。從散文的發展歷史看，五〇年代也是散文毀壞的時代，從一九五〇年到一九五九年，十年間，有案可稽的「散文家」將近八十家，出版的「散文集」有三百多本，平均每家出版近三本，每月也濫造三本散文集以上。這些散文大約可以分爲四大類：

第一類是純粹的反共散文：從《新生報》副刊的戰鬥文藝開始，聲嘶力竭的高罵「共匪」萬惡，並假想已有不少敵人埋伏在他們的身邊，一面細數「共匪」禍國殃民的罪狀罪行，一面以先知的口吻教訓世人，切勿輕忽「共匪」的伎倆。他們發明以「方塊」接力的方式，在紙上和敵人戰鬥。這些「方塊」文章的特色是去頭去尾，不問事情的來龍去脈，只是主觀的認定和告知，寫起來當有相當飽滿的自信才行。當然這和赤裸裸的喊口號即獲得各種高額文藝獎金的口號詩、口號散文比起來，「方塊」負擔了反共文藝教育民眾的任務。

第二類是報導文學形式的遊記散文：這類散文少不了也有個光明的反共尾巴，或不自覺地吐露外國月亮圓的媚外心態，但大都尚能以清晰明快的筆觸，寫些不傷心、不傷情的無害遊記文字。徐鍾珮的《英倫歸來》、蘇雪林的《歐遊獵勝》、謝冰瑩的《菲島遊記》，對絕大多數被嚴密禁錮的心靈而言，異國神遊，多少滿足心靈上片刻的特權享受。

第三類是針對青少年學生而寫的青春散文：這也是女作家的天下，她們只以豐滿的情來看所有的事與物，而不去探觸是與非，講些似是而非的「道理」，頗能迎合還不太會思考的中學階段的青年學生，艾雯、張秀亞，是這類型作家的翹楚。平心而論，她們柔美而優雅的文字，充滿感情的心和筆，倒是唯一眞正保留了一點散文的血脈。

第四類是鄉愁散文：葉珊在回顧五〇年代一批新興的軍中青年詩人的寫作背景時，說：「有一群高度智慧，充滿想像力的青年，因戰火流離，散落在軍中，他們失去接受正規學院教育的機會，卻獲得以鄉愁爲血液，以流亡爲骨架，以憧憬爲糧秣的生命……。」[19]，以此形容一些時代造就的「非作家」的鄉愁散文，也非常適切。對一些乍然陷入時局劇變中的人士，在海峽兩岸的對峙形勢逐漸明朗後，開始懷想過去、家鄉的種種，進而憧憬茫茫前程，有感而發，縱有虛美虛胖，不管自我安慰或存心欺騙自己，仍不失其文學的眞情流露，這類作品也是心思細密的女作家所擅長。

五〇年代的散文，女作家不但多，產能高，就散文的質地言，也普遍較優秀，原因極可能是，她們不屬於反共文學的正規部隊，擁有較多的發展空間。

五〇年代的戲劇是反共抗俄劇的時代。一九五〇年以前，由於二二八事件後，推動本土劇運的重要人士有人被殺、有人被關，劫餘之士如王育德、張深切、吳坤煌、張文環，或遠走他邦，或自劇壇隱退，台灣劇壇以空城被全面接收。在「反共抗俄文藝」的大旗下，國防部成立康樂總隊，也分別在各軍種成立「文化工作隊」、「話劇隊」、「國劇隊」，「文獎會」設重賞鼓勵劇本創作，通過「救國團」在大專院校設立話劇社，甚至台灣省社會處、台北市政府、婦女會、鐵路局等都有自己的劇團。然而這些劇團卻無一例外，都是「反共抗俄文藝」政策下的產物，只是「反共抗俄」政治宣傳的工具，配合由上而下的反共文藝政策，固然盡到爲政治目標、達成「教育」與「宣傳」的功能，但無論是編劇劇本、演員，所受到政策思想的控制，整個「反共抗俄劇」在劇運的成績欄是負數的，它阻礙了四〇年代台灣新劇發展的道路。「反共劇」完全以政治手段解決文藝問題，又用大量金錢誘惑作家，貫澈這樣純人工鼓弄的文藝風潮。王方曙回憶說，一九五〇年，他編了一本四幕反共話劇《鬼世界》，得到「文獎會」一千三百元的稿費，相當於公務員十個月的薪資。⑳，說明了「反共抗俄劇」，所以蔚爲潮流的主要動力所在。

沒有電視的五〇年代，舞台話劇、電台廣播劇是整個劇運的重心，六〇年代以後，這些反共劇本的作者和康樂隊、話劇隊的演員，直接進入電視和電影，也影響到電影、電視劇的品質。當然這之中不乏頗富演戲天份的演員，演技經過長期琢磨已到爐火純青的地步，但也許長期僵化、硬化的演劇政策，並不曾從中造就出有思想、有意識的偉大演員，使所謂電視劇、「國片」爲人詬病數十年。出身佳里的林清文，可以說是整個五〇年代，唯一與第一代台灣小說家一樣，能從龐大的環境壓力下，具有本土自覺的劇作家。林清文自稱寫過無數的劇本，但卻在動盪漂泊的生涯中喪失了，保存下來的只是極有限的部分。不過，從他自己頗覺得意的取材台灣民間流傳的義賊廖添丁的故事，寫成《廖添丁》話劇本，肯定他是個有心人。

六、反共文學的尾音

總結五〇年代的台灣文壇，是隨著撤退軍隊來到台灣的「中國」作家喧賓奪主主控一切的局面下，配合以官方基於政治目標主導的文藝政策，台灣本土作家靠邊站，淪爲文壇邊緣人的文學。然而，官方主導的、以基本「反共抗俄」國策爲依歸的「反共抗俄文學」，是完全違反文藝滋生的自然法則的純人工製品，十年間，文藝不但離地生長，而且離群索居，完全不顧及台灣這塊土地上生活的人民的過去與現在，更遑論未來，全是一廂情願不與人與土地溝通接觸的文學。

因此，這種官方政策文學，雖然雷厲風行，動輒攻此、打彼、掃東、除西，卻也十分輕易地暴露了這種文學的虛假、空洞、荒唐的眞面目，在強大的白色恐怖政策統治下，學院裡有機會洞察文學眞諦的學者作家，以及年輕、敏銳足以嗅覺文學品味的作家，他們雖未能挺身而出，正面扞格這種集體式的荒謬，但他們的確嘗試過迂迴、曲折的反抗，「現代詩」的崛起，《文學雜誌》、《筆匯》等文藝雜誌的創刊，《自由中國》、《文星》雜誌的創刊，無疑都表示這部以人民思想制約爲宗旨的文藝大機器，零件上的銹壞。「反共文藝」像一陣颶風般橫掃台灣文壇，來得迅速，去得也快，嚴格估算，不到十年間，便煙消雲散，留下的只是一場災難的記錄。「反共文學」十年，對台灣新文學運動發展的挫折和傷害，肯定是非常重大，而且是難以估算的，唯一值得慶幸的是，一場暴風洗禮，也的確幫助、刺激了本土作家，無論從小說、詩與戲劇，運用最高的智慧，找回了那顆幾乎被淹沒的麥籽，找到屬於自己的文學和藝術，它們像〈壓不扁的玫瑰〉，從時代的巨石縫罅中迸出來，雖略嫌單薄，卻長得尊嚴而倔強。

註釋：

❶見劉心皇：〈自由中國文學三十年〉，國立編譯館館刊九卷二期。
❷見孫陵：《論反共精神戰線》五版自序。
❸見同註❶。
❹見鍾鐵民：〈父親・我們〉。
❺見張素貞：〈五十年代小說管窺〉，一九八四年三月《文訊》第九期。
❻見李牧：〈新文學運動歷程中的關鍵時代——試探五〇年代自由中國文學創作的思路及其所產生的影響〉，載《文訊》第九期。
❼見尹雪曼編：《中華民國文藝史》八十五頁。
❽見同註❻。
❾見同註❺。
❿見夏志清：〈姜貴的兩部小說〉，收入夏著《中國現代小說史》。
⓫見鳳兮：〈戰鬥過來的日子〉，一九八四年三月《文訊》第九期。
⓬見葉石濤：《台灣文學史綱》八十八頁、八十九頁。
⓭見葉石濤：〈一個台灣老朽作家的告白〉，載《走向台灣文學》。
⓮見一九八四年十月《文訊》第十四期，廖清秀：〈業餘寫作三十多年〉。
⓯見一九八四年三月《文訊》第九期。
⓰見一九五七年四月廿三日《文友通訊》，該訊重刊於一九八三年元月《文學界》第五

期。

⑰見同前，第二次通訊。

⑱見同註⑮。

⑲見一九七二年三月《現代文學》季刊第四十六期〈寫在「回顧」專號的前面〉。

⑳見一九八七年十月《文訊》第三十二期王方曙：〈天生和戲劇分不開〉。

第四章　埋頭深耕的年代

（一九六〇～一九六九）

一、由孤立到自立的台灣政局

由於韓戰爆發，五〇年代的台灣開始捲入美蘇兩大對立勢力的紛爭中，原本在國際間處於孤立狀態的台灣執政當局，又突然意外地成爲東西勢力對峙下的一顆棋子，使美國找到再度干預「中國」事務的藉口，以及第七艦隊協防台灣海峽的理由，美國的態度確立了台灣海峽兩岸政團比較固定的局面，直到一九六四年九月，越南發生美艦在東京灣被襲擊的「東京灣事件」，爆發越戰，國際兩大對峙勢力關係更形緊張，更進一步確立台海分隔的形勢。當然，中共在一九六六年發生「文化大革命」，內顧不暇，而且一亂十年，也對此一形勢有直接而重大的影響。

國際局勢的演變，使得五〇年代，顯得狼狽慌亂的政權，和以粗暴的高壓手段武裝內在恐慌的政治，開始有喘息、整頓自己情緒的機會，至少海峽兩岸在國際局勢緊繃的時刻，暫時不必面臨立刻的攤牌。此後，台灣便依附在美國西方勢力集團，靠美方的軍經援助，鞏固了初期的統治局面，在國際間，也跟在美國之後，進行具有獨立實體的國際外交關係，走入國際社會，雖然此一依附性的行為，有其不可靠性，一九六五年，聯合國二十屆年會，即有古巴提案，主張以中共入會，取得大會及安理會「中國」代表的席位，此案雖未成立，但也已暴露了台灣對外關係，取決於美國立場的脆弱性，此一憂慮終於在七〇年代開始，噩夢成為事實，這是後話。六〇年代開始的台灣，的確由於國際局勢的變化，東西兩大霸權國製造的緊張對峙，而使得地位改變，得到在縫隙中喘息的機會，卻是不爭的事實。

一九六〇年，自稱是屬於西方民主集團一員的國民政府，以修訂「動員戡亂時期臨時條款」的方式，完成了「不斷任總統」的法律程序，而且在五〇年代，透過實施「戒嚴令」遂行白色恐怖統治，建立嚴厲肅殺的統治風格，消除《自由中國》等雜音之後，整個政權的對內、對外，都顯得比五〇年代穩定許多。由於台灣海峽兩岸基於相同的意願，近乎完全的隔絕，「血洗台灣」、「匪諜滲透」等危機的迫切性也減緩許多，台灣內部以反對外來政權集權統治的台灣獨立運動，在島內也限於彭明敏、謝聰敏、魏廷朝師生三人集團的散發獨立宣言事件而已，有組織的台獨都遙隔大海，彼此心裡都明白，對政權並不構成直接威脅，因此，整個六〇年代的台灣政局，可以說只是處於略顯緊張卻不完全緊繃的情況。

六〇年代開始的台灣，從官方到民間，都開始逐漸擺脫戰亂、饑餓、流亡的心態，開始認眞生產和建設。官方在六〇年代時，已開始進行第三期的四年經濟計劃，由於受教育人口增加，人口往都市集中，在六〇年代中期，台灣已經完成以勞力密集、工資低廉、由農業社會轉型爲初級工業社會的準備。美國在一九六五年七月一日，終止對台經濟援助，一九六六年十二月三日，高雄加工出口區落成啓用，對外貿易入超逐漸減少，六〇年代結束前，台灣成爲出超國家的想望，已經肯定可以實現，這使得台灣無論對外、對內都形成一獨立運作的政體。不過，這一表面上漸趨穩定的政體，實際上並未能從外在局勢的遞變中，學習到掌握到多少自主的實力和權利，「漢賊不兩立」的僵硬政策，使得自己喪失國際間一些薄弱的支持，法國、日本、菲律賓、加拿大，甚至美國，也都在這個年代的政策中，走出台灣社會，六〇年代是台灣經歷驚濤駭浪重回孤立處境的歷程。台灣在六〇年代的僵硬封閉政策，把偶然開啓的國際門窗，又紛紛關閉了。整體而言，六〇年代的台灣，還是個燥熱而密閉的空間，不自禁也顯露了某種焦躁、鬱悶和徬徨的時代氣息。

二、從反叛出發的現代主義文學

海峽兩岸的中國人，在不同的時間、不同的情況下，曾經不約而同地以一棵毒草形容他們所厭惡的異己文學。不管文學是一棵草也罷，一粒麥籽也罷，文學需要土壤、陽光、水份才能生長，則是沒有可以爭議的事實，然而以五〇年代台灣文學的處境論，反共抗俄戰鬥文學，像一把連天蔓延的野火，一度燒光了所有眼睛可以看得到的綠意，也燒盡了所有的生機，當然，它不包括藏在泥土地裡的麥籽，它保存了台灣文學的一線生機。但首先對著野火的灰燼潑尿發出抗議聲的，卻不是這些浴火再生、謙卑的麥籽，而是無法忍受反共文藝虛假的現代派。

雖然，五〇年代，紀弦的「現代派」來勢洶洶，頗有揭竿而起的味道，但也由於紀弦個人的原因，現代派的造反，即使現代社的同仁，也沒有給予贏糧景從的支持，逼得紀弦很快地懷疑、自責自己的孟浪，並解散現代社。現代派的解散，並不意味紀弦以現代派包裝的西化派文藝思想就此銷聲匿跡，對紀弦的現代社，明顯有扞格意見的「藍星」以及「創世紀」等詩社，雖然沒有像紀弦一樣，撇開自己提出六大受人爭議的信條，骨子裡卻不脫「現代」「西化」的本質，甚至就整個時代文藝的趨向而言，也是反叛的。結束在六〇年代初期的《文學雜誌》和創刊在五〇年代末期的《筆匯》，都沒有直接提「西化」或「反叛」的問題，甚至還裝模作樣地祭出擁抱偉大傳統的可笑護身符旗，卻完全無法掩蓋他們「西化」、「反傳統」的真面貌。夏濟安在《文學雜誌》創刊號的〈致讀者〉中，打了一道啞謎：「時代動亂，文學不動亂。」一方面固然表明《文學雜誌》是保守的擁護派，不想當造反的革命派，另一方面，也可能表示他反對喊打喊殺的反共八股，表示對動亂文學的抗議。

從紀弦到夏濟安，的確點燃了反叛文學的火苗，卻充其量只能算是乍然迸現卻瞬即消失的火花，只是一種反叛的情緒，並未形成力量，紀弦只匆匆丟下一句「橫的移植」的口號，夏濟安則默默進行了比較長時間的橫的移植的工作，卻也始終不能拿出移植的成果來，不錯，《文學雜誌》栽培了白先勇這樣的作家，畢竟距離一個嶄新的文學時代還遠。

詩的現代化要比小說的現代化早出發好幾年，但眞正驗收現代化成果的卻是小說。夏濟安在台大培養出來的學生，在《文學雜誌》結束時，創辦了「現代文學社」，發刊《現代文學》。白先勇等人主持的《現代文學》一共辦了十三年，出版五十一期，貫穿整個六〇年代，成爲整個現代主義文學的重鎭。「現代文學社」以台大外文系的學生爲骨幹，白先勇、陳若曦、歐陽子、王文興、叢甦、葉維廉、劉紹銘、杜國清……都是具有創作實踐能力的參與者，他們能譯也能寫，這對「現代主義」的推波助瀾，顯現了空前的積極和威力。五〇年代後期的「《現代詩》、《藍星》、《創世紀》以及《文學雜誌》，都大量譯介了西洋現代派、象徵派、超現實主義的詩和理論，如里爾克、艾略特、龐德、梵樂希、戴蘭、湯瑪斯、康明思、佛洛伊德等人的詩和文學理論都相繼被年輕一代視爲圭臬，且刻意模仿學習。」❶，由於缺少《現代文學》強大有實踐能力的創作群，他們的「西化」、「橫的移植」只好以心餘力絀收場。

一九六〇年三月，《現代文學》創刊，創刊號推出〈卡夫卡專號〉，之後則陸續介紹了托瑪斯·曼、喬埃斯、勞倫斯、吳爾芙、沙特、卡繆、亨利·詹姆斯、福克納、貝克特等歐美現代主義代表作家。創刊號的發刊詞即表示，他們打算有系統地翻譯介紹西方近代藝術學派與潮流、批評和思想，以及這些作家的代表作，理由是有感於舊有的藝術形式和風格不足以表現現代人的藝術情感，依據他山之石的進步原則，決定試驗、摸索的創造新的藝術形式和風格。「現代文學社」一起步，便表現了積極的西方文學追求熱情，他們對西方，特別是對汲取英美文學的形式和精華，改造當代文學，賦予極高度的期待。也許不容否認的，「現代派」詩人頗以台灣新詩的開創者自居，以新詩的改革者自命，卻無法掩藏他們是反共八股文學的反叛者，他們只是逃避、害怕面對現實，以躲避災難的心情，躲進晦澀難懂的自圓其說中去；《現代文學》雖然不是現代派的嫡系眞傳，但從歷史環境背景的條件看，它仍然兼揉了「反叛」與「逃避」的雙重屬性，只是《現代文學》找到了另一個更堂皇的口實——師取西方文學長技而已，不再魯莽地用受人爭議的「西化」或「移植」口號。

《現代文學》帶來的現代主義文學，對台灣文壇的影響是多面而深遠的，也陸續地，甚而延續到七〇年代還遭受到一些嚴苛的批評：「台灣的現代主義，不但是西方現代主義的末流，而且是這末流的第二次元的亞流」，它缺乏客觀的基礎，「現代主義文藝是現代社會底產物。台灣現代化的現在程度問題；現代化的虛像和實像間的超離，即現代的性質問題，『在在都說明了何以此間的現代主義缺乏了某種具有實感的東西；何以徒然具有「現代」的空架，一片輕飄飄的糊塗景象，就連現代人的某種疼痛和悲愴的感覺都是那麼做作。土壤貧瘠，又偏偏要學別人種一些不適於這個土壤的東西，長的當然也就一片焦黃，而且斑斑蟲蝕的了』，在此間的現代主義文藝裡，看不見任何思考底、知性底東西。文化人在思考、知性上的陰萎症狀之普遍，實在找不到第二塊土地可以和這兒比較的罷。……現代主義者們，只是在那兒玩弄語言、色彩和音響上的蒼白趣味，只是在那兒幼稚地堆著形式的積木，只是在那兒絮絮不休地纏著一些形而上的——連他自己都給唬得昏頭轉向了的——『理論』和『哲學』」、「變成了一種和實際生活、實際問題完全脫了線的把戲。」、「不是徒然玩弄著欺罔的形式，便是沉溺在一種幼稚的、以『自我』那麼一小塊方寸爲中心裡的感傷；不是以……墮落了的虛無主義、性的倒錯、無內容的叛逆感，語言不清的玄學，等等——做內容，就是捲縮在發黃了的象牙塔裡，揮動著廢頹的白手套。」❷。

這樣的批評對「現代派」的詩人而言，或許還算適切，他們精神心靈的荒蕪、語言的扭曲、意象的晦澀，的確將文學帶進令人惶惑不已的世界，但對「現代文學社」的小說家，卻絕大部分不適合。《現代文學》的主要小說家：白先勇、陳若曦、聶華苓、於梨華、東方白，以及稍後出現的王禎和、李昂等人的小說，固然也用了意識流、暗喩、象徵等現代主義小說的表現技法，以豐富他們作品的意象或活潑他們作品的表現方法，但還不至於生呑活剝卡夫卡、沙特、卡繆等人的作品，成爲只取其形骸的亞流或末流，包括白先勇在內，這些被歸類爲現主義文學一派的作家，基本的創作意識還是走寫實主義的路子，他們只是侷限性地取材於自己偏好偏向的某個現實角落而已，他們的作品在性格上並未忽略對現實人文或地理歷史環境的觀照，這也是他們同具反叛精神的理由。雖然，「現代文學社」沒有明白做這樣的宣示，但他們的作品卻說明他們是反映現實、反映時代的寫實作家。將引進現代主義文學理論和示範作品的行爲與現代派作家的創作，混爲一談，是現代派文學令人困惑的主要原因，其實，現代主義文學理論被應用在創作上只是局部的、有選擇性的，若干以模仿爲出發的實驗性作品，也並未蔚爲主流，把這筆帳算在《現代文學》身上，也不公允。

《現代文學》率先引進卡夫卡……等西方現代主義代表作家作品及其理論，和「現代派」詩人引進里爾克、艾略特……基本的用意是相同的，本意在爲燥熱煩悶的文學處境打開一面透氣透光的窗。當然，現代主義文學的旗子初初被擎起時，和「反傳統」、「西化」、「自我解放」、「存在主義」扯在一起，未能釐清哲學的與文學的不同課題，而予人模糊、雜亂、不確定、無條理的惡劣印象，指責與辯護都顯得胡天亂指，現代派的功過，恐怕一直到現在還是一團未完全解清的謎。

台灣現代主義文學引進的現代文學理論，由於缺乏條理，一開始便出現舊貨商收破爛的心態，不分哲學文學，從尼采、齊克果、卡夫卡、佛洛伊德、卡繆到艾略特、福克納、海明威……，任意攀引的現象，朦朧中可以確定的是，台灣的現代主義文學首先學到的是強調應把人的生活重心放在自己身上，進而做到自我解放和探索。五〇年代以前，台灣新文學運動的寫實精神著重在對人爲制度的解放，有來自政治力造成的，有來自傳統社會形成的，有來自階級觀念的，有來自男女兩性不平的種種桎梏，是他們致力解除的對象。六〇年代的台灣現代主義文學，所以被形容是既反叛又逃避，理由便在於它放棄了來自政治、社會、階級解放未盡的文學傳統使命，雖然他們也有很好的藉口，他們說：「五四以來，社會寫實主義爲主流的中國現代小說，凡是成功的作品，都是社會意識，與藝術表現之間，得到一種協調平衡後的產品。」❸。在理論上，它接受了歐美現代主義以人爲探索、解放對象的反叛，而避免與統治機器的運作發生衝突。當然在那個大統治機器之前，個人完全不受尊重，人性受到嚴重渺視、扭曲的時代，強調自我解放的意識仍然是值得寶貴的覺醒，而且也是有勇氣的反叛。

歐美現代主義作家作品中，一度被學院和學生們奉爲現代主義圭臬的有卡夫卡的《審判》、《城堡》、《變形人》，卡繆的《異鄉人》、《瘟疫》，喬埃斯的《優里西斯》，沙特的《牆》等。卡夫卡的《城堡》寫應聘到城堡去任職的測量師，雖然淸楚地知道城堡就聳立在那裡，卻無論如何摸不到城堡的路，測量師執拗地努力不懈、用盡計策、受盡磨難，也要踏進那城堡，「縱令救助永遠不來，也隨時準備著成爲符合救助條件的一個人」，揭示了生存的先決條件在於不放棄自己。《變形人》則描寫變成大蟑螂之後的推銷員，便失去了人應有的一切——自我、尊嚴、愛與被愛，告訴人們，保有自我才有一切。卡繆的《異鄉人》，莫魯蘇無意識地殺了阿拉伯人，被判死刑，不利他的旁證是他遭逢母喪，仍不放棄自我的逸樂，即使面臨生與死的最後抉擇，仍然不肯以僞善的面具拯救自己。莫魯蘇冷漠地面對世俗、冷漠地面對生命，他認爲死亡是人不可避免的一關，總之都要死，活三十歲和七十歲並沒有什麼區別，有人死了，別的男人和女人仍然會和這個世界一起活下去，最重要的是：「人生是不值得活下去的，這是一種常識。」《異鄉人》把人存在的意義和生命的價值定位於不受世俗支配、甚至不受生死拘束。存在主義大師沙特的《牆》，也寫到即將被處決的囚徒，死囚們認爲他們的死訊將換取親人們的傷心、哭泣，但必須死的仍是他們，他們不願意浪費即使僅剩兩小時的生命，在睡眼惺忪之下，死得像一條狗，寧願讓自己的思維繼續不斷地飛越、追逐。這是典型的存在主義者所要肯定的生命意義和價值——淸醒地用自己的方式掌握自己每一分每一秒的生命。

六〇年代台灣文壇對現代主義文學風靡的原因，顯然不是源自對現代主義文學意識流、暗喻、象徵……這些文學上的表現技法，而是受到存在主義哲學以及佛洛伊德精神分析學潛意識和泛性心理學的衝擊。佛洛伊德的學說，分析了現代物質文明壟斷下，現代人心靈出現徬徨、苦悶、焦躁不安、失落、虛無現象，並嘗試剝開這種不容易解說的現象，追究到潛意識的發現。這不僅開拓了嶄新的精神探索領域，並對人類掙脫傳統思考牢籠、追求自我，通過意識流開展思想領域的哲學層面也有極大的貢獻，當然，佛洛伊德學說被應用在文學創作上，其影響也是無從估量的。意識流之說是文學創作擺脫傳統合乎邏輯的思考和語法，最主要的依據，而且是眞是假，也難以驗證，意識流的創作，無論是用在詩，或小說的語言，往往振振有詞以創作即在捕捉那些瞬間即滅的意識活動，做爲拒絕驗證的理由。在六〇年代，佛洛伊德學說，對本地文學創作和文學理論，帶來的困惑、爭論，要比實際影響到作家在創作上的實踐成績，超過很多。而佛洛伊德學說中最受爭議的還是他的泛性心理學，影響也最直接。於梨華、白先勇、王文興等人後來的作品，都或深或淺地寫到佛洛伊德的戀母情結或母子、兄妹之間的亂倫之戀。佛式的精神分析學，直接支持了「超現實主義」和「意識流」等文學創作活動，固是事實，六〇年代作家普遍受到衝擊，也是事實，除開一部分盲目模仿，而被斥爲「亞流」、「末流」的現代主義者外，大部分的作家，還是淺嚐即止，保持了有選擇的距離。

儘管佛洛伊德學說和存在主義哲學，都像一陣狂風般襲捲六〇年代的台灣文壇，顯然它在哲學思考上的意義超過影響文學創作的本身，存在主義哲學對生存的意義，對人的價值的思考，出現在慣性的集權統治下人群的意義，就很不平凡，刺激、衝擊自不待言。不過，這陣狂風忽然而來，匆匆而去，只是從空中掃過，像水土不服的異域植物，移植並未成功，理由不僅僅在於時間上晚了西方五十年，而且這些學說發生的背景被完全忽略了，存在主義哲學、存在主義文學，甚至佛洛伊德學說，都可以說是戰爭的產品，歐洲人經歷大戰造成集體大屠殺的厄運，以及人類以智慧結晶的現代科技對人類的傷害、對自然的破壞，逼使他們從恐懼、頹喪、苦悶、迷失、悲觀、絕望的情緒中，重新積極思考人的存在定位問題，所獲致的嶄新的肯定自我生存意義和價值的哲學。存在主義文學家卡繆親身經歷了兩次歐洲大戰的浩劫，戰爭帶來的集體屠殺、死亡，生命、財產、尊嚴都蕩然無存，籠罩在戰後社會的不安和暴力，使他不得不認眞尋找人存在的根本問題。當然，台灣的現代主義文學信仰者，顯然忽略了這樣一個重要的歷史、環境背景，只是乾啞著喉嚨學著嘶吼：荒謬、苦悶、迷失、頹廢、死亡。事實上，他們有不少人經歷過戰火，至少他們還生活在法西斯統治下，他們有人誑稱自己的文學是「揹負歷史和民族的重量」，其實連誠實的反映自己的時代都沒有做到。台灣六〇年代的現代主義文學被譏評爲：內容貧乏、思想蒼白。這並不是現代主義的錯，而是錯在台灣的現代主義文學者選擇了現代主義做爲面對作家任務的避難室。「現代文學社」的同仁，頗有自知之明，他們在創刊號的發刊詞中便表明，對外國藝術，只師法它的形式和風格，因此，西方現代主義文學的出現對西方文學發展具有革命性的意義，在台灣文學並不曾發生，易言之，六〇年代西化派的作家們，並未認眞執行現代主義的移植工程，他們只不過利用歐美文學跑龍套而已，在師取若干西方文學的形式表達技巧後，仍發展了屬於自己的文學；其次，他們小心避開了認眞執行諸如存在主義文學的堅持和訴求，存心把現代主義當個幌子，因此，假設反共文學是以橫暴的態度揷在台灣土地上的一束人工塑膠花，那麼西化派和現代主義文學也只是揷在花瓶裡的一朶鮮花，不曾在土地上生根，終究要枯萎的。

三、從蒼白的大地上迸出來的綠意

六〇年代是本土主義文學埋頭深耕的年代，原本是一片沃野的台灣文學土地，剩下的只是重新發芽的脆弱麥籽。和執持現代主義的西化派作家比較起來，本土作家沒有理論依據，卻是最有根據的文學。它的根據在土地與人民，是屬於自然發生的文學。五〇年代中期以後，具有台灣人本土意識的文學，逐漸以伏流湧現的方式，從已成焦土的鄉土上再冒了出來，是有其歷史的偶然性和必然性的。以移民爲主體的台灣社會特性，一直秉持生存第一的原則，具有嚴格生存規律，在從無到有，只有不斷甩落貧窮的生存經驗裡，文學詩歌無疑是非必要性的，然而從長期被外來政權的統治經驗裡，也終於學會文化抵抗的智慧，認眞探究起來，反共文藝政策全面性地否定台灣文學，適巧提供了台灣文學的一線轉機，台灣本土意識文學正如它過往優良的傳統，爲台灣人的存在保存一系血脈，留下一盞照明的燈。

以五〇年代幾爲一片焦土的本土文學環境，台灣本土文學與作家的出現，可以說受到重重限制，能夠從焦土上迅速站起來重建，憑藉的實在只是作家永不屈服的精神。此一不屈的精神，延續了日據時期新文學運動的反抗精神傳統。也因此，本土意識作家的「反抗」與現代派作家的「反叛」，層面、標的未盡相同，動機也不一樣，卻不乏可以交通、互補的地方，許多本土作家並不拒絕現代主義文學帶來的文學表達新技巧，對文學的西化主張，也不嚴格排斥，有不少本土作家也嘗試演出過具有意識流或存在主義風格的作品，而「現代派」到「現代文學社」集團中的詩人、小說家、理論家、翻譯家，也不乏具有濃厚本土意識自覺的文學工作者參與其間，而且，絕大部分的現代派、西化派作家，在創作上還是採行「寫實」、「超現實」、「意識流」、「象徵」等多邊游走的寫作方法，絕大多數的現代派作家都不排斥爲寫實主義文學的一員。雖然現代派作家並不像本土作家緊緊地貼在台灣這塊土地和它的人民一起成長，從中汲取創作所需的乳與蜜，但他們也反對無的放矢、脫離人群和土地的假文學，只是他們意識中的人與土地，與本土作家堅持的範疇不同而已。

白先勇剖析五〇年代的反共文藝，認爲早期中國大陸來台作家，缺乏足夠的眼光和膽量看清錯綜複雜的局勢，盲目地接受了官方所宣傳的反攻神話，內心爲思鄉情懷所充塞，行動爲回憶所束縛，「只好生活在自我欺瞞中」，而自認爲自己「新一代的作者卻勇往直前，毫無畏忌地試圖正面探究歷史事實的眞況，他們拒絕承受上一代喪失家園的罪疚感，亦不慚愧地揭露台灣生活黑暗的一面。這自然不是易事，國府雖然很少干涉這些新進作家，出版檢查的陰影卻常常存在。」、「新一代的作者沒有機會接觸到較早時代的作品，因爲魯迅、矛盾及其他左翼作家的作品全遭封禁，他們未能承受上一代的文學遺產，找不到可以比擬、模仿、競爭的對象。」、「這些作家爲了避過政府的檢查，處處避免正面評議當前社會政治的問題，轉向個人內心的探索：他們在台的依歸終向問題，與傳統文化隔絕問題，精神上不安的感受、在那小島上禁閉所造成的恐怖感，身爲上一代罪孽的人質所造成的迷惘等。因此不論在事實需要上面，或在本身意識強烈驅使下，這些作家只好轉向內在、心靈方面的探索。」[4]，這些成爲自覺無根的外省來台第二代作家，自我放逐的理由，其實不少本土土生土長的現代派新生一代，也完全接受這樣的想法，他們明顯地告訴世人，他們做爲作家的文學之根，就是「五四」，就是魯迅、茅盾等左翼文人的作品，和「五四」所反對的「傳統」、心裡忘不掉「縱的繼承」、手裡卻拚命搞「橫的移植」，這樣的矛盾語法，不但構成他們後來非自我放逐不可的理由，更重要的是從這裡也確定了他們與本土作家的文學，一起步便走在完全不同的分岔點上，本土作家清楚地知道他們的文學之根在哪兒，也從來沒有失根的感覺。

六〇年代開始，鍾肇政、廖清秀、鄭煥、林鍾隆、施翠峰、陳火泉等五〇年代出發的戰後第一代繼續展現他們更圓熟的作品外，陳映眞、黃春明、東方白、李喬、鄭清文、王禎和、歐陽子、陳若曦、七等生、季季、江上、鍾鐵民、黃娟、施叔青、魏畹枝、林懷民、潘榮禮、李昂、洪醒夫等戰後第二代小說家也循序在六〇年代出現。詩人方面，吳瀛濤、詹冰、陳千武、白萩、林亨泰、錦連、黃荷生、何瑞雄，有的復出，有的隨著他們依存的詩社，已有可

吳濁流《亞細亞的孤兒》中文版於一九五九年六月首度以《孤帆》發行

觀產量的詩作或詩集出版，趙天儀、李魁賢、杜國清、林佛兒、林宗源、洪素麗、林南（黃樹根）、葉笛、鄭炯明、李敏勇、莊金國等戰後台灣詩壇的中堅詩人，也都邁開了他們創作的腳步。

一九六五年，終戰二十年，鍾肇政分別說服穆中南的「文壇社」出版了一套《本省籍作家作品選集》，及「幼獅出版社」出版了《台灣省青年文學叢書》，各有十本。前者除了鍾肇政的《流雲》之外都是合集，計收小說九卷，六十九家的作品，詩一卷則多達九十七家。後者是十名尚未曾出過集子的小說家，計有：鄭清文的《簸箕谷》、李喬的《飄然曠野》、鍾鐵民的《石罅中的小花》、鄭煥的《長崗嶺的怪石》、陳天嵐的《滄波天外天》、黃娟的《小貝殼》、呂梅黛的《不是鳳凰》、魏畹枝的《永恆的祝福》、劉慕沙的《春》、劉靜娟的《追尋》等十冊。對歷經憂患、苦難的戰後台灣文學，可以說是在經過掠奪、焚燒、踐踏過的土地上，重新犁地翻土開始大規模徹底的深耕了。

台灣文學的驚蟄，也驚醒了一些日文作家，張文環、龍瑛宗、黃得時、王詩琅、王昶雄等也都在吳濁流創辦的《台灣文藝》上露了臉，至於陳千武（桓夫）、詹冰、張彥勳……更是逐漸克服語言的障礙，紛紛加入新的文學深耕行列了。其中吳濁流更是扮演了楊逵之後、日據時期老作家影響戰後台灣文學發展的靈魂人物。吳濁流在創作上最重要的貢獻當然是一九四五年戰爭最劇烈的一刻冒險寫作的《亞細亞的孤兒》，這部長篇小說能在戰火瀰天、一片混沌的時刻，即清楚地勾勒出台灣人歷史命運裡的眞面貌，孤兒一詞長久以來一直打動著

吳濁流的小說集

每一顆有感有覺的台灣心靈。《亞細亞的孤兒》日文版（名《胡太明》）從一九四六年以後陸續出版，日文版一版再版，且數易其名，一九五九年才有中文版出版，譯名為《孤帆》，直到一九六二年的傅榮恩譯本才定名《亞細亞的孤兒》。

戰後的吳濁流除了在《中華日報》日文欄及〈橋〉副刊的重建期，一度相當活躍外，由於始終未曾解決中文創作的障礙，有漫長的十幾年間，與文壇的關係相當疏遠，但並不表示他離開文學，相反的，他從未忘情於文學；這段時期的努力，使他成為日本少數著名的台灣作家，《胡太明》獲得再版，事實上他的日文創作從未間歇，有小說、散文、漢詩、新詩、評論、遊記。〈陳大人〉、〈先生媽〉、〈黎明前的台灣〉、〈波茨坦科長〉、〈狡猿〉、〈銅臭〉，長篇小說《無花果》、《台灣連翹》以及二千首漢詩，都是戰後的新作，所以，吳濁流既是日據時期台灣新文學的重要作家，也是戰後文壇的要角。吳濁流爲自己的小說集取名爲《瘡疤集》，正是他的作品精神一語中的寫照，瘡疤、瘡疤，揭不盡的瘡疤，吳濁流的作品具有強烈的社會批判意識，他個性耿直強硬，文如其人，他曾經對著文壇直斥「拍馬屁的不是文學」，以作品鍼砭是非，人間的不公不義、不孝不慈、不仁不廉都是他的筆所不輕易放過的，他的文學性格有點魯莽滅裂，卻是不折不扣以筆當劍，經常橫眉豎目的筆俠，只可惜，一直到一九七六年逝世前，都未學到得心應手的使用中文，絕大部分的作品都以日文起草，再翻譯發表，備嘗創作過程的艱辛，否則他的創作成績一定不只這些，這也使他一直被誤認爲日據時期的作家。

從中年時代一腳踏入文學界的吳濁流，一生對文學都充滿著熱情，他的創作一直不離爲歷史、人間公道留見證的使命感，他的長篇小說分別以爲日據時期的台灣人、二二八事件、戰後初期的台灣留記錄的心情來創作，不避危險、不畏阻撓，《無花果》、《波茨坦科長》都遭到查禁，《台灣連翹》也遺言死後十年再出版。除了文學之外，他其實也是台灣人精神的奮戰士。一九六四年，他獨力創辦《台灣文藝》雜誌，並且堅持不避敏感，不管情治單位的牽制，要用「台灣文藝」爲雜誌名銜。「在當時，祇准『中華』或『中國』而不准用『台灣』二字出頭的環境裡，負責經費出版的發行人兼社長吳濁流先生，竟堅決主張要冠『台灣』二字，才願出刊。他說：『我們要推動的是台灣本土文藝，若非冠有『台灣』二字即失去辦雜誌的意義。』」❺創辦《台灣文藝》時，吳濁流已經六十五歲，並經歷一場大病，他

《台灣文藝》創辦人吳濁流

在創刊號上說：「現在的人，大多數講到癌，就認爲是絕症；……講到辦文藝雜誌，就像癌一樣，認爲沒有希望。」他以爲文化沙漠提供一服清涼劑，供給大衆健康的精神食糧的動機辦雜誌。《台灣文藝》雖然限於財力，辦得薄薄的，其貌不揚，發不出稿費，而且僅出了四期後，即改爲季刊。吳濁流卻不惜像文化乞丐般四處乞討維持雜誌的生存，有錢花天酒地的本土企業家並不能瞭解他的苦心，還有人一稿兩投存心戲弄他，卻阻止不了他要爲青年作家提供耕耘園地的決心，《台灣文藝》顯現了吳濁流的文學使命感，不只是做爲作家，而是揹負著整個民族文學的重擔。儘管《台灣文藝》已辦得十分艱辛，他仍然堅定地要設立「台灣文學獎」鼓勵青年創作，獎金的來源也是四出募集。一九六九年，他把自己的退休金捐出來成立「吳濁流文學獎基金會」，以基金孳息成為規模不大卻長源滾滾的文學獎。基金會成立時，吳濁流留下一詩：「誓將熱血挽狂瀾／七十光陰一指彈／寄語萬千諸後秀／一心一德振文壇」，詩裡已透露他鐵血詩魂的抱負了。

二十餘年間，得到吳濁流文學獎鼓勵的小說家、詩人接近百人，受《台灣文藝》影響，曾在這個園地上發表作品的作家更是不可數計，放眼當今台灣文學界，從戰後到八〇年代諸多老成、中堅、少壯輩作家，鮮少不曾與《台灣文藝》有過或深或淺的感情的，當文藝的商業化氣息越來越濃的時候，《台灣文藝》的存在顯得有點孤單，然而卻從未失去它台灣本土文學的燈塔地位，被視為文學界台灣精神意識的堡壘。

吳濁流的傳統詩人身份，以及他對設漢詩獎的堅持，刺激了第一個本土詩刊《笠》的成立。《台灣文藝》準備創刊後，雖然也網羅了新詩人吳瀛濤、陳千武、趙天儀等參與其間，但吳瀛濤說：「『台灣文藝』要出刊了，是綜合文藝雜誌，值得慶賀，可是我們還需要一本純詩刊。沒有一本台灣人自己的詩刊，怎能建立獨特而完整的台灣文藝？文藝不能沒有詩。」❻。於是吳瀛濤、陳千武、黃荷生、薛柏谷、趙天儀、白萩、杜國清、王憲陽、詹冰、林亨泰、錦連、古貝等十二人，也在《台灣文藝》出刊的兩個月後，一九六四年六月出版了《笠詩刊》。《笠》取義「台灣斗笠的純樸、篤實、原始美與普遍性，不怕日曬雨打的堅忍性，也就是表示島上人民勤奮耐勞、自由與不屈不撓的意志的象徵。」❼，《笠》採同仁制，枝延葉蔓，也源遠流長貫穿了整個六〇至八〇年代的台灣現代詩運動史，具有台灣本

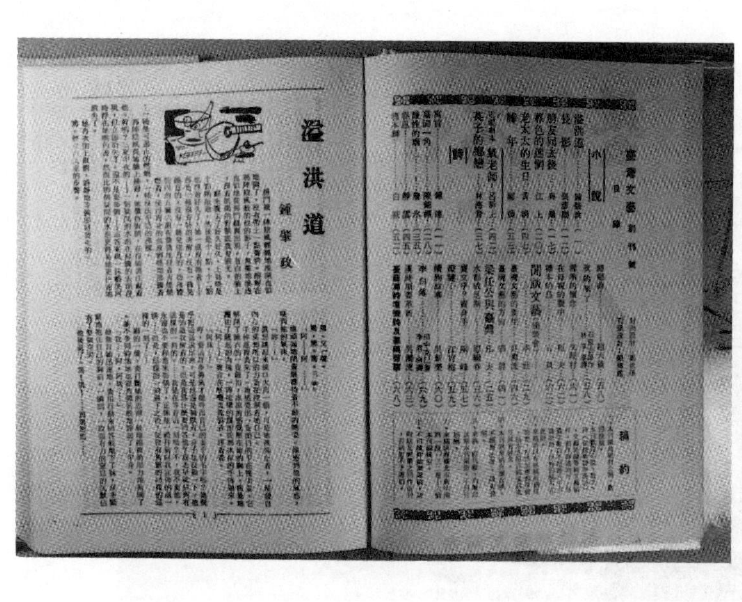
臺灣文藝　創刊號

目錄

小說

溢洪道

長影

朋友回去後

老太太的生日

詩

閒談文藝

溢洪道

鍾肇政

一九六四年四月一日《台灣文藝》創刊號目錄

土意識的詩人，從老成至少壯一代，無不與《笠》發生緊密的關係。

《台灣文藝》不採同仁制，卻也不設門限地網羅了各個層面的作家，龍瑛宗、吳新榮、王詩琅、黃得時、呂訴上、江肖梅、李君奭、葉榮鐘、王昶雄、陳逸松、吳瀛濤……是資深一輩的作家了，鍾肇政、廖清秀、鄭煥、陳火泉、文心、黃娟、林鍾隆、張彥勳、陳千武、林海音、葉石濤、詹冰、趙天儀、鄭清文、李喬、鍾鐵民、七等生、江上、李魁賢、杜潘芳格、許其正、奔煬（張良澤）、黃靈芝、黃文相、黃春明、杜國清、丘秀芷、馮輝岳、施明正、洪醒夫（司徒門）、潘榮禮、楊青矗、林宗源、李篤恭，外省籍作家寒爵、兩峰、鳳兮、文曉村……都曾加入早期的《台灣文藝》作者陣營，老一輩的作家大概深覺時不我與，除了吳濁流仍然鬥志昂揚之外，大都只

《台灣文藝》——吳濁流所辦之最後一期及鍾肇政接辦之第一期、第一〇〇期

是偶然亮個相而已，鍾肇政以降的戰後新生第一代、第二代，透過這個沒有嚴格組織的意識結盟，無形中已構成一條文學的長河，滾滾向前流動了，長河兩岸焦黑的土地，經過地殼的翻動，已有蒼翠綠意了。

四、本土文學的理論與實踐

六〇年代復出作家中，葉石濤的復出特別值得矚目。一九五一年，葉石濤受人牽連，捲入白色恐怖的風暴被捕，獲判無罪卻坐了三年感化牢。在這之前，他是《新生報》〈橋〉副刊、《中華日報》〈海風〉副刊、《公論報》〈文藝〉、〈日月潭〉副刊上最活躍的本土作家之一，卻因這場人生風暴，整整停筆渡過了十四年之久的「迷惘和蒼白」。一九六五年，葉石濤首先在《文壇》上發表小說〈青春〉，接著在《台灣文藝》發表作品評論〈論「吳濁流幕後的支配者」〉，他的作家之蟲，從冬眠的土壤中復甦了。影響最深遠的是十一月在《文星》九十七期上發表〈台灣的鄉土文學〉一文。

《文星》是《自由中國》雷震案後，在法西斯的漏縫中苟延殘喘的自由主義份子所創的刊物。刊物標榜「思想的」、「生活的」、「藝術的」，號召「不按牌理出牌」，實際暴露了他們反傳統的西化主張本心。《文星》從一九五七年十一月創刊至一九六五年十二月被禁，共出了九十八期。第五年由爭議人物李敖主編。《文星》是西化派思想的大本營，不是文學刊物，卻闢有現代詩刊及容納了文學評介和藝術評論等。《文星》被老傳統視為敵人，在法西斯的眼中則是一棵毒草，是「賣國賊」、「漢奸」、「匪諜頭子」、「協助台獨」、「與共匪隔海唱和」、「通匪」。這種罪名與爭執極其無聊，而且有搶位子的嫌疑。《文星》的結局與《自由中國》一樣的慘，都成了供奉法西斯的祭品，《文星》對文學運動的貢獻，也和它的思想鬥爭成績一樣，都是武俠片式的用鋼索把人吊起來，遠離地面，凌空決戰，熱鬧一場罷了。

葉石濤的〈台灣的鄉土文學〉一文，突兀地出現在《文星》，當時並未引起爭議和討論，不過這篇文章的出現，對葉石濤和台灣文學都應有建立新的里程碑的意義。日據時期以及終戰初期兩次的台灣文學鄉土運動，都具有區分異類文學、強化本土文學特質的意義。經歷過五〇年代反共八股文學的狂風怒濤般橫掃之後，台灣新文學運動的歷史和精神，顯得蒼痍滿目、柔腸寸斷是不容諱言的，葉石濤面對六〇年代中期，特別是看到了鍾肇政主編的兩套本土作家的創作成績，引發了他內心的文學願望，立誓寫成一部鄉土文學史。坦白說，放眼當時文壇，除了吳濁流、王詩琅、黃得時、廖漢臣等少數從日據時期活過來的作家之外，恐怕很少人有能力立這樣的誓言，何況「台灣」二字動輒干犯禁忌。葉石濤在此文的開頭裡說：「從日據時代起一直到現在，本省作家個個像受難的使徒背著沉重的十字架，又像揮矛向風車挑戰的唐·吉訶德，爲了建立自己的文學，前仆後繼，蹣跚地走過滿披荊棘的坎坷道路。這奮鬥抵抗的歷程眞是一部可歌可泣的叙事詩；雖然收穫也許並不豐富，光芒亦不夠燦爛，但可貴的是它沒有死亡，沒有殭直，更沒有墮落，依然屹立著。」他說，他願意做一個起碼的見證人。這篇文章從賴和述起，概要地叙述了日據時代迄戰後初期的台灣新文學運動的作家和作品，並從台灣過去特殊的歷史背景，亞熱帶颱風圈內所形成的特殊風土，以及語言文化風俗習慣的特性，強調台灣鄉土文學有其不能放棄的鄉土特質。這等於爲過去眞僞莫辨的台灣文學驗血，也爲未來的台灣文學發展定指針。

雖然它用了「鄉土」這個障眼稱謂，但完全不提「方言文學」及語言的問題，比戰後初期曇花一現的鄉土運動，意義上要純粹清楚多了。葉石濤根據這樣的理論基礎，投入《台灣文藝》的行列，對吳濁流以降的本土作家創作，展開系列的「作家論」、「作品論」，將吳濁流、鍾理和、鍾肇政、黃娟、李喬、七等生、林懷民等作家的埋首努力，提昇到可以解說的地步，這對本土文學創作的理論化，具有極重大的意義，爲了這項誓言，葉石濤爲台灣文學找依據，持續努力了二十年以上，直到完成《台灣文學史綱》。六〇年代復出的葉石濤除了致力台灣文學的理論和史的建設外，他同時也在小說創作展現了強勢的實踐能力，復出的半個六〇年代，一共出版了三本短篇小說集：《葫蘆巷春夢》、《羅桑榮和四個女人》、《晴天和陰天》。他的小說具有玩世不恭的外表和深契人心的嚴肅內在交互的持質，以嘲弄式的幽默筆法，甚至不惜自我調侃，吐露的卻是唯有經歷過人生極限狀態下生活的人才能體會的辛酸和悲苦，在台灣文學的巨流裡，獨樹一幟。他小說、評論雙管齊下，也是整個六〇年代台灣文學蓬勃再生運動，最具鼓勵人心的一股力量。

介於本土主義與現代主義之間的《文學季刊》，也有其文學思想及潮流發展的影響力。《文學季刊》創刊於一九六六年十月，由尉天驄主編，精神上多少延續了《筆匯》的純文藝生張，本質上還是貼近沙龍性質的文藝社團。主要的作家有王夢鷗、姚一葦、何欣、陳映眞、劉大任、施叔青、尉天驄、黃春明、王禎和、李昂、余光中、七等生、奚淞、曹永洋等，一九七三年改爲《文季》，出刊至一九七〇年止，共出十期。

《文季》批判了現代主義文學的病態、虛浮、游離現實，反對文學做「某些特權階級的裝飾品」，批判「帝國主義」、「資本主義」陷溺的商業潮流造成的反教化。主張：「透過藝術把人們從以往那種傷害、鬥爭中引向一個合乎理性的新社會」、「藝術工作者無可逃離地應該對他生存的環境有所了解，這樣他才能眞正認清舊社會所以瓦解的所在，把藝術從幫閒的孤芳自賞和商業的狂流中解救出來。」、「只有植根於生活之中，以無比的愛心去擁抱這世界的痛苦和快樂，我們的藝術才能同中華民族的命運一樣，在經過漫長的悲愴和掙扎之後，成爲安慰衆生的聲音。」❽。《文季》走向群衆、擁抱世界，面對時代、生活參與的文學主張，固然以強大的火力批判了現代派，但這種近似普羅意識的文藝宣言，雖與本土意識文學沒有矛盾，卻並不認同更樸實、眞確的本土文學，一方面固然是因爲他們的文學背負了「中華民族的命運」的包袱，另一方面也是這一切都停留在理論上的說說而已，除了黃春明、王禎和，幾乎完全沒有實踐的能力，滿口生活、現實的文學，卻看不到就在眼前的台灣人民，他們文學上的人道主張，只是一種不被自己批判的虛僞。六〇年代後期，文學「參與」、「關懷」的口號被喊得震天價響的時候，《文季》的文學主張，的確對「鄉土運動」具有重要的催化作用。

六〇年代由於反共小說的沒落，新的、各具理想的文學雜誌紛紛提供了創作的園地，小說創作呈現活潑多樣化的發展，另一方面，寫作環境與條件的改變，也有助於寫作人口的成長，因此，六〇年代的小說家逐漸在各自的文學天空飛翔，分別獲得了不同的成就。

以鍾肇政爲首的、具有本土自覺的作家，逐漸從歷史的樹蔭裡走出來，不再只寫抗日爲背景的作品，開始從現實汲取題材，葉石濤評論《流雲》時說：「是的，黃金時代已來臨，新的世代摒棄了過去的亡靈，拂去日本人糾纏不清的猙獰的幻影，逐漸攀登著文學之山峰。」❾。一九六〇年，鍾肇政完成了第一部長篇小說《魯冰花》。《魯冰花》探討外力干預教育，天才被埋沒，有理想的教師受排擠的教育異化現象。接著一九六一年到一九六四年，完成了以自己青少年時代為背景的自傳性小說，《濁流三部曲》－《濁流》、《江山萬里》、《流雲》，和以石門水庫興建為背景的長篇小說《大壩》。進入六〇年代以後，鍾肇政展開了純熟、旺盛的創作力，有源源不斷的長篇、短篇小說、譯作出版外，並首開台灣文學史上「大河小說」寫作之先例。《濁流三部曲》完成後，鍾肇政立即著手寫以台灣歷史為軸心的《台灣人三部曲》，其後更有以原住民生活為背景而寫的《高山組曲》，成為大河小說最有成就的作者。七〇年代以後，李喬寫《寒夜三部曲》，東方白寫《浪淘沙》，大河小說，儼然已成為台灣小說最重要的特色之一。不過，眞正確立鍾肇政作家地位的當屬《台灣人三部曲》——《沉淪》、《滄溟行》、《插天山之歌》——的寫作。他在《沉淪》初版的自序中說道：「我以一份微怯的心情，讓這部花費我最多心血，執筆時間最長久的作品面世。……私心裡，還要以這部卑微而拙劣的作品，獻給在過了五十年間異族統治之後回歸祖國的我的故土……。」三部曲分別根據日據五十年的三個階段寫成：《沉淪》寫北部農民的乙未武裝抗日事蹟；《滄溟行》則以農民組合的成員抗爭日本商人勾結日本統治者剝削農民引發的中壢事件為藍本；《插天山之歌》則寫戰爭末期，戰時高壓統治下知識份子的抗日，逃避日本特高追捕的回台知識份子，深入大山，與土地、與本土女子融為一體，頗具本土文學尋根溯本的象徵意義。三部曲以三個歷史的焦點連結出一部台灣人的抗日血淚史，小說具有台灣史詩的地位，作者則清晰地展現了做為台灣人作家的創作原動力。後來李喬、東方白等台灣人作家執拗地以台灣歷史為素材的寫作，形成台灣文學的重要性格，實有値得台灣文

《台灣人三部曲》之原始版本

學史家再三玩味的地方。

廖清秀、林鍾隆、鄭清文、李喬、黃娟、鍾鐵民、季季、林懷民等作家仍以短篇小說創作爲主，也都各有選集出版。作品呈現多樣尚不甚明確的風格。

鄭清文、李喬都是受過短暫日文教育的新崛起的一代，鄭清文的小說，文字樸實，情節簡單，卻富有極耐人思考的知性特色，他的每一篇小說幾乎都以設問的方式提出需要再三思索的人生課題，和讀者一起探討人的內心，已成爲他的小說獨立的風格，〈水上組曲〉、〈姨太太生活的一天〉、〈校園裡的椰子樹〉等，是他此期的代表性作品，鄭清文不但文章風格穩健，整個創作的腳步也顯得不慌不忙。和鄭清文比起來，李喬無疑具有文學冒險家的性格，他的不安份是有意的，在接受洪醒夫訪問時，坦承他對小說形式的敏感是刻意的經營，跌跌撞撞的性格，使得他的作品從《飄然曠野》、《戀歌》、〈那棵鹿仔樹〉、〈山女〉系列，到《人的極限》，顯得難以捉摸。既接受現代主義的徵召，深入人的極限，寫過表現意識流的作品，師法超現實主義的自動語言，卻又緊抱鹿仔樹，表現了對鄉土的痴戀。獲台灣文學獎的〈那棵鹿仔樹〉描寫迷戀土地和故鄉的老農夫的心理變化，有著朦朧的土地意識，〈山女〉與《飄然曠野》的人物，則捕捉到了與大地同一呼吸的生靈，幾乎確定了日後李喬的寫作方向。

江上雖然也出版了《落葉集》，但創作方向顯得零散，缺乏一貫而緜密的風格，例如他後來獲得「吳濁流文學獎」的〈有一個死〉，頗受現代主義衝擊，就不是他一向風格一致的作品。

鍾鐵民的創作按健康情況呈寒暑表升降，一度休學臥病，痊癒即勤於創作。〈山路〉、〈點茶的日子〉都得了獎，〈竹叢下的人家〉以寫實的筆法刻畫衣食不全的窮苦農民生活的一面，冷靜而逼眞的描寫，不但深入貧苦農民生活最深層的悲哀，也生動地傳達了農民世界莊嚴的求生哲學，他的文字和作品內涵，和鍾理和的農民文學有許多神似之處。

六〇年代新崛起的作家中，七等生無疑是個特立而突出的存在，他那奇特的文體和構思，並不見得是從模倣「現代主義亞流」得來，他那扭曲、晦澀，像遊走迷宮一樣的文體，和那具有遯世傾向、流露著智慧、不苟同的傲岸氣質，一般評論者都相信，七等生文學的怪異並不是無的放矢，而是適度地反映了台灣社會體質的荒謬，是以文體宣洩對現實的不滿，是具有抗議情緒的作家。在完全不受傳統小說規範的拘束下，他的小說沒有時空的限制，採用超現實主義的自動語言，展現一種自閉式的精神優遊狀態，但七等生並不是一個認眞的城市作家，雖然他也寫性與愛情，卻不完全針對現代化的症候發言，在本質上他更接近鄉村，有明顯的隱遁性格，以鄉村爲背景，以現實挫折爲主題的作品並不在少數，不同的是他也從未流露出對土地與現實任何擁抱的熱情，在故鄉他仍然是個流浪者，自然也缺少那份使命感。自一九六二年發表〈失業、撲克、炸尤魚〉以後，〈僵局〉、〈我愛黑眼珠〉、〈放生鼠〉等作品，不但顯現了七等生旺盛的創作力，受到的爭議和帶給人的疑惑也是居六〇年代台灣作家之冠。進入七〇年代以後，七等生雖然出版了小全集，但也面臨創作的瓶頸，有很長一段時間處於長考中，一直到八〇年代才短暫復出，並以具現實批判的題材，展現不同的風貌，可惜無以爲繼，這也表現了一個刻意離根的作家，碰到了創作的困擾。

在整個小說發展史上較具開創性的當屬黃春明和王禎和。興趣廣泛的黃春明，在六〇年代相當專注於小說創作，著名作品：〈兒子的大玩偶〉、〈癬〉、〈鑼〉、〈看海的日子〉都發表於六〇年代。他的小說以親身感受過的鄉居小鎭、親自接觸過的眞實人物爲背景，有強烈逼人的現實感，他的作品顯現了對自己生活空間周遭的根柢深固、不可撼拔的堅定，在沒有鄉土小說之名的時代，黃春明把他的小說定著在自己所熟悉的鄉土人物、事物上，給予整個台灣小說發展的是文學關懷焦點的轉移，其作品之人間性、生活化，特別是取材市井生活中活靈活現的人物，都是劃時代、革命性的，由於他六〇年代的小說，都是爲一向被人忽略的、在土地上眞正的主人寫作，甚至鮮少知識人的觀點，而具有小人物代言人的特質，七○年代鄉土文學運動興起後，這些作品成爲最生動的解說範例，不可否認的，黃春明這些作品對鄉土文學運動的刺激是直接而強大的。和黃春明相同，同樣把作品焦點放在小人物身上的王禎和，證明了六○年代台灣小說家做爲小人物代言人的一種傾向。王禎和的作品對小人物充滿悲憫的心懷，但他並不刻意傳達他們悲苦、辛酸的生活形貌，反多以喜劇的嘲弄筆法達到反諷的效果。〈鬼、北風、人〉、〈寂寞紅〉、〈來春姨的悲秋〉、〈嫁妝一牛車〉、〈三春記〉是六○年代的王禎和的代表作，王禎和的小人物文學與黃春明的如出一轍，都是台灣在由農業社會邁向工業化社會時期，若干未能察覺社會蛻變的行爲、人物，一本其農業社會保有的儉樸生活、勤奮工作的美德，卻不幸淪爲貧苦無助的一群，他們有的像唐・吉訶德般去捍衛他們被消失的世界，如黃春明的〈溺死一隻老貓〉裡的老農夫，以生命抗議田地被挖做游泳池；有的扭曲了人的本性和尊嚴，只爲了苟且圖活，如王禎和〈嫁妝一牛車〉裡的牛車夫，只好睜一隻眼閉一隻眼讓老婆偷漢子。王禎和的不同在於他對這些時代輾輪下的無奈小人物，本意是悲憫、同情的，表現的技巧上卻不惜暴露他們的愚蠢、可笑、卑微，而產生喜劇的效果，喜劇手法並不在沖淡悲哀的成份，而旨在凸顯人生的荒唐。王禎和的作品產量不多，幾乎一年只有一篇作品，是一位相當注重藝術表達的小說家，他的小說的精緻也顯現在使用語言的創意上，王禎和以台灣語言寫作台灣小說的創作方式，雖然沒有成爲積極而明確的文學主張，殊爲可惜，卻由於作品表達顯得生動活潑，開啓了一扇新的創作之窗。

廖清秀、鄭煥、文心、林鍾隆、張彥勳、陳火泉、黃娟、黃海等五〇年代出道的作家，大都進入積極創作的階段，其中，廖清秀特別注意到逐漸頻繁的經濟活動下，出現的衆生百態，以金錢觀看人生，寫出一系列的「金錢故事」，頗能凸顯一己的特色。鄭煥具有農業專業知識，作品亦具有農民特有的淳厚氣質，他對農村世界的過去和現在，諸如農村特有的習俗傳承、生活景觀和變貌，都能以平實無渲染的筆觸表達出來。張彥勳原本是日文詩人，也在六〇年代逐漸克服中文寫作的障礙，並開始小說創作，不過詩的抒情、感傷的特質依然影響著他的小說風格，張彥勳的小說視野相當廣泛，顯現他不是一個以寫私小說爲滿足的作家，但也因爲他沒有執著，又把小說的主題焦點定在人性正面的揄揚上，因此也有現實性薄弱的缺失。女作家以黃娟爲代表，固然能本份地固守情愛、家庭、揄揚人性這些主題，以纖細的筆法及溫馨感人的特色，發揮女性作家作品的優質，但也談不上深入現實的出擊精神。出道甚早的季季或許是個例外，季季的作品很早就把受到的現代主義沾染和鄉土混揉爲她獨特的文學風格，季季也寫愛情、婚姻，但她並未忘記從她生長的農村、貧苦無助的人群、流落鄉下的異鄉人汲取寫作的養分，六〇年代的季季創作甚勤，只是出擊顯得零星不一貫。屬於五〇年代作家的林海音，本籍苗栗，出生於日本，長大於北平，作品的根並不在台灣，倒是可以歸入鄉愁文學一流，陳年往事，北京城南的風景和人物是她最大的創作源頭。她從一九五一年開始主編〈聯合報副刊〉，一九六七年創辦《純文學雜誌》，培養也鼓舞了不少作家。

五、失根的流浪文學

以小說的藝術成就言，「現代文學社」的現代派作家應是六〇年代台灣小說最龐大的一支隊伍：白先勇、陳若曦、歐陽子、叢甦、於梨華、施叔青、李永平、林懷民、王禎和、黃春明、王文興、東方白、陳映眞、潛石、蓬草、忻約、劉紹銘、七等生、子于、段彩華、朱西寧、蔡文甫、水晶、李昂都曾經是《現代文學》的作者，雖然他們並不全是服膺現代主義文學的作家，卻足以證明六〇年代台灣小說之蓬勃。

白先勇在六〇年代留下的最重要作品是《台北人》，這部以十四篇短篇結集的集子，風格相當整齊，內容上也有可以連貫的脈絡可尋，主要以各種角度紀錄和描述了從中國大陸遷台的各行業、階級人士生活的面貌。白先勇以作家冷靜清澈的眼光和筆觸，爲這些脫離現實、即將消失的歷史亡靈唱哀歌、送輓詩，實際上是因爲他發現將軍老邁、美人遲暮，不幸這些已被時代命運遺棄的一群末代王孫，並不自覺，也無能從不可抗拒的悲劇中醒來，因此，只有眼睜睜看著斑駁的紅粉金樓垮下爛掉。《台北人》的基調是傷感的，無奈的、虛無、蒼白、沒有希望的，但也是寫實的，這也是爲什麼白先勇離開台灣後，雖然以他流浪的經驗寫了《紐約客》，卻未能寫下去，長期停筆復出後，還得回來寫台北的玻璃圈——《孽子》。白先勇是現代派作家之中，嫻熟現代文學技巧，能進出現代主義文學又能不露痕跡的頂尖高手，正如他自己給六〇年代的台灣小說所下的定義——流浪與放逐。他固然能有以文學關懷現實的體認，指責反共文學的虛假，也寫出流亡到台灣的中國人的悲哀，自己卻仍然以流浪的中國人自居自處，其實這種不地著的文學，與後來鄉土運動崛起後作家道德層面的指陳無關，純就個人文學的發展看，自認是流浪的中國人的白先勇，只能不斷的自我放逐，流浪到美國的《紐約客》不但沒有找到人間仙境、理想之鄉；相反的，美夢破碎之後，只能坐困愁城，陷在瘋癲、死亡的黑暗中。寫過《紐約客》，白先勇陷入很長時期的寫作死寂，一直到一九七七年，他的小說才再回到台北新公園那個台北最陰濕污濁的角落寫玻璃圈。《孽子》寫同性戀王國，打架、鬥毆、偷竊、賣淫、殺人搶劫無惡不作，佈滿陰濕、死亡、絕望的氣息。《孽子》的發表過程，雖然顯得上氣不接下氣，但白先勇的看家手藝仍在，寫實的本領也未曾遜色，卻把自己的文學寫絕了。自我放逐的流浪者回到原本他可以生根的地方，宣佈自己精神上的死亡，無疑是這種無根文學的哀歌。

以白先勇看現代派作家，那麼於梨華、叢甦甚至更早的兼具鄉愁文學作家身份的聶華苓，都面臨相同的命運，精神上的流亡中國人，使得他們的文學現實之眼，只能停留在追索即將消失的歷史亡靈，他們對現實敏銳的觸覺也僅僅及於政治權力鬥爭和它的亞流末支的追逐者們那個小小的角落，對廣袤的台灣土地和廣大的台灣人民這個大現實，反而視若無睹或無動於衷，他們的文學不曾也不想在台灣生根，自我放逐的結果，他們只能寫《桑青與桃紅》、《紐約客》、《又見棕櫚、又見棕櫚》之類的流浪者的悲歌或孤兒哀鳴。

聶華苓的家庭是國共鬥爭的受害者，她自己也曾經因《自由中國》而失業，她並不認同這裡的政權，也不認同這裡的土地，在台灣住了十五年便自我放逐到美國去，台灣只是她作品中的一個驛站，連主要的都不是，她的代表小說《桑青與桃紅》，描寫從瞿塘峽逃亡到北平，從北平逃亡到台北，從台北逃亡到美國，無根飄萍般的流浪者的逃亡史，包括她的短篇小說在內，除了回憶就是逃亡，她從現代主義文學汲取的人物心理分析技巧，也不過是嘗試爲逃亡史找合理的解釋。

於梨華在台灣靠站歇腳的時間更短，一九五三年便去了美國留學，後來雖曾回到台灣短暫居留，並在這裡寫作，大部分的作品也在台灣出版，但也無改於她漂泊流浪的文學本質，她更直陳自己是無家可歸註定永遠浪跡天涯的失根的人，她說台北不是她的家，台北對她的誘惑只是一個曾經同過床的蕩婦對已離她而去的男人的懷念，她的一些作品如《焰》雖然也觸及台北的某個角落的現實，但主要的作品還是展現無根流浪心聲的《又見棕櫚、又見棕櫚》，這些以留學爲名逃到美國之後的人間飄萍，儼然面對逃亡生涯的最後一站，卻依然抓不到一絲可以攀援的救贖力量，即使使盡全力頂多足以謀生活口，也無法水乳交融地打入美國社會，孤獨、寂寞、像失根的飄萍，往前看也找不到希望，苦悶、迷惘，令人同情，也可以諒解。

叫人不解的是歐陽子，她並沒有放逐自己的理由，卻成了另一種方式的漂泊流浪，她也有寫沒有根的文學。歐陽子的作品以《秋葉》爲代表，幾乎沒有一篇不涉及愛情，而且都是畸型的愛情，她曾經說：「除去愛情，生命是一片空白。」又說：「眞正的愛情是永遠的痛苦。」歐陽子受到現代主義浸淫之深，恐怕無人能出其右，不幸她學的正是被譏評爲亞流的皮相，以至於把性愛等同愛情，把變態的性衝動做爲愛情追求的目標，她幾乎完全沒有白先勇、於梨華等人的現實觸角，因此，她的小說人物，頂多只能算是台灣社會的漂流物。

相形之下，叢甦的空洞和王文興的作怪也就不算什麼了。叢甦沒有聶華苓的過去，也沒有於梨華的現實，只好躱在寓言裡，儘管堆疊、摘取了很多的現代主義技法，仍然掩不住她的空洞。王文興拙於文字，到了七〇年代卻以玩弄文字成名——《家變》。不過證明這群以流浪者自居、放逐自己的作家，失去了文采之後，都逐漸面對了失根、失鄉、失落的困境。

陳若曦也是現代文學社的一員主將，她以從文學院學到的文學技巧寫了〈最後夜戲〉、〈欽之舅舅〉、〈巴里的旅程〉、〈灰眼黑貓〉、〈收魂〉、〈婦人桃花〉等很懂得現代主義技法的作品，卻也很清楚地顯露出這些作品的根在那兒。陳若曦出生勞動階級家庭，雖然和白先勇等人讀的同是台大外文系，但卻有完全不同的生活體驗，因此，這些早期的作品已經注意到貧苦無助的下層社會生活狀態，對封建、迷信也能予以撻伐，說明她是個有根的作家。不過，這段創作期非常短暫，一九六二年，她便出國留學了，由於她的丈夫是個狂熱的社會主義者，他們繞了半個地球，趕到中國參加社會建設行列，而經歷了「文化大革命」，最後又懷著心靈的重創，輾轉移居加拿大、美國。七〇年代復出的陳若曦以文革經驗寫了〈尹縣長〉等作品，批判了文革時期中國的倒行逆施，被台灣的部分媒體拱爲「反共作家」。寫完文革經驗也撫平了她的「祖國」創傷，八〇年代以後的陳若曦開始審視在美國的華人世界，雖然她的文學之根仍然朦朧，並不明確，也有過〈路口〉徬徨的矛盾，但基本上她那沒有國籍的華人立場仍不失為一種立場，這也就是為什麼當年和她一起的現代派，紛紛流浪、放逐而不得不在八〇年代偃旗息鼓之後，陳若曦才寫了她比較重要的〈遠見〉、〈突圍〉、〈二胡〉等長篇，陳若曦的不同，也可以做為台灣現代主義文學由蒼白而衰微的現象的註腳。施叔青就是一個生呑現代主義而導致自己的文學失根流浪的例子。

施叔青早期的作品〈約伯的末裔〉、〈倒放的天梯〉顯然受到當時台灣流行的存在主義哲學直接的影響，充滿對人探索的意願，認為生命中充滿了恐懼、孤絕、蒼涼的景象，人不斷在棄絕與尋覓的過程中掙扎，透過死亡、性與瘋癲等神秘不可解的生命現象，塗畫失調失序社會人內底的精神現象，但正如整個台灣現代主義風下的作品，缺乏文學時空的對應，沒有它的著力點，七〇年代後期，施叔青寫《香港故事》，不幸她的作品也和歐陽子一樣，面臨失根飄萍的下場。

林懷民和李昂都屬於六〇年代早熟的作家，都在十六、七歲即有驚人的作品出現。葉石濤批評林懷民的小說：「缺少傳統小說的構成和情節，它底晦澀獨異的風格委實頗不容易接受。這些小說有些地方顯然閃露著心理分析的碎片，有些地方卻接近於內心底獨白，而仔細察看，倒什麼都似是而非。……消化了現代文學的菁華，但到頭來全是空虛，他所寫出的就只是屬於一己的感覺和色彩。……並不囿於傳統，屬於『孤獨』的『無根』的種族。」，

「簡而言之，他缺少的濃厚的鄉土性和堅強的民族性。這一代的年輕作家輕而易舉地摒棄了傳統，結果他們成為孤立的一群，失去了賴以生存的土地。」⑩，這番話也可以奉贈所有現代派年輕作家。林懷民寫了《變形虹》、《蟬》兩本集子後，離開了文學，沒有現出無根的狼狽文學。李昂十六歲發表〈花季〉，她也是「用了大量的心理分析與意識流」的現代派，不過，李昂保留了鹿港舊鎮的風情和對現實的批判意識放在作品的底層，〈混聲和唱〉便是深具批判力的作品。轉入七〇年代以後，她寫「鹿城故事」系列，以及以真誠無偽地面對性愛的《人間世》系列，表示李昂文學的早熟不只是出發寫作的年齡，還包括拋開青澀、蒼白的現代主義夢魘。

六〇年代現代主義文學的波濤所及當然不只這些，鍾肇政、李喬、鄭清文等具有根土、民族意識的作家，或朦朧地走上根土探索的作家，都不自覺的受到感染，鍾肇政的〈溢洪道〉、〈骷髏與沒有數字板的鐘〉，李喬的長篇《恍惚的世界》、〈人球〉等作品，都是很現代的，但他們都沒有走下去，表示他們清楚文學不是單行道。概括說來，六〇年代的台灣小說，是面臨抉擇、攤牌的時代，選擇土地、人民與現實的，固然是某種信念的堅持，比較不張揚地走到傳統的道上去了。執拗地選擇做流浪人，自我放逐，然後面對無根的徬徨、寂寞和某種程度的恐懼，終於散作轉蓬，逐漸消失，態度也是負責的。更多的是在兩者之間擺盪的，靠的是機運，這也是決定他們的文學有沒有另一個年代的重要因素。擺盪得最厲害的恐怕是屬於所有的「軍中作家」如朱西寧、司馬中原……等了。朱西寧也沾到一點現代主義的流風餘韻，但畢竟不那麼年輕，只好把作品推回夢土，寫記憶中的家鄉，甚至用精神上的舊土壤——古傳奇的掌故——來寫作了。司馬中原寫大鬍子，寫響馬，說鬼故事，也可以做如是觀，就是抵死不在這裡紮根。

六、台灣詩的現代化與本土化

現代化起步顯然要比小說搶先一步的現代詩，在「西化」、「橫的移植」主張受到嚴厲的批評質疑之後，接著，文字的晦澀難懂以及靈魂的蒼白症也成爲現代詩受批評的主要理由。推動五〇年代台灣詩現代化運動三大主力中，紀弦的「現代詩社」，進入六〇年代之後已經氣若游絲，飽受攻擊之餘，紀弦自己也有點自暴自棄，宣佈解散「現代詩社」了。《藍星》雖然勉強維持到一九六五年才停刊，但由於覃子豪去世，主要成員出國，也只不過維持一息尙存而已。《創世紀》雖有力圖求變的心，也無法不淪爲不定期詩刊。事實上，這三大主力詩社，雖然都曾經分別提出不同的文學信條，「現代派」在紀弦時提出全盤西化論，「藍星」則在余光中手裡被導向擬古典主義的文言詩，「創世紀」則由所謂「負起培養民族生機，喚起民族靈魂的使命」的新民族詩觀變成推動西化的主力，以「超現實」走向當年紀弦現代詩社的立場。

從張默所編的《中國現代詩論選》看來，《創世紀》等三詩刊把本地的現代詩運動帶進了西洋現代詩模擬的死胡同裡了，從理論、觀念、意識到創作技巧，半生不熟囫圇吞棗的結果，整個詩壇等於是西洋詩的殖民地，現代詩運動也成爲刻意與現實、土地、生活甚至自我隔絕的怪物。設若去追索這三大詩社分別訂定的六大詩信條或原則，紀弦後來發覺〈現代詩的偏差〉指出現代詩缺乏「實質內容」、「毫無個性」、「漠視社會性的貴族化脫離現實」。覃子豪也說：「詩不是生活的逃避」，「創世紀」更進一步主張「從群衆中來，也要歸向群衆中去」。可惜，他們完全能知不能行，甚至刻意寫脫離現實、脫離生活、脫離這裡的土地和人民的詩，他們的詩和現代派的小說一樣，無論再怎麼翻弄攪動卻寫不下去了。他們寫回憶，有著濃濃的鄉愁，也寫愛情，哀怨婉轉，是極高明、優秀的文字玩家，鄭愁予、羊令野、瘂弦、羅門、蓉子都有不少傳頌一時的詩篇，如果不去追究他們的時代、詩的內涵，那些詩句到現在還依然美麗，不幸，他們的詩往往乏無所指，這些詩人絕大部分是故意忽略了詩的社會意義和時代使命的，少數有感覺的詩人也都故意避開這樣的責任。瘂弦就說過：「社會意義是文學的重要品質之一，但卻不是唯一的品質，社會意義是批評文學作品的重要標準之一，但卻不是唯一的標準。」一向被視爲瘂弦關門詩作的〈深淵〉便是充滿生存掙扎的苦痛，這首詩對人群中陰暗、腐敗、荒淫、墮落、痲木……表達了極盡厭惡的情緒，與他過去寫乞丐、戲子、貧婦、低階軍人，有著相當一致的筆調，他的〈上校〉詩，更是一曲淒苦的軍人悲歌，這些都證明他對社會現實並不是不知不覺的，然而正如他自己寫的詩論，「以徒然的修辭上的拗句僞裝深刻，用閃爍的模稜兩可的語意故示神秘，用詞意的偶然安排造成意外的效果。只是一種空架的花拳繡腿，一種感性的偷工減料，一種詩意的墮落。」[11]。以軍中詩人為主幹的現代派詩人，並不是每一個詩人都是鄭愁予，可以「我達達的馬蹄是美麗的錯誤」，優閒地做浪子、做過客。也不是每一個詩人都像羊令野，有閒情到御水溝旁撿宮女的詩，他們有不少是深受民間疾苦的低階軍人，但他們卻頂多只能像瘂弦那樣打啞謎，像管管「花非花、霧非霧」，以扭曲得不能再扭曲的情緒宣洩一些裏不住的憤怒而已。他們在逃避，不肯認同摸得著、站著、躺著、吃著、喝著、呼吸著的現實，也在逃避他們眞的鄉愁、家恨，逃避他們經歷過的戰亂，甚至逃避自己的感受，他們逃到唐詩裡去，逃到唐朝宮女的裙子底下去，都是不誠實的扭曲。像周夢蝶逃到莊子裡去，余光中以擬古典主義寫《蓮的聯想》，都是使盡寫詩的才華在作逃跑文學。

現代派詩人的逃跑，給《笠》詩人留下了開闊的生長空間，其實，現代詩的門戶之見並沒有一般人想像的嚴密，《笠》的元老級詩人中，林亨泰、白萩、陳千武、詹冰、錦連、趙天儀等參加過三大詩社的活動，林亨泰等人還是詩理論和創作的主力，現代派詩人的不地著主義實在是《笠》所代表的本土詩運動最主要的催生劑。

《笠》具有本土文學樸實木訥的性格，不曾發表過宣言之類的文字，不像「現代派」等提出開宗立社的六大信條，其實早期的現代詩運動既缺少架構巨大的敘事詩或系列詩，詩社的性格和風格往往掩蓋了個人，能很快地建立自己明確風格的詩人並不多。《笠》雖然沒有形諸文字的守則，但本土性、現實性是隱然存在的；《笠》詩人透過作品非難「超現實主

一九六五年一月二日《笠》首屆年會同仁合影

義」，以實際行動推動詩的口語化，甚至本土語化，以及「強調詩的精神要素，要求表現物象的生命」的「新即物主義」，以分散、具體、默然的行動對現代詩運動進行體檢和改造，清掃詩壇一片虛無的現象。雖然「新即物主義」仍然受到惡意地批評爲日本殖民文學的殘留，卻無損於《笠》植根本土的信念，一九六四年創刊以來，此一信念支持《笠》一路穩健地走下去，成爲本土詩運動發展的中心。

從吳瀛濤、詹冰、陳千武、林亨泰、錦連、趙天儀、白萩、杜國清、古貝、黃荷生、王憲陽等人發起創社，到不脫期地出刊一百期（一九八〇年十二月十五日），「共發表詩五千五百首，譯詩一千八百二十首，各項評介文字（包括翻譯）達二百九十萬字，篇幅共七千五百頁。」⓬，同仁八十七人，李魁賢、張彥勳、陳秀喜、林宗源、白浪萍、李篤恭、葉笛、杜潘芳格、何瑞雄、黃騰輝、非馬、岩上、拾虹、鄭烱明、李敏勇、陳鴻森、莊金國等人都在六〇年代加入《笠》的創作行列。

《笠》創刊詩，由林亨泰主編，林亨泰是日文詩人，兼擅理論與創作，是最能掌握現代主義精神的詩人之一，這使得初期的《笠》，理論與創作並重，譯作與創作兼顧；林亨泰之外，趙天儀、杜國清、李魁賢等人也都兼負詩評家的任務，這說明《笠》詩人雖然不喊口號，實際並未荒疏現代詩的建設工作。《笠》的徵稿啓事中提到：「所謂屬於這個時代的詩是什麼呢？換句話說，這個時代有了怎麼的詩呢？其位置如何？其特徵又如何？這種檢討與整理的工作，在保存民族文化與幫助讀者之鑑賞方面都是非常重要而且必須的。」一再強調詩與時代的對應關係，暗示詩與時代同脈動、同呼吸的主張，是詩的基本出發，也是《笠》延續本土詩的精神所繫。

六〇年代的《笠》詩人從吳瀛濤到林亨泰，從林亨泰到趙天儀，從趙天儀到鄭烱明、李敏勇，實際上包括了三個明顯不同世代的詩人。

林亨泰原是「銀鈴會」的要角，參加紀弦的現代派，又是《笠》的發起人，出版有《靈魂的啼聲》（日文詩集）、《長的咽喉》、《爪痕集》等詩集，及詩論《詩的基本精神》。早期的詩走寫實路線，有強烈的社會意識，具正義感，爲弱勢族群代言，加入現代派之後，詩風開始轉變，成爲詩藝的探索者，還好，他並未走進晦澀的窄巷裡，憑著他的鄉土情懷走進《笠》的陣營。

桓夫也曾是日文詩人，一九五九年開始以中文發表詩，而成爲《笠》的中心人物之一。著有《密林詩抄》、《不眠的眼》、《媽祖的纏足》、《安全島》等詩集。桓夫自述：「認清現實的醜惡變成的一種壓力」、「認識自我，探求人存在的意義」是他寫詩的動機。「基本上以批判的現實主義爲基調，而帶有哀愁的浪漫精神和提昇人的尊嚴爲矢志的理想主義色彩。」桓夫在戰時擔任過「台灣特別志願兵」，有太平洋戰爭的實戰經驗，他根據戰爭經驗寫的回憶詩是獨樹一幟的，而戰爭詩中對生與死的探索，也成爲詩人觀測現實的特別焦距，所以桓夫的詩被形容爲「帶著哀愁的浪漫精神表現反抗的現實主義執著。」⓭。

詹冰則是另一個典型的詩人，李魁賢說他是「典型的知性詩人」，詹冰說：「詩人如小鳥任憑自然流露的情緒來歌唱的時代已過去，現代的詩人應將情緒予以解體分析後，再以新的秩序和型態構成詩，創造獨特的世界。因之，詩人該習得現代各部門的學識和教養，傾注其所有的知性來寫詩……」但另一方面，詹冰一直是個鄉村教師，過著近似隱逸的生活。這也就說明了詹冰在技巧上是個實驗性詩人，偏好現代主義、意象主義，選材卻是寫實的，他寫〈插秧〉、寫〈水牛圖〉、寫〈雨〉，描寫農村的生活和農夫的性格，是根源於現實的詩，出版有詩集：《綠血球》及《實驗室》等。

白萩是唯一經歷「現代詩社」到「藍星」和「創世紀」而走到《笠》的詩人，因此，從西化、現代化到本土化，白萩詩成長的經歷豐富，也經歷多重變貌，出版有《蛾之死》、《風的薔薇》、《天空象徵》等詩集。白萩注意語言的錘煉，「要求每一個形象都能載負我們的思想，否則不惜予以丟棄，甚至從詩中驅逐一切形容詞，而以裸裸的面目逼視你。」相對於詩語言態度的嚴肅，白萩卻自承他的詩本質是流浪的，流浪的意念顯然是出自詩人浪漫的理想主義追逐者的自許，而不是不負責任的意識漂泊，因此，白萩的作品主題仍然具有現實批判的色彩，透過關懷同情蛾、雁、金魚、沙粒等卑微的存在，爲對抗惡劣環境顯得無助的小人物請命。

趙天儀是詩人，也是詩理論家，著有《果園的造訪》、《大安溪畔》、《牯嶺街》、《壓歲錢》等詩集及詩評集《裸體的王國》等多種。他的詩走「寫實主義」的方向，論者咸認爲〈白翎鷥之歌〉裡可以找到他的詩的原型。白翎鷥是趙天儀的童年，也是農業社會的圖騰，詩人對它的纏繞，象徵了童年、時代、農業社會生活的失落，是極其抒情的，但白翎鷥消失的傷嘆，無疑也是批判的，趙天儀的詩紀錄了不少時代的腳跡。

李魁賢也是兼具詩論家身份的詩人，他對詩的主張已經清楚地表達在他的詩論裡，他認爲詩來自生活，來自現實，詩人應該在獨立不受外力干擾的情況下寫眞實動人的詩，同時主張詩要有批判意識及社會意識。出版有詩集：《靈骨塔及其他》、《枇杷樹》、《赤裸的薔薇》及詩論集：《台灣詩人作品論》等。

《笠》詩人中，尚有陳秀喜、張彥勳、錦連、杜國清、非馬等，都是六〇年代創作甚勤的例子，不過，越過這些例子，前述詩人的詩觀與詩作則直接導引了《笠》的走向，成爲台灣現代詩發展的動力，也是不爭的事實。《笠》詩社走出來的批判性寫實與現代派西化主張相對的本土化傾向，也實際主控了台灣現代詩的存亡興替關鍵。

七、變調的散文及失落的戲劇

六〇年代的散文走的是五〇年代的陳舊步調，與詩、小說都分別理清繁亂，逐漸各有抉擇的情況比起來，散文不但呈現了枝葉漫漶的雜亂，散文寫作者多半沒有進入時空的軌道，仍然是漫不經心的寫作，應是主要的現象。懷鄉回憶散文之外，便是抒情、寫景散文，記遊、記趣散文；還是五〇年代散文情緒的延續，張秀亞、羅蘭、琦君、薇薇夫人、胡品清、王鼎鈞、子敏、鍾梅音等以中學生程度的青春期男女爲閱讀對象寫作的散文，儘管發揮了上天入地漫無限制選取題材的寬鬆特質，也能以柔性抒情的文藝腔調陶醉這些特定的對象，但也正如船過水無痕，這些沒有時間、空間刻痕、未善盡作家天職的作品，也只能隨風流逝。

洪炎秋、葉榮鐘、許達然是六〇年代僅有的本土散文家。洪炎秋的《廢人廢話》、《又來廢話》、《忙人閑話》等散文集，脫胎於古典散文，但自嘲嘲人、雜文傾向的諷刺散文自具格調。葉榮鐘出版有《半路出家集》、《小屋大車集》，也以諧謔的嘲諷散文展現他的風格，但他對現實感應敏銳，嘲弄世人也不忘自我解嘲，是抒懷感嘆的，同時也是批判的。集後附有戰後初期台灣社會的記錄性文字，有史料價值。許達然則是戰後新生一代的散文家，其散文集《含淚的微笑》、《遠方》，富思考性的內涵，開拓散文寫作的新領域，也奠定他日後寫散文詩的雛型。

雜文無疑是六〇年代廣義散文最大的特色，雜文脫胎於戰鬥文藝的「方塊」丟擲，六〇年代的大小報紙幾乎相襲成風，都設有方塊專欄，何凡、彭歌、趙滋藩（文壽）、王鼎鈞（方以直）等都有長期佔有的固定地盤，宣揚他們的教義，內容之駁雜、題材之放任，兼具了雜文、散文之綜合，之中又以《自立晚報》的柏楊《倚夢閒話》，掀起的波瀾最大。柏楊的方塊發揮了嘻笑怒罵文的極致，柏楊為文正反奇出，時而裝瘋賣傻，時兒拍案怒罵，縱橫現實，旁徵歷史。柏楊的《高山滾鼓集》、《聞過則怒集》、《大智若愚集》、《牽腸掛肚集》等兼具時事、政治評論與人性診斷的雜文，廣獲社會共鳴，但也不見容於當權者，終因一幅大力水手的諷刺漫畫賈禍，於一九六八年被捕，繫獄九年餘。

雜文寫作風氣由戰鬥文學方塊引來，柏楊的例子只是這種雜文風氣的應用，五〇年代以來，由於散文寫作一直處在疲弱不振的狀態，散文作家缺乏反省、回應時代、環境的調適能力，既未能在台灣社會生根，又未能建立可以自圓其說的散文創作之理論基礎，以致造成雜文凌駕的現象；另者，台灣新文學運動史上雖不乏散文、美文創作的例子，卻不可否認仍是整個文學運動中最弱的一環，本土作家之鮮少參與，無疑也是六〇年代散文未能本土化的主要原因之一。

此外，六〇年代以散文名家的還有梁實秋、余光中、張健、蕭白、管管、葉珊等人。以《雅舍小品》成名的梁實秋，不斷有舊作出版，賣的是舊傢俬，只是偶有新作發表。蕭白的散文不食人間煙火，管管把詩和散文融做一鍋炒，余光中賣弄中西典故，都達到翻炒文字的奧秘。葉珊的《葉珊散文集》有舊詩詞的逸趣，深爲年輕讀者所陶醉。

六〇年代的戲劇運動，雖然由國防部各軍種所成立的以演出平劇或宣傳話劇爲主的劇隊，繼續盤踞了整個劇運的地盤，但它對民間的影響已經縮到最小。民間則有李曼瑰等人推動小劇場運動，大學也開辦戲劇系，先後成立的民間劇場，有「實踐劇團」、「自由劇藝社」、「新潮劇藝社」等十數家之多，不過，從這些劇社演出的劇本看來，不是取材歷史便是西方名劇，不是男貪女欲便是陽錯陰差，這些劇團的演出完全侷限在劇藝的磨練和爲演劇而演劇，成爲六〇年代發展的最大困局；小劇場劇運，充其量只盡到了保存戲劇演出的趣味而已。

影響六〇年代舞台劇發展的外在因素中，電視的開播與電影之力爭上游，影響最巨。一九六二年十月台視開播，電視不但成爲民衆生活的新寵，引走了舞台劇的觀衆，電視劇本的寫作也吸引了大批劇作家，然而這只是表面上戲劇由熱鬧趨於沒落的理由，最主要的還是舞台劇本身的渾然無覺。一九六五年，中影拍了《養鴨人家》，電影的寫實、小品走向，至少證明電影在變，電檢制度固然阻止了此一傾向，憑此靈光一閃，卻凸顯了新劇運動的頑固不爭氣。電視劇則具有舞台劇無法望其項背的優勢，可惜，電視劇也受到了過多的限制，台視規定台語節目每天只有四十分鐘，就是扼殺戲劇發展的一隻魔掌；儘管電視劇由短劇而星期劇院而連續劇，仍然錯過了新劇在台灣社會生根的機會，電視劇長期以來爲人所批評、詬病，為有識之士唾棄，實在和電視劇自甘淪為漂浮在濁世洪流的渣滓有密切關係。本土小說家中，鍾肇政、廖清秀、文心、林鍾隆、鄭煥等人都曾經投入電視劇的創作，但最後都因水土不服退出，無疑也是電視劇，甚至台灣劇運喪失脫胎換骨的機運。

註釋：

❶見周伯乃：〈西方文藝思潮對我國六十年代文學的影響〉，一九八四年八月《文訊》十三期。
❷見許南村：《現代主義底再出發》。
❸見白先勇：〈社會意識與小說藝術——五四以來中國小說的幾個問題〉。
❹見《明報月刊》一九六七年元月號白先勇：〈浪漫的中國人——台灣小說的放逐主題〉。
❺見一九八六年九月《台灣文藝》一〇二期，陳千武：〈談「笠」的創刊〉。
❻見同註❺。
❼見同註❺。
❽見一九六六年十月《文學季刊》創刊號〈我們的努力和方向〉。
❾見葉石濤：〈鍾肇政論〉。
❿見葉石濤：〈評安德烈·紀德的冬天〉。

⓫見《中國現代詩論選》瘂弦：〈詩人手札〉。

⓬見李魁賢：〈笠的歷程〉，刊《笠》一〇〇期。

⓭見李魁賢：〈論桓夫的詩〉。

第五章　回歸寫實與本土化運動

（一九七〇～一九七九）

一、蛻變中的台灣

六〇年代的台灣政權，可以說是在國際東西兩大集團的強烈對峙中，獲得一線喘息生存的機會，而七〇年代的台灣，由於對峙的局勢趨向緩和，逐漸暴露了生存的困境。接連發生的國際事件，漸次將台灣夾處國際社會身份地位的曖昧狀態，孤立情況與脆弱性，暴露無遺。（一九五四年以後，在中美共同協防條約的卵翼下，獲得苟安的國際身份）因爲美國全力支持的立場動搖，加拿大、日本等主要盟邦，甚至一些非洲新興國盟邦，也由於台灣政府堅持立場，僵硬的外交政策，走上紛紛斷交的外交命運，台灣國際地位日形孤立，終於在一九七一年十月被迫退出聯合國。加之前此發生的釣魚台事件，台灣在國際間的孤立脆弱已失去任何掩蔽體。此一局勢，唯賴美國仍和台灣維持正式外交關係迄一九七八年底，並以其被此間人士批評為帝國主義經濟侵略的某種程度的寬容，使得台灣能夠在關稅優惠及連年出超的情況下，保持了經濟成長、國民所得昇高等繁榮現象，台灣也憑著經濟成就，安然度過退出聯合國、中日斷交等重大政局動盪及國際石油危機等重大考驗。

不過，台灣在工商業經濟的成長與繁榮，固然能稍稍安撫受到連串國際事件衝擊下惶惑不定的人心，但經濟成就不但沒有解決台灣問題，反而給台灣內部帶來更大的衝擊，也是不爭的事實。正如一九七〇年十一月發生的釣魚台事件，一些民族主義者企圖以高漲的民族意識，包攬官方長久以來對台灣政體曖昧不負責和無能而不誠實的罪責，但官方不但不領情，反而懷疑他們的民族統一情結隱藏與中共掛勾的意圖，部分島內保釣人士深受挫折之餘，不得不從懸虛的民族主義回到現實來思考，正說明了台灣對外的挫折，癥結仍在台灣本身的事實。

自承是從保釣運動被教育過來的王拓便這麼說：「保釣運動替我們的社會大眾上了很寶貴的一課政治教育，使我們的民族意識普遍地覺醒和高漲；而退出聯合國事件，則不但在民族主義這一課給我們作了加強的教育，同時還使我們認清：要抵抗帝國主義的侵略、要爭取國際的生存權，首先還是在於自己國內政治和社會的徹底革新！所以，青年們批評的矛頭便開始指向了那些社會和人民的公敵！至於後來的尼克森飛訪北平、日本與北平建交而與我片面毀約這兩件大事，更爲我們社會在民族主義教育與政治教育又上了兩次印象深刻的課。而使我們的知識青年不僅只在言論與文字上，開始對帝國主義者與社會公敵展開嚴厲的批評，並且還在行動上，要求更多的社會與政治的參與。」❶。

「帝國主義」的經濟侵略，尤其是日本，戰後繼續挾其先進的工業優勢，在台灣的予取予求，固然是有目共睹的事實，但民族主義者包攬此一事實，做爲外交挫折的宣洩藉口，則適足爲脫身而去的無能官僚體系所竊笑。因此，持民族主義的改革者也很快地發現了此一眞相，與其無謂地學五四青年或抗戰青年叫囂喊口號仇外，不如返身做「洗滌社會、擁抱人民」的先鋒隊。與其說從保釣運動中學習，不如說深受內部挫折而反省的一群，於是結社組團上山下海去工作，到農村、漁村、工廠、礦坑實地去調查瞭解，親身體驗到農業經營的困境、農產品之銷售剝削、漁民生活的艱苦、工人工作環境之惡劣、職業病、公害污染，勞務報酬之不合理等貧苦無助人群生活的眞面貌。

此一從現實紮根的參與行動，固然糾正了虛無縹緲的民族主義情結，最重要的是把他們的注意力從仇外的愛國迷思轉換爲對社會、現實、人民、生活的擁抱熱情。擁抱現實、社會參與的呼聲，不但團結了知識份子，也把知識份子的言行與農工等民衆的權利和利益結合在一起，這種現實化，是台灣社會最重要的蛻變之一。也因此，向萬年不改選的國會、戒嚴統治挑戰的聲音，建立民主法治社會的呼聲，不但結合成前仆後繼的政治反對運動勢力，也逼使官方做某種程度的回應，而有所改絃更張。一九七二年，蔣經國就任行政院長後，較大幅度地起用本土人士出任閣員，舉辦定期改選的中央民意代表增額選舉，著手十項大工程建設，顯示官方也開始默認現實，使得台灣政權的本土化出現一線轉機。甚至，當基督教長老教會發表國是聲明，直接呼籲國人合力建設台灣爲「新而獨立的國家」，也未受到預料中的強力反撲。這意謂著，形勢比人強，農工漁業等下階層民衆的生活，成爲新的台灣良心焦點，使得官方也不得不對這種紮根人群的吶喊聲予以適當的回響。

在經濟繁榮的表象下，農村的經濟危機以及勞動工人淒慘不幸的生活現實，實已成爲台灣內部最嚴重的問題，建築在勞力密集及人力勤儉耐勞上的經濟高度成長，也出現了財富集中、貧富懸殊、物價上漲、公開及潛在的失業人口增加的社會問題，而佔人口結構多數的農民、勞工生活反而陷入更貧苦的境地。經濟成長的果實落在少數的資本家及官辦、半官辦事業手裡，眞正流血流汗的農民、勞工……工作報酬與工時、工作條件、工件環境不成比例。農業經營已毫無收益可言，號稱有六百萬的農村人口，急遽萎縮、老化，留守農村的盡是一些無法改行轉業的老弱婦孺，年輕、健壯的農村第二代紛紛離開農村，大量湧入都市、工廠，過去由於一再被宣揚的耕者有其田政策，農民得來不易的農田，多半處於怠耕、廢耕的狀態，農村與農業面臨全面性的潰敗。

農村人力的大量外流，導致以加工出口區爲主的工業化人口激增，據統計，一九七三年台灣產業工人激增至一百四十萬人，佔總就業人口的百分之二六・八，然而這些沒有做過先期準備，大量湧入都市的工人，在勞動法令不全、官商聯手製造的低工資高投資報酬情況下，立刻淪爲都市裡的貧民階級。資方大量採用工資待遇不及男工半額的女工、童工，形成勞動力過剩，工人只好任人宰割了。戒嚴法剝奪了工人的罷工權，也助長資本家剝削的野心和氣焰，以一九七一年爲例，台灣產業工人每小時的工資約爲紐西蘭、英國、西德工人的十分之一，美國的十八分之一，如折合白米，連日據時代的工資標準都不如，一般產業工人家庭均得半工、半農或連女工、童工算上，或拚命超工時加班、兼差，才能過活。

一些「民族主義者」將此一現象的一部分責任歸罪於帝國資本主義對台灣的侵略，但以經濟活動、生活的現實言，只有剝削與被剝削、壓榨與被壓榨兩個階級的利益對立，準此，無論帝國主義也好，其所勾結爲幫凶的買辦資本家也好，官營事業機構也好，甚至自負具有台灣人意識的新興本土資本家，事實皆未因身份不同而稍減於其以利益取向剝削勞動民衆的熱切。易言之，創造七〇年代台灣經濟繁榮的低階層的、以勞務生產謀生的廣大農、工、漁民，實際上是台灣奇蹟的功臣，卻淪爲貧苦無告的一群，淪爲新世紀經濟活動的受害者，此一事實，已成爲台灣社會覺醒的折返點。

二、回歸的寫實主義文學

隨著時代的變遷，引發台灣社會內部結構性的變化，也刺激了社會意識的覺醒。知識份子擁抱人民、參與社會，造成一股回歸現實、回歸土地的熱流，觸動了寫實主義文學的復甦。此一延續著新文學運動崛起以來，重視社會現實，反映苦難人民生活為使命的文學傳統精神，也隨著七〇年代的時代腳步甦醒了。接受寫實主義徵召的七〇年代文學，強調了文學參與的態度，提出文學反映社會、反映現實、反映人生的主張，並建立以人道主義為基礎的反省文學。

初期，作家擺脫了知識份子自怨自艾、自戀、自瀆的寫作取材方向，將觸鬚伸向所謂下階層生活的民衆世界——農村、工廠、鹽田、礦坑，寫農民、工人的生活，豎立所謂小人物取向的文學新指標，這樣的文學在沒有任何理論為前趨的情況下，以生動、活潑、親切、感人的生活小故事，攻佔了未泯的人道精神領域，取代了頹廢、蒼白、虛無的現代主義流行風，事實上，新興的自覺反省文學，既不是文學的革命或改革行為，只是自然的回歸，回到台灣文學的本相眞貌。

此一回歸的熱流與六〇年代堅持本土精神、牢牢地站在自己的土地上，近乎頑強地固守他們出生長大的泥土地，以他們生活的鄉土為背景，反映他們所熟知的社會與現實，甚至企圖將這塊土地和它的人民經歷的歷史滄桑，串連成民族史詩的進入成熟期的作家，形成匯集交流的盛況。戰後以劫後餘生、埋在地底的麥籽一樣萌芽成長的本土作家，渡過了幾近二十年潛藏地表下的伏流歲月，進入七〇年代以後，隨著吳濁流的自傳體小說《無花果》及鍾肇政的《台灣人三部曲》第一部《沉淪》的出現，進入成熟階段的台灣作家的創作意圖逐漸暴露了出來。透過文學，將台灣人民抵抗異族侵略、保鄉衛土的悲壯史實呈現出來，凸顯台灣人民不畏強權、寧死不屈、充滿血淚的成長奮鬥精神，是他們寫作的動力，也是使命。雖然他們的堅持長期遭受到扭曲、排斥，但這種紮根於歷史與現實，與民族的脈搏相和、與現實同一呼吸，與人民土地相結合的文學，立刻與從現實覺醒的文學合流，而凸顯了整個台灣文學的脈流。

當然，這些紮根於台灣歷史和土地的作家，與從現實反省出發的新興寫實作家，同樣都是沒有理論前趨的文學良知的自覺者。比較起來，新興寫實派作家有按捺不住的熱情，有著強烈推銷自己理念的熱力，他們找當代的文學現象開刀，將矛頭指向現代主義文學，而引發了一場文學批判風。

爭論從現代詩論戰開始。主張西化的現代主義文學，被批判為虛幻、僵斃的文學，反映的是中產階級的墮落、頹敗、麻木和倒錯的生活，這成為強調時代使命、現實精神與勞動群衆結合的文學批判的對象。七〇年代一開始，《現代文學》、《笠》、《龍族詩刊》及新創刊的《文學季刊》等，都對現代詩展開檢討、批判運動。《文季》的唐文標、尉天驄等人緊緊抓住了現代主義盲目西化的崇洋媚外、沒有繼承五四以來的新文學改革傳統大加撻伐，譴責現代詩是「反社會、反進步、反平民、反生活、開倒車」的行為。尉天驄以〈路不是一個人走得出來的〉為題，強調作家應「到廣大的人世中汲取生命的活水」的立場，直接批判了西化派遠離人民與生活的虛矯身段。余光中所代表的西化派，雖然以杜甫的詩超越時空為例，為自己脫離社會和群衆的詩觀找遁詞辯護，其實他的「新古典主義」已經把漂泊、流亡心

《台灣文學史綱》作者葉石濤

態的文學暴露無遺。顏元叔也以文學藝術本來就是知識份子、少數上層人物的專利品，反對文學屬於人民大衆。六〇年代，本土與西化的分野，已經證明假現代主義之名行西化之實的放逐文學，不得不淪入漂泊、失根的困境。《文季》唐文標、尉天驄、高準等人的反省，對現代主義的批判，雖然虛張了民族主義的大網，眞正落實的還是來自對現實、現狀的反省和檢討，就文學走進人群、走入社會、走向現實、生活而言，並未完全應和絕大部分本土作家的創作使命，卻也可以聲律相諧的唱出鄉土組曲。

由於《台灣文藝》及《笠》等本土文學雜誌、詩刊堅持的立場；吳濁流、龍瑛宗、王詩琅、張文環、吳瀛濤、楊逵、陳千武、葉石濤等作家的存在，台灣文學的傳統精神一直保持著一座不熄的燈塔。七〇年代初期，日據時代的新文學運動從塵封的箱底被翻攪出來，鍾理和、吳濁流、楊逵等人的作品出土，引起了文學的尋根熱，爲台灣文學注入一劑強心劑，證明台灣文學源遠流長，自有傳統，自成風格。文學的尋根熱，加上新一代作家從現實反省得到擁抱現實的寫實主義，以及本土文學伏流的湧現，匯聚成一股強大的本土化巨流，除《台灣文藝》、《笠》等本土文學重鎮外，《純文學》、《文季》，甚至《幼獅文藝》、《清溪》、《文藝》等軍系刊物也接納了此具有濃厚鄉土主義的作品，一些報紙的副刊，更是此一文學風潮的直接推動者。《大學雜誌》、《書評書目》、《中外文學》以及稍後創刊的《夏潮》等刊物，都先後展開有關台灣文學傳統與特質的座談和討論，終至引爆了一場規模巨大的鄉土文學大論戰。

三、鄉土文學論戰

紮根現實，反映台灣民衆生活的鄉土文學，大約在七〇年代剛過一半的時候，已經席捲整個台灣文壇，首當其衝的，反而不是站在第一線的現代主義文學，現代派的西化，由於無根，事實上已經呈現了自我流放的狀態，倒是長期仗恃官方媒體，依附政權力量存在的反共八股文藝。鄉土文學血淚眞實的人間性，雖然沒有直接向反共八股叫陣，但一向依附官方的反共作家受到的衝擊卻最大，他們長時間以來，用來自我欺瞞的虛幻文學體質被赤裸裸地暴露出來，引起他們激烈的反擊。從一九七六年開始，朱炎、彭歌、余光中、顏元叔、尹雪曼、趙滋藩、朱西寧、董保中等人輪番出擊，動用了《中央日報》、《中華日報》、《中國時報》、《聯合報》、《青年戰士報》等官民營媒體，以及軍系報紙雜誌，對鄉土文學進行圍剿。主要的矛頭指向尉天驄、王拓等人的論文，以及王拓、楊青矗、陳映眞、王禎和、黃春明等人的小說。

反共文學作家彭歌率先於一九七七年八月，在《聯合副刊》發表〈不談人性，何有文學〉，點名批判了王拓、陳映眞、尉天驄等三人。批評王拓唯物傾向容易陷入「階級對立」，並以赤裸裸地爲資本家護盤的口氣教訓王拓「對社會上比較低收入的人賦予更多的同情和支持」，不應善惡不分。彭歌批評陳映眞的「市鎭小市民的社會的沉淪……幾乎是一種宿命的規律。」，「其實祇存在於共產黨的階級理論之中」，對陳映眞的「層級結構」、「強烈的黨派性」耿耿於懷。彭歌此文不但挺身爲官方的農業政策、資本主義辯解，更賣弄了後來一直被當笑柄的「溫柔敦厚」論。接著《聯合副刊》又發表了放羊的孩子余光中的〈狼來了〉一文。這位自稱靈魂已經「嫁給舊金山」的西化派詩人，雖未指名道姓，卻直接幫寫實主義的作家戴上紅帽子，一口咬定主張文學關懷、同情的焦點定在農、工、漁民等低收入民衆身上的文學就是當年毛澤東在「延安文藝座談會」上講的「工農兵文學」，就是要搞階級鬥爭。令人不解的是這位嫌台北的冬天不夠溫暖、離開台灣多時的詩人，何以突然趕回台北放出這段完全沒有說服力的謊言，卻把整個台灣文壇搞得紅帽子滿天飛，「工農兵文學」、「階級鬥爭」、「革命」、「反革命」等毛語，也成爲論爭雙方糾纏不淸的箭鏃矛頭。

論戰所以淪爲一場混戰，最主要的原因當然是雙方都離開了文學這個主題，陷入意識型態的決戰，尤其不可原諒的是動輒在「愛國」、「忠貞」這些絲毫與論旨無關的問題上大作文章，存心再掀起白色恐怖的復甦。余光中便曾煽動性地說：「北京未聞有『三民主義文學』，台北街頭卻可見『工農兵文學』，台灣的文化界眞夠大方。」，更恫嚇說：「如果帽子合頭，就不叫『戴帽子』，叫『抓頭』。在大嚷『戴帽子』之前，那些『工農兵文藝工作者』，還是先檢查檢查自己的頭吧。」❷。

王拓對自己的文學有一段懇切的自白：「我們家從福建遷移來台已經有三百多年的歷史，在這段漫長的歲月裡，我們的祖先一代接一代在這塊土地上不斷辛勞地、勤懇地、滿懷期待地工作著，在這塊土地上播下愛心和希望，並且用血、用汗，甚至用淚水灌溉她、照顧她、呵護她，就像一個忠實的園丁對待他的田園，忠實的奴僕對待他的主人一樣；更像一個勤懇的農人對待他的田地一般的死心踏地。我們是兩腳深紮在這塊土地上的一群人，死了也還在這塊土地上，和這塊土地合而爲一、混爲一體。所以，我們愛她！無條件、無保留地深愛著她。爲她，我們願意流汗、流血；爲她，我們甚至可以死！因爲沒有這塊土地就沒有我們、沒有我們的子孫、沒有我們的一切！」，「在我不算很長的業餘的寫作生活中，我所寫的一切文字，包括小說、報導和評論，都是從對這塊土地和這塊土地上的人的這種堅定不移的愛心和信心出發的！」❸。

可惜！眞正來自鄉土萌發的作家的心聲，未被正眼看待，公開批判鄉土文學的一群人，擺明了不談文學，只要鬥爭，一再反指控鄉土文學論者有提倡階級對立的鬥爭意圖，認爲他們存心以此破壞「安和樂利」的現狀。因此這樣論爭又被縮影爲「既得利益者」與「非既得利益者」的二分對峙。既得利益者群充滿危機、恐慌意識是不難理解的，也由於這些人慣於「利用文藝批評的形式及手段來做政治性的宣傳」，因此動輒要問別人：「是否別有用心？」其實，除了「祭起普羅文學的黑旗」、「揭發社會內部矛盾」、「提倡工農兵文學」、「宣揚階級論」這些政治性的攀誣外，鄉土文學的反對者幾乎不曾針對鄉土文學本身提出任何有力的攻擊。朱西寧有一段話，充分凸顯了反對鄉土文學者走投無路困獸猶鬥的心情，他說：「鄉土文藝是很分明的被侷限在台灣的鄉土，這也還沒有什麼不對，要留意的尙在這片曾被日本佔據經營了半個世紀的鄉土，其對民族文化的忠誠度和精純度如何？」[4]，這樣的惡意，當然升高了論戰的意氣用事。

稍微可以沾得上文學邊的攻擊，就是望文生義把鄉土文學解釋爲地方主義的、方言的、農村漁村都市後街陋巷的、民間低層次的文化活動，並且認爲地方主義特別突出地強調自己所在的地理區域之特性和利益，把地方利益抬得比整個國家和民族的利益爲高。張忠棟更對鄉土文學曉以民族大義：「過分強調鄉土的結果，會使大家的目光短淺，心胸狹隘，會在我們社會劃分出來自不同地域的人群，大家搞小圈子，彼此摩擦鬥爭，不復有和諧與團結。」[5]，但他似乎忽略了自己自外於台灣的心態，才是在小圈子裡搞小圈子，無論如何，這番言論卻無法攻擊到鄉土文學的本體上來。張忠棟也承認：「鄉土是好的，加強鄉土觀念，讓我們認清鄉土，對本鄉本土的事物感到驕傲，這樣我們就不會輕易接受外來的誘惑，或者橫遭異文化的污染。」口氣一轉，卻質疑：「然而所謂鄉土是指那一塊鄉土，是指全中國的鄉土呢？還是指台灣一地的鄉土，或者更是小至台灣山地一個村落的鄉土？同時過分的強調鄉土，在我們今天的環境裡，很容易產生幾方面的偏失。譬如大陸來台的年長一輩，他們可能因此做起懷鄉之夢，……譬如本地的人士，他們可能因此沉溺於地方利益，而無視於民族國家的大方向。……而且堅持大家返回農村，那又如何能夠贏得多數城市的認同？」❻。

朱西寧以「中原沙文主義」想當然耳地誣衊鄉土文學爲地方主義的言論，遭陳映眞反駁說：「如果說，鄉土文學只取材於台灣的風土和文物，就是『地方主義』的，我們不明白何以一些以大陸特定地區的『鄉野』風土和人情爲材料的小說，就從來沒人指責過是『地方主義』的。光復後在台灣成長的一代作家，其生也晚，沒有在大陸生活的經驗，終其半生只在台灣這個地方長大。我們眞不明白：爲什麼他們以台灣的風土人情爲材料寫小說，就犯了這麼大的罪過。」❼。

王拓之外，並沒有一個持鄉土派論者，把鄉土文學的鄉土範疇明確地標定在台灣這塊土地上，這更顯得反對派的攻擊是無的放矢。當然，從另一個角度看，絕大部分的鄉土派，除了「社會」、「人民」……這些口惠，「鄉土」仍然還是不明確、不肯定的符號。

曾經是文學改革者、「現代文學社」成員之一的西化派大將王文興，在這場論戰裡卻反串了積極的反動派保守角色，他發表了一篇〈鄉土文學的功與過〉的長文，有不少口不擇言的驚人妙語：「歐美的普羅文學幾乎是交了白卷。而中國的這個『工農兵文學』也幾乎交了白卷。」、「鄉土文學的創作，我不反對，而鄉土文學的論調，我反對到底。」、「我認爲文學的目的，就是在於使人快樂，僅此而已。……純粹以服務社會爲目的的文學……對象是不是服務勞工？……勞工的讀者，不喜歡看這樣嚴肅的、描寫他們自己生活的書。」、「美日的投資，對我國的經濟分明是有幫助，……是一種互惠，不宜稱是一種剝削。」、「我們應該現實一點，容許有錢人的存在，多有錢都不必計較，我們只計較貧窮的人的收入是否提高？……台灣的最低工資，……一個泥水工人的月入上萬，……木匠、水電工人的話，起碼在一萬五左右。……大陸的工人……最高工資是……合兩千四百塊台幣。……反對台灣現行經濟制度現況的人，……是想拿中共的那一套經濟方式來取代現行的這一套。」、「把美日帝國主義的這一套請出去……，那我們靠什麼過活？」、「台灣的農村，並不像某些人宣傳的那麼窮苦，農業也並沒有凋敝。」、「他們認爲接受西方的文化就是媚外，就是崇洋、就是賣國，這樣的態度結果害到的是自己，因爲最後變成了不是在反對西方，而是在反對文化。」、「世界上只有軍事侵略，才會造成亡國，文化侵略和政治侵略都不能算是侵略，都不會危害到國家的安全。」❽。

王文興的鮮論，一則完全未觸及鄉土文學，再則和鄉土派的理論也沒有交集點，卻凸顯西化派在危急之際，歸罪鄉土文學，不惜孤注一擲、漫天撒野的窘況。不合事實的舉例，以及只要經濟不要農村的說法，受到強烈的反擊。

原本在台大教授哲學的陳鼓應，以「業餘」的心情，出來「整頓文風」，三評余光中的詩，並結集成書❾。陳鼓應的評余動機，顯然是從〈狼來了〉得到靈感，用邏輯思考的方法將余光中的詩文予以整理組合，將余光中做一次意識型態的清理，〈一評余光中的頹廢意識和色情主義〉❿，〈二評余光中的流亡心態〉⓫，〈三評余光中的詩〉⓬，陳鼓應所持的解剖刀並非文學的，但這樣的批評對寫得出〈狼來了〉這樣的文章的作者而言，卻是以其人之道還治其人的咎由自取。陳鼓應評：「余光中的詩，不僅污染了我們民族語言，更嚴重污染了青年的心靈。他的作品，大量地散播著極不健康的灰色思想和頹靡情緒，至於他的崇洋媚外，靈魂要『嫁給舊金山』，並時時以葬在英國的西敏寺爲志，……他固然常說懷念中國，但當他把中國和美國相比時，卻以我們的貧困爲可恥，並以此而這樣地嫌棄：『中國中國你是一場慚愧的病』，你是『不名譽』的『患了梅毒』的母親。」二評余光中的流亡心態：「時代苦痛摧擊下的台灣知識界，近年來產生兩種交流心態：一種是中興心態，一種是流亡心態。……流亡心態是逃避現實（包括逃避到色情玩樂裡面），演成牙刷主義之風。」三評則對余光中的詩再做總體的檢視，若干「名句」，假若不是如此細細檢驗，還不容易看出詩人心裡到底怎樣看台灣，怎樣「愛國」。他在台北「一泡眞泡了十幾個春天」、「想起來就覺得好冤」，他說台灣「到冬天，更無一片雪落下／但我們在島上並不溫暖」，和美國「比起來，台北是嬰孩」、「台北淒淒切切，完全是黑白片的味道」，至於中國，他說是「蠹魚食餘的文化」，他要「焚厚厚的廿四史取一點暖」，他說「中國中國你是不治的胃病」、

「中國中國你令我早衰」，陳鼓應三評無非是要凸顯自己的頭眞正大有問題的余光中到底憑什麼檢查別人的頭？

王文興和陳鼓應兩個遠離文學的筆戰例子，最能顯現鄉土文學論戰的本質，證明這是一場文學見解上沒有交叉點的戰爭，只是兩種相對立意識型態的對決。侯立朝以旁觀者的立場，認爲鄉土文學論戰是一場加了色料的戰爭：「1.一方是『鄉土文學』的鼓吹者，要以『鄉土文學』作武器，改變文風，衝擊社會。2.一方是『鄉土文學』的批評者，批評鼓吹者的武器性文學觀，而未涉及作品。……3.被鼓吹者捧爲『鄉土文學』的作家們，並不承認自己的作品就是『鄉土文學』。4.另有些同情者，同情鄉土文學的民族情感，反對『西化』、『現代化』崇洋媚外的嘔吐派，當然也不希望再現『階級鬥爭』的買辦路線。爭論的焦點很少集中在作品本身，而是集中在鼓吹者的論點上。」⓭，鄉土文學論戰開火前夕，《夏潮》舉行〈當前文學問題專訪〉分別訪問楊青矗、王拓、鍾肇政、黃春明談鄉土文學問題，他們大都對「鄉土文學」一詞，不是不敢苟同，便是表示本身也不甚了解的模稜口吻。王拓明白表示反對使用「鄉土文學」的稱謂，擔心鄉土文學流入褊狹的地域觀，和偏向方言文學。鍾肇政主張「文學是生命的表現」、「包含一切的可能性」，暗示「鄉土」的詮釋也包括在這種可能內。黃春明則對鄉土文學表現了不知從何說起的茫然，倒是淸楚地主張「通過文學重新認識自己的民族和社會」⓮。「專訪」證明侯立朝的分析是相當準確的，王拓、黃春明等被點名批判的作家，卻否認或不太了解鄉土文學，那麼，抓著「鄉土文學」猛吹、猛打的顯然既非眞正的鄉土作家，也不是眞爲鄉土文學打仗，自然雙方都可以對到底何者是眞正的鄉土作品，擺在一邊不談了，這是一場眞正的鄉土作家缺席、不談鄉土作品的鄉土文學論戰。

從鄉土文學論戰反對派的憤怒和兇猛的攻擊看來，眞正激怒他們的是尉天驄的工農兵文學。一九七七年五月六日，淡江文理學院的學生舉辦一場「廿世紀文藝思潮及中國文學前途」的座談會，尉天驄在回答學生問題時說：「有人說，鄉土文學搞到最後，會變成工農兵文學。工農兵文學不傷害別人，有什麼不好呢？一些自由主義者平常講自由，工農兵文學還沒有出現，即表示深惡痛絕，這能說是自由嗎？」⓯，事後尉天驄去函《夏潮》，進一步澄清自己的看法：「我們要關心我們的現實，寫我們的現實，這就是鄉土文學。它最主要的一點，便是反買辦、反崇洋媚外、反逃避、反分裂的地方主義。……台灣是一個自由的社會，知識份子既然可以寫他們的文學，工農兵爲什麼不可寫他們的文學呢？……1.我們應該鼓勵我們的農人、工人、軍人努力創作。2.我們應該走出象牙塔，多關心工人、農人、軍人的生活，這樣有助於知識份子良心的發現。」⓰。

尉天驄的宣示，不但闡明了自己鼓勵工農兵創作文學的見解，也把鄉土文學等同現實主義文學詮釋，把鄉土文學捲入論爭之中。不過，他提倡工農兵文學的立場是縝密而周延的，他的工農兵文學不但是在自由社會與民族主義的基礎上立論，更是建築在與大陸工農兵文學相對的立場，所以不容易被扭曲、攀誣，也使得那些惡意的攻訐自暴其荒唐無知。「有人要把工農兵文學專指大陸上的那一種文學而言，這就更加不可能，兩個不同意識形態，不同生活方式的世界，能產生相同的文學嗎？」，「我們批評一個人或一部作品，應該看……合不合乎多數人的利益，……是違反大多數人的利益，就應該批判。」，「如果我們不這樣做，……不但是對文學藝術作品的傷害，也是對寫作人權的迫害。假如說，大陸提倡工農兵，我們就放棄工農兵，不唯愚蠢，亦復膽怯。」⓱，此外，他更以〈鄉土文學與民族精神〉⓲一文，做爲這些立論的總綱，在思想戰鬥上，已不易被搖撼了。

「民族文學」不僅是鼓吹鄉土論者的金鐘罩，抵擋了滿天飛舞的紅帽子，也逼得國防部總政戰部主任王昇親自出面爲鄉土文學論戰做結論⓳，承認鄉土文學，表達鄉土情鄉土愛沒有什麼不對，對於「工農兵文學」，也表明工人和農人的偉大，應該寫，應該歌頌，只要不被「共產黨」利用就好了。任卓宣的〈三民主義文學〉和胡秋原的〈中國人立場之復歸〉，以及尉天驄的「民族精神」、陳映眞的〈在民族主義的旗幟下團結起來〉，對鼓吹假鄉土文學之名推動的現實主義之實的文學信仰，具有保護色的作用，是無庸置疑的，不但擋住了鄉土文學有狹隘的地域主義傾向的攻擊，也贏得何欣等中立派的默許，他們一再提醒鄉土論者別忘了民族國家大義，因此，「民族主義文學」的主張，根本算不上從鄉土文學接枝，其實，從頭開始，「民族主義文學」就是論戰的影武者。這也就是爲什麼尉天驄、陳映眞等人的鄉土文學論，在高呼文學反映現實、文學反映人生、文學批判現實、文學擁抱社會、文學爲人生服務的激情中，卻冷靜地留下伏筆，他們從未跟在王拓後面呼喊：〈擁抱健康的大地〉。因爲他們清楚地認識到，日據時代的鄉土文學運動，是以文化區分異民族的抵抗運動，具有強烈反日的政治意義，而他們只想用鄉土文學抵抗西化對台灣的影響，卻故意避開鄉土文學保鄉衛土本土意識的傳統特質，而製造了一場眞正的鄉土文學缺席的鄉土文學論戰。

盱衡整個論戰文字，僅有葉石濤的〈台灣鄉土文學史導論〉一文，站在本土台灣人的立場，清晰地描述了台灣鄉土文學與台灣這個地方地緣、史緣的緊密關係，並特別凸顯了「台灣意識」做爲台灣鄉土文學精神標竿的意義。葉石濤將台灣自明鄭以降的社會變遷與自郁永河《裨海紀遊》以來，歷史與文學的對應關係，做了概說，並刻意凸顯了台灣新文學運動的精神特質，也扼要述明了新文學作家、作品自成一格的傳統脈絡。然而陳映眞卻處心積慮在這篇作品中找盲點。陳映眞首先以批改作文的耐心，將葉石濤行文中的「台灣人民」逐筆修改爲「在台灣的中國人民」，把「台灣鄉土文學」扭曲爲「在台灣的中國文學」，最荒唐的是說：「所謂『台灣鄉土文學史』，其實是『在台灣的中國文學史』」。陳映眞「用心良苦」，一再對葉石濤曉以「民族」大義外，眞正目的是要把以「台灣意識」做爲行文樞紐的葉石濤，戴上一頂當時還極其敏感的「分離主義」的帽子，他說：「台灣的新文學，……也是以中國爲民族歸屬之取向的政治、文化、社會運動的一環。抵抗時代的台灣新文學之中國的特點，應該也是葉先生所關切的，但卻令人覺得在這篇優秀的文章中著筆不力。」筆鋒一轉，竟威脅說：「除非強調台灣抵抗時期文學之中國的特點，文中所提的『台灣立場』的問題，就顯得很曖昧而不易理解。」㉑。陳映眞這個小動作，不但引發了鄉土文學論戰結束之

《台灣人三部曲》作者鍾肇政

後，另一回合的意識型態紛爭冷戰，也把原本就是無的放矢的鄉土文學論戰，證明從〈狼來了〉之前，一路都是許多人卑劣的假冒思想警察惹出來的遊戲。

事實上，如互射空包彈遊戲的鄉土文學論戰，眞正的影響是論戰之後，實際紮根於土地，具有現實使命感，無言默默的鄉土文學耕耘者，雖然只旁觀了這場火拼，但戰火不但未能傷及鄉土文學，更證明鄉土寫作的方向是正確的，給與本土作家經由迷惘中摸索而萌芽再生的本土意識文學極大的鼓勵，而帶來眞正盛大的鄉土文學寫作風潮。

四、鄉土文學的全盛時期

鍾肇政從六〇年代開工，一直到一九七六年才陸續完成的、台灣文學史上的劃時代巨

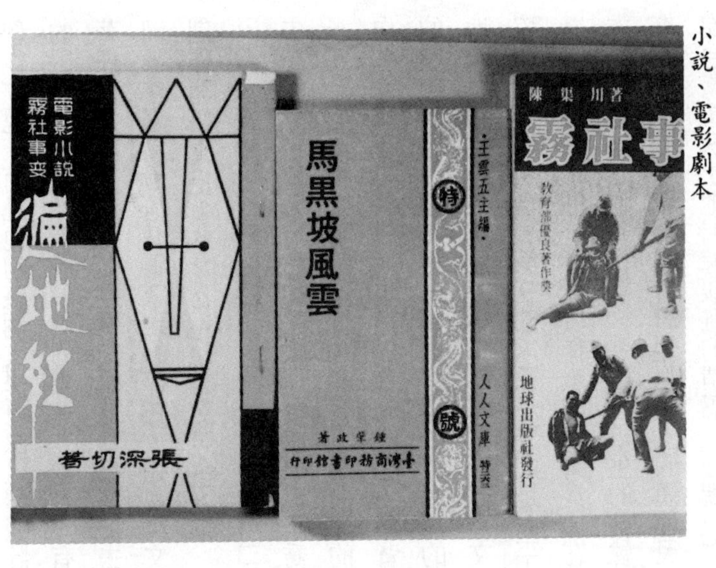

關於「霧社事件」之三種作品——報導、小說、電影劇本

大工程——《濁流三部曲》及《台灣人三部曲》。這兩部大河小說的完工，不但確立了台灣本土小說從現實綿延到歷史的、與整個民族的命運緊密相連的寫作方向，就台灣新文學的發展言，也象徵了新的里程碑的建立，這是台灣小說發展成熟的新標誌。具有台灣史詩地位的《台灣人三部曲》，以及同時期完成的，以霧社原住民抗日事件爲背景的《馬黑坡風雲》，說明鍾肇政以個人的文學創作，走進台灣歷史，凸顯台灣精神，是深層的本土意識的覺醒。葉石濤說這是「磅礡的生命力具體的形象化」，實則也是民族生命力的展現，所以，這樣的作品並不是僅在記錄台灣過去的一段歷史，追悼歷史的亡靈，乃是具有使命感的文學，透過對台灣歷史素材的創作，作家找到了寄託，也找到了做爲作家的使命。鍾肇政雖然不曾爲自己的

創作立說，而且他的整個文學更像是華麗壯觀的殿堂，是整體精神形貌的表達，牆上沒有貼著任何標語，唯有從整個文學運動發展史去回溯，才容易看清楚鍾肇政的存在，在台灣文學創作開拓史上省略了多少解說的文字。

《台灣人三部曲》之後，李喬是第二位矢志爲「台灣人」寫作的大河小說家。李喬從一九七七年開始著手進行《寒夜三部曲》的寫作，《寒夜三部曲》也是以台灣的歷史爲背景的歷史素材小說。第一部《寒夜》從台灣的土地開發寫到乙未抗日。第二部《荒村》寫文化協會和農民組合。第三部《孤燈》則是太平洋戰爭後期，被徵赴菲律賓作戰的台灣兵，在日本敗戰之際，輾轉作戰、逃亡、求生的經驗。李喬著重於闡發來到台灣開疆拓土的漢移民，與台灣這塊土地錯綜複雜的情感，強調他們對土地的情誼，也描述了土地對這些移民生死以

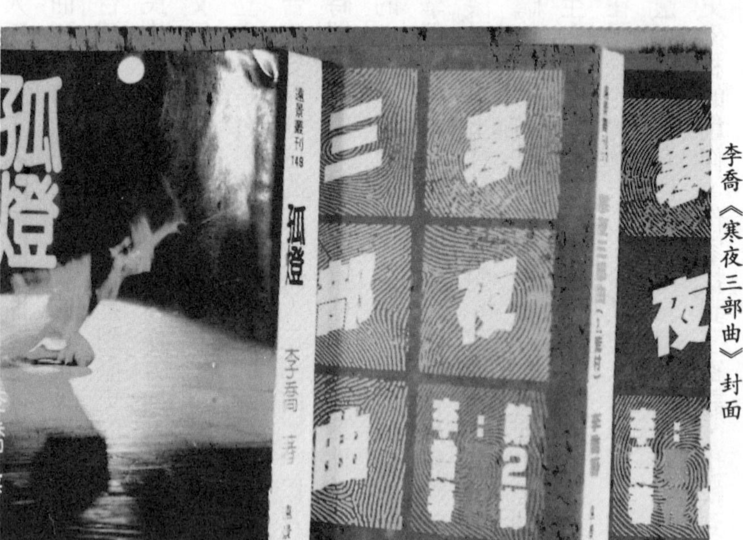

李喬《寒夜三部曲》封面

之的密切關係，他們爲土地而生，爲失去土地而戰，奮勇抗暴，保鄉衛土，在異地的魂牽夢繞都在土地，《寒夜三部曲》赤裸地展示了強烈的本土回溯意願。

《寒夜三部曲》是李喬最重要的著作殆無疑義，這部作品對李喬而言，有生命回溯的意義，他以神秘的高山鱒魚逆游回溯象徵生命回本溯源的本相，清晰地表白了他思想回家的方法和形式，也清楚地建立了土地、母親、生命交揉一體的文學觀。早期的李喬以《山女——蕃仔林的故事》爲代表，從鄉野悲苦大地的人物故事裡，建立他寫實、本土文學的根基。其實，李喬曾經一度浸淫佛學及心理學，企圖爲自己的文學找出路，在六〇年代後期到七〇年初寫了一些受到現代主義文學干擾的長、短篇：《人的極限》、《恍惚的世界》、《痛苦的符號》以及〈孟婆湯〉，可能正是經過這樣

《寒夜三部曲》作者李喬

的文學歷練，當他再回頭寫大地鄉愁的時候，卻能在鄉愁瀰漫的作品裡透露了像鱒魚這樣清醒的、充滿智慧的追尋。

堅持以冰山理論寫作的鄭清文，並沒有在這個隨時準備翻動的時代裡，出現慌亂的寫作腳步，仍然不疾不徐，但並不表示他對時代的變動漠不關心，或不知不覺，相反的，鄭清文是最能夠平心靜氣聽出時代腳步聲的作家，他的《現代英雄》、《自選集》以及八〇年代以後相繼出版的《舊鎮滄桑》、《局外人》、《最後的紳士》以及長篇小說《大火》，絕大部份是七〇年代一步一屐痕的寫作成績。鄭清文一直堅持文學是在「尋找人生、尋找自己」，因此他的文學也在追尋中不斷生長，鄭清文自己說，猶如那椰子樹：「葉子不斷地衰敗，但母樹卻不斷地生長」，在長達三十多年的寫作生涯裡，由古老小鎮的歷史滄桑，到台北大稻埕的人文變貌，是鄭清文小說中看得見的變化，但鄭清文眞正關心的是整個社會內在的道德價值的變遷，特別是工商業發達的社會，徵逐名利地位，往往使人在現實中的位移迭變非常，人的本性的喪失、轉變也變得頻繁，鄭清文的小說即在追尋探討這些現象；親情、愛情、婚姻、友誼，甚至人性的質變，都在他的關注之列，他對文學現實性的認識不是淡薄，而是含蓄的。從〈檳榔城〉、〈山難〉、〈三腳馬〉到《大火》，可以證明鄭清文關懷的現實深廣無比。

緊接在李喬之後，東方白也在一九七九年動筆寫作更大規模的大河小說《浪淘沙》（一百五十萬字，費時十年，並已於一九九〇年完稿），仍然以台灣近代史爲背景。東方白是旅居加拿大的小說家，早在五〇年代即有小說發表，一九五八年，二十歲即完成二十八萬字小說，自認不成熟未發表，此後即寫作不輟，一九六五年赴加攻讀工程，獲博士學位。出版有短篇小說集《臨死的基督徒》、《黃金夢》、《東方寓言》及長篇小說《露意湖》。東方白擅長寫寓言小說，他的小說顯示他對人生至深的課題，包括生死大限都在不停地思索，卻不斷地以寓言的形式表達出來，啓人深思，他的長篇小說亦可作如是觀，不過《浪淘沙》卻是深富使命的創作，是歷史素材小說，重點不在虛構。台灣作家所以薪火相傳地投入台灣歷史小說的寫作，固然不乏賈雨村言、借古人酒杯澆今人塊壘的不得不假託古事的難言之隱，但細察台灣作家的成長境遇，台灣作家的尋尋覓覓，建立屬於台灣作家自己的文學，仍然是他們潛藏內心的奮鬥不懈的職志，七〇年代的台灣大河小說，無非是台灣文學發展內在律動的自然成熟時機而已。

鍾理和未完成的《大武山之歌》，廖清秀寫完未出版的《第一代》，陳千武的《台灣志願兵回憶——獵女犯》，葉石濤念念不忘地從明鄭時代寫起的台灣歷史小說……，證明本土作家以滾滾巨流的態勢投入台灣歷史、台灣人歷史命運的探索，應有比逃避「反共文學」及「現代主義文學」更積極更正大的動機。

廖清秀於一九七四年完成了以蘇澳開拓史爲軸心，描寫早期移民艱困事蹟的長篇小說《第一代》，前後花了二十年時間。《獵女犯》是詩人陳千武在寫詩之餘，以短篇接力的方式，將自己以台灣陸軍志願兵的身份被徵赴南洋從軍打仗的經歷寫成的戰爭經驗小說，除具有詩人特有的顯微細密的人道精神及異國風光之外，也以戰時經驗補充了日據下台灣人被殖民經驗的一個空缺。長篇大河小說和系列短篇之外，戰後台灣的第一、第二代作家，幾乎每一個人都曾經從這些「歷史亡靈」裡去尋找台灣，尋找自己。

七〇年代開始，本土作家展現出的尋根熱潮，固然不乏其歷史的因緣，一方面是日據時期台灣總督府厲行打壓台灣人意識的殖民統治政策的反彈，另方面則是戰後來台的國民政府刻意以中國意識凌駕台灣人意識的反抗；但從文學論文學，台灣文學的本土意識推展的鄉土尋根熱潮，仍然得歸根為五〇年代以迄六〇年代、甚至遠溯及日據時期的台灣新文學運動，奠定的寫實文學基礎。台灣新文學運動推進到七〇年代，台灣作家對本土現實的關懷，走在「鄉土文學運動」的口號之前，進入上山下海的多元化的立體寫實時代，作家們分別從農村、工廠、漁村、山地包圍台灣文學，將文學的根深入民間、社會的底層，走進下層民衆的生活圈。

六〇年代的寫作即貼切現實而行的黃春明、王禎和等人，保持一貫以鮮活的人物與語言之外，也分別向更具現實意義的題材挑戰。黃春明的〈莎喲娜拉·再見〉和王禎和的〈小林來台北〉，已經從消極地反映現實，進入積極的出擊精神，開始對戰後帝國主義的經濟侵略行為對本土的傷害，展開抨擊與反省。王拓出身八斗子漁村，他反映漁民的生活、漁村的變遷，寫出〈炸〉、〈金水嬸〉等作品，對資本主義化社會，對漁村所代表的貧苦人民所受到的腐化和沖擊，表示了強烈的抗議和不滿。王拓的小說，意在筆先，憤怒在作品裡是從不遮掩的，文學理論曾是鄉土派在論戰期間的主將。本身就是工廠人的楊青矗則開拓了工人小說的文學新視野；農業社會轉型爲工商業化的過程裡，大量而迅速地湧入都市工廠的新工人，由於工業化的準備不足，暴露出有關工人工作、待遇、生活、安全保障相關勞工法令的闕如，爆發了嚴重的工人問題。出生於農村、長於工人家庭、本身又是工人的楊青矗可說躬逢其盛，他初期的作品〈在室男〉、〈在室女〉、〈綠園的黃昏〉、〈妻與妻〉等，觀察了台灣社會轉型期間的若干現象和變化，後來他的作品開始針對勞工制度的缺失，成爲工人自覺小說。除了正面闡發勞工生活的眞面貌之外，楊青矗也逐漸演變爲勞工代言人的地位。這些落實的寫實主義作品，爲台灣文學的發展奠定了堅固的寫作基礎，也確定了功能文學的性格。在落實的寫實主義巨流出現後，黃春明、王禎和、王拓、楊青矗、陳映眞等人的短篇小說集，先後相繼問世，具有推波助瀾的作用，證明鄉土文學已有具體而豐碩的果實。

繫獄七年的陳映眞，在一九七五年以舊作結集出版的《第一件差事》及《將軍族》兩本小說集，復出文壇，並以許南村的筆名發表〈試論陳映眞〉的長文，做爲向過去的自己的〈小知識份子的偏執〉告別。陳映眞從一九五九年發表的第一篇小說〈麵攤〉開始，走的即是寫實主義的寫作路線，不過，他的寫實是以自己預設的觀念爲先驅的寫實，他寫小說的目的在於推銷自己既定的一套理念，故事情節等等雖具現實意義，卻是以生花妙筆拾來湊數的。陳映眞的小說創作是一九七八年以〈賀大哥〉和〈夜行貨車〉眞正復出的。〈賀大哥〉是寫越戰後遺症，也是反美國帝國主義的小說，〈夜行貨車〉是藉跨國公司批判帝國主義的經濟、文化侵略，如果要說二者有什麼不同，那就是〈夜行貨車〉裡本省郎娶了外省婆仔，一掃〈將軍族〉的死亡和哀絕，但本省、外省糾纏不清的現實，仍是他作品裡的主要現實。鄉土文學論戰後，陳映眞提出在民族文學的旗幟下團結起來的口號，以民族文學「提昇」鄉土文學，同時做爲帝國主義侵略的對抗，後來他在〈上班族的一日〉、〈雲〉、〈萬商帝君〉等作品上，便是藉揭發跨國企業的經濟掠奪，伸張其「民族」大義的。八〇年代以後，〈鈴璫花〉、〈山路〉、〈趙南棟〉等作品，則以五〇年代的白色恐怖統治爲背景寫成的政治小說，在這三篇描寫五〇年代台灣知識份子如何爲理想犧牲奉獻，表現崇高的人類情操的小說裡，陳映眞巧妙地批判了資本主義物化世界的腐化、墮落，並實質彰顯他那左傾的社會主義觀點。

擁有電腦專家頭銜的張系國，則是另一種型態的現實文學作家。六〇年代還在台灣唸大學時，即曾經以自費出版過長篇小說《皮牧師正傳》，留學期間，搖身一變成爲「域外」小說家，寫留學生文學。一九七〇年出版有短篇小說集《地》，《地》隱約吐露了失根的中國人在台灣尋根的慾望，可惜寫得朦朦朧朧。〈香蕉船〉描寫想跳船移民美國而不遂的水手，被押送回台的故事，頗具現實批判意味。根據海外保釣運動寫成的長篇小說《昨日之怒》，以及刻劃轉型期間台灣社會的畸型變化、知識份子財迷心竅的醜態的《棋王》，都顯示張系國的小說具有覺醒的社會批判意識，但在某種程度上，他和陳映眞一樣，由於扛著「民族主義」的十字架游走，只能做個台灣社會的域外人，無法將他的文學之根植入台灣的大

「地」。張系國也是文學興趣廣泛的作家，同時也是科學幻想小說的推動者和創作者。

在鄉土文學論戰發生前，七〇年代的台灣小說趨向，是自然揉合了「鄉土主義」與現實主義雙管齊下的，至於支持鄉土主義背後，結合台灣精神、本土意識的覺醒，和現實主義結合了低階層民衆生活的弱勢族群意識，不過是不待解釋的理所當然。因此，在延續了六〇年代文學崛起的主要的農民、工人、漁民文學作家之外，若干從七〇年代邁步出發，開始學習創作的作家，已經循著此一創作軌跡走來；洪醒夫、李昂、吳念眞、曾心儀等也都分別從模糊的鄉土、現實裡摸索到作爲一個台灣作家的基本寫作方向了。李昂的「鹿城故事」系列，是她回到出生的鹿城挖掘到的創作礦藏，日後她寫《殺夫》，也未跳出鹿城生活的影響，相信這也是李昂能從現代主義文學脫身出來，開拓八〇年代創作新境界的主要理由之一。曾心儀寫小說擺明要做弱勢族群的代言人，她是《夏潮》系統，文學參與理論的實踐者。曾心儀出生於退伍軍人家庭，經歷過貧困的生活，當過店員、推銷化妝品的美容師、公司職員等工作，社會閱歷豐富，她的創作特意凸顯了作家的社會責任。曾心儀清楚地表示，文學不是用來裝飾生活，不是用來消遣，「而是一種使命，爲人們說話，說出痛苦，說出願望，說出方法。它是一把利刃，劃破虛僞的面具，看出它的病症。」[22]，事實上，曾心儀也的確秉持這樣的文學信條寫下去，作品具有強烈主觀的說服人的意志，不屑講究花巧，行文率直。〈我愛博士〉一文被視爲淸除歸國學人公害。〈彩鳳的心願〉則爲道德解體的商業文化下被欺凌的弱女子伸張正義。曾心儀可以說是位呼籲女性覺醒努力不懈的、注重文學功能的作家。

洪醒夫

洪醒夫在六〇年代即以「司徒門」的筆名發表作品，由於出生於窮苦農家，是一位渾身泥土氣息的作家，他的作品一起步便寫農民、農莊，是自自然然的具有農民靈魂的農民文學作家，不過鄉土文學論戰之前，這種農民生活況味濃厚的作品，在洪醒夫的作品中，只是模糊的自然存在，卻始終缺乏比較開闊性的觀照，來展現自己的文學特質，因此，予人總差一把勁的感覺。一九七八年，洪醒夫同時以〈吾土〉及〈散戲〉兩篇深具時代社會意識覺醒的作品，剛好趕上鄉土文學的列車，獲得文學大獎，創作瓶頸得到明顯的突破，逐漸邁入成熟的創作時期。正當洪醒夫準備以成熟的小說技巧展開長篇小說創作的個人寫作新紀元之際，不幸，天不假年，一九八二年七月卅一日竟以車禍去世，僅留下《黑面慶仔》、《市井傳奇》、《田莊人》及《懷念那聲鑼》等作品。吳念眞出生於九份的礦工家庭，並以工讀完成學業，也是鄉土文學論戰前出道的小說家，他的作品並不侷限於反映礦工的生活，介乎黃春明與王禎和之間的小人物，也是他關懷的對象，特別是描寫從農村鄉下流浪到都市的學徒工人的生活，吳念眞以輕快的筆觸刻畫他們生活中的悲喜，有獨到的角度。八〇年代以後，吳念眞轉移寫作陣線，改行寫電影劇本。《抓住一個春天》、《邊秋一雁聲》兩本小說集是他僅有的小說創作成績。

五、鄉土文學的實踐與反省

鄉土文學論戰，雖然與本土作家內在的鄉土傾向並無扞格，也未曾帶來任何明顯的助力或阻力，而論戰後作家循著論戰的言論，埋首實踐，的確將台灣推向蓬勃的鄉土文學時代，尤其創作力旺盛的年輕一代作家輩出。《台灣文藝》革新出版（一九七七），《小說新潮》（一九七七）、《前衛》（一九七八）創刊，《現代文學》（一九七七）復刊。財團法人吳三連文藝獎金會（一九七八），時報文學獎（一九七八）等趕在聯合報小說獎後相繼設立。鍾理和、吳濁流、楊逵、龍瑛宗、張文環等戰前代作家作品的出土，「鹽份地帶文藝營」的創設（一九七九），隨著作家的實踐腳步，台灣文學步入文學復興的新時代。從鄉土文學運動尋根與實踐雙向推展，作家們無不力求以豐富的創作量展現鄉土文學的具體面貌。台灣文學研究的風氣，也適時地推展開來；葉石濤、鍾肇政、張良澤、林載爵、林梵、李南衡等人推動的日據時期作品、作家的出土運動，意義特別重大。張良澤在六〇年代曾以「奔煬」的筆名從事小說創作，成大中文系畢業後赴日留學，一九七〇年返台後即積極投入台灣文學研究，他負責主編、整理的《鍾理和全集》、《吳濁流作品集》、楊逵作品、《吳新榮全集》、《王詩琅全集》的出版，對日據時代台灣新文學運動精神的復興，負起重要的搭橋工作。張良澤於一九七九年爲了躲避政治風暴，再度赴日，從此長年羈旅海外。詩人林梵則在一九七八年出版《楊逵畫像》，樹立作家傳記寫作的基礎，八〇年代則完成賴和研究及台灣文學年表等重要文學史料研究工作。台灣文學研究風氣打開後，相繼投入相關研究的則有高天生、張恆豪、羊子喬等人。張恆豪同時也是《前衛》文學叢刊創辦人，標榜前衛文學精神的《前衛》一共出了三期。

宋澤萊、吳錦發、王幼華、鍾延豪、雪眸、陌上塵、古蒙仁、陳雨航、東年、陳銘磻、李赫、履彊、許振江、陳艷秋、林蒼鬱、黃凡、詹明儒、劉克襄、向陽等都是踏著鄉土文學的軌跡崛起的作家。宋澤萊早期的作品受西化現代派的影響，自稱是心靈上的誤入歧途，進入所謂的「自我迷混狀態」，寫下《廢園》、《紅樓舊事》等作品。一九七八年發表的〈打牛湳村——笙仔和貴仔的傳奇〉可以說是他創作生涯關鍵性的一變。這篇小說描寫勤奮耕作、不甘受商販剝削的瓜農，費盡心血仍然無法擺脫商人設下的陷阱，以知識份子歸田的貴仔，回到打牛湳村企圖喚醒農民團結瓜農對抗商販，憤怒地抗議農會未能善盡照顧農民的責任，結果不但沒有人採納貴仔的建議，笙仔、貴仔兄弟還被請進了警察局。〈打牛湳村〉系列其實還包括了〈花鼠仔立志的故事〉和〈糶穀日記〉等三篇小說，都是描述落入劣勢的農民受到商業文明欺騙、剝削的悲慘景況。這些作品清楚地勾勒出轉型期台灣農村步入全面潰敗的景象，這些知識份子以回饋心態診斷出來的農業弊端，的確強調了作家的社會責任，但多少也暴露了知識人的一廂情願。《打牛湳村》以嘲諷的筆調去完成，固然達到強烈凸顯農村困境的目的，宋澤萊自己也承認作品的寫實性因此被削弱了。評論者多半不自覺地要把宋澤萊的文學停滯在〈打牛湳村〉的寫實精神，但宋澤萊卻表示，《打牛湳村》系列是他僅有的寫實作品，當這些寫實作品尚未被人接受時，他已經對寫實文學倦了，而且表示自己的「創造力」也不容許停留在寫實文學的小天地，而轉向〈燈籠花開時〉、〈峽谷中的白霧〉和《蓬萊誌異》，八〇年代以後，更以走向「禪學」做為他文學事業的轉注。

以〈華西街上〉、〈金排附〉等社會現實味道強烈的作品進入文壇的鍾延豪，是名副其實的文壇「乍現的新星」，他全力投入小說創作的短短一兩年間，便以暴發式的文學天份留下了十數篇作品，從老兵到妓女，從現實到歷史，展現了豐沛不可臆測的創作力，可惜文學未及開花結果，便以三十二歲的英年，於一九八五年十二月一日以車禍去世。出版有小說集《金排附》。

至於吳錦發、黃凡等經由《台灣文藝》及兩大報文學獎或文藝營走進文學的新興一代作家，分別都成爲八〇年代文壇的生力軍，他們的文學舞台在八〇年代。

另外有一批作家，獨來獨往，或並不明顯地屬於某一文學集團：王默人、子于、李永平、奚淞、馮輝岳、許家石、于墨、蕭颯、袁瓊瓊、保眞、小赫、顧肇森、王璇、廖蕾夫等也曾在七〇年代扮演了重要文學創作者的角色。王默人長期從事記者工作，五〇年代即有短篇小說集《孤雛淚》發表，其後則陸續出版有《留不住的腳步》、《沒有翅膀的鳥》、《地層下》、《周金木的喜劇》、長篇小說《外鄉》及八〇年代完成的中篇小說集《阿蓮回到峽谷溪》等，寫作長達三十多年。王默人的作品文字樸實、巧妙地把新聞寫作的冷靜筆觸轉移到小說創作上，更難能可貴的是，他的創作始終都沒離開低階層的勞動者群，以描述他們生活的辛酸血淚爲職志，〈地層下〉、〈阿蓮回到峽谷溪〉寫的是礦工生活，礦工在礦災中遇難了，礦工的女兒只好流落都市……，王默人堅定而有恆地傳達的是不同於工廠人楊青矗的勞動者聲音。蕭颯、袁瓊瓊的小說都具備女作家文字細膩的特色，作品探討家庭問題、婚姻、男女關係、女性地位，雖然未能落實於大現實，倒也能傳達精采的生活風景，也具備挖掘不窮的寫作礦源。其實奚淞、王璇、李永平的神話改寫、異國風光……也都是有意避免寫實文學的利刃刺擊了現實，甚至曾得過吳濁流文學獎的馮輝岳，小心地將作品停留在《小鎮印象》的說鄉村故事，許家石以《長門賦》掩蓋對現實批判的光芒，成爲逃避時代徵召的文學，不但因而停滯了他們的創作，也錯過了一個文學的時代巨流。

六、現代詩的變革與回歸

七〇年代初期台灣文學的鄉土化運動，主要是集中在小說的本土化與現實化趨向上，而七〇年代中期的鄉土文學論爭，也是導源於新興小說家創作的意識型態之爭。台灣現代詩運動經由對反共文藝的反叛，和現代派西化橫向移植的批判，本土詩人，無論是克服語言障礙跨越的一代，抑或戰後的新生代，都在鄉土文學論戰前，經由對超現實主義的批判，建立了現實主義、紮根現實的本土共識詩觀，透過《笠》詩刊的凝聚，本土詩人的詩精神重塑運動，已經在不標榜任何信條和原則的緘默中完成。因此，以《笠》爲中心的本土詩人，雖然一如本土小說家一樣，並未直接介入論爭的戰陣，卻並非完全冷漠、自外於此一台灣文學運動的巨變。

台灣詩壇在六〇年代倡導西方現代主義的偏差，現代詩人過份西化的惡果，所產生的以超現實爲名，出現的疏離現實、與時代脫節的現象，七〇年代一開始便受到了連番嚴厲的批評。關傑明連續以〈中國現代詩人的困境〉㉓、〈中國現代詩的幻境〉㉔爲題批評以《創世紀》爲主的現代詩，陷入「困境」和「幻境」，其實不過是對詩壇假超現實卻眞逃避現實、缺乏現實意識的現象，予以公開化的批判而已。但這卻點燃了以《龍族》爲首的年輕詩刊對現代詩的疏離和逃避現實，展開批判的現代詩反省運動。

「龍族詩社」成立於一九七一年元月，並創辦《龍族詩刊》，主要的成員有施善繼、辛牧、蕭蕭、林煥彰、林佛兒、陳芳明、蘇紹連、喬林、景翔、黃榮村、高上秦等二十幾歲的年輕詩人，主張「關切這個時代，擁抱這個時代」，隱然以肯定現代詩的民族風格對應現代西化派將現代詩「國際化」、「世界化」的傾向。《龍族》預示了青年詩人的覺醒，然而《龍族》走的民族路線卻使人想起六〇年代的《葡萄園》（一九六二年七月創刊），《葡萄園》的「明朗、健康、中國詩路線」固然狠狠地敲打了現代派的晦澀和西化，但事實證明，六〇年代現代派的晦澀貧乏，並不曾因此有覺悟性的改善，《葡萄園》也未取代現代派獲得現代詩的領導權，追根究柢，《葡萄園》的路線說，買空賣空，所謂「眞實性、民族化、中國化」，仍然是架空了現實與土壤的假說，《龍族》只是沒能記取這個歷史前車，重蹈了覆轍而已。

「主流」詩社創立於一九七一年六月，創辦《主流》詩刊。同仁有黃勁連、羊子喬、林南、吳德亮、莊金國、龔顯宗、杜皓暉、凱若等。《主流》具有強烈的鄉土草根氣息，與《笠》的走向，並無矛盾，可以說是《笠》的年輕想法而已，《主流》停辦後，主要成員也都紛紛向《笠》歸隊。

此外，屬於七〇年代創立的詩刊有：

「大地詩社」，一九七一年六月創立，九月創辦《大地詩刊》，主要的成員有王浩、王潤華、古添洪、李弦、余中生、何錡章、林鋒雄、林錫嘉、林明德、秦嶽、淡瑩、陳慧樺、陳黎、翺翺等先後都在各大學任教的學者詩人，他們不排斥西化的橫向移植，並主張在這個基礎上注入中國傳統文化和從現實取得必要的滋潤。

《詩人季刊》，一九七四年十一月創刊，主要成員有蘇紹連、莫渝、牧尹、陳義芝、廖莫白、洪醒夫、蕭蕭等台中師專校友為主的中部詩人。

《草根》，創刊於一九七五年五月，共刊行四十一期，一九七九年六月停刊。以羅青、詹澈、張香華、李男為主要成員。在宣言裡明白表示了對傳統與西化兼容並蓄的精神，同時還公佈了對詩精神與詩形式絕對寬容的態度，最出色的主張則是宣稱要以專一狂熱的詩創造精神，「獻給我們現在所能擁有的土地：台灣」。其實，宣言的駁雜已顯現了它紮根土地說法的誠信程度了。

「綠地詩社」成立於一九七五年十二月廿五日，創辦了《綠地》詩刊，主要成員都是南台灣的詩人：傅文正、陌上塵、喬洪、履彊、陳煌、蔡忠修、謝武彰。

《詩脈》創刊於一九七六年七月，僅出版八期，主要成員為：岩上、王灝、向陽等中部地區詩人。

「掌門詩社」成立於一九七八年元月，同時創辦《掌門詩刊》，主要成員有鐘順文、古能豪、陳文銓等高雄地區詩人。

「陽光小集詩社」成立於一九七九年十二月，出刊《陽光小集》詩雜誌。主要成員有向陽、苦苓、李昌憲、劉克襄、張雪映、林野、陳煌、王浩威、林文義、陌上塵、履彊、游喚、簡上仁、張錯、陳朝寶、蔡忠修、陳寧貴、連水淼等，除了年輕出擊的新世代詩刊特色外，《陽光小集》還有意凸顯沒有門戶之見，不主張提出詩的信條，以因應詩多元化時代的到來。成員裡包括了漫畫家、民謠歌者，詩人中亦不乏兼具小說、散文多度空間創作者，因此，它也不是地區性的詩人組合，成員分屬南北各地，寫詩、出詩刊之餘，更以舉辦詩歌朗誦會、票選十大詩人、詩壇十大事件等出擊行動，有意改變寫詩只是文字創作活動的單調刻板印象，這與它的詩論中所呼籲的：立在台灣的土地上，站到陽光中，和人群一起呼吸、種植花草、欣賞風景……的大衆寫實傾向是言行一致的。八〇年代以後，《陽光小集》也率先討論了政治詩，可見成員中仍具備了年輕詩刊站到詩改革最前面的意願，後來也終因沒有主張不可能是一種主張，內部意見不合而宣告結束。

青年詩刊如雨後春筍般湧現，是七〇年代台灣文學值得注目的現象之一，之中蘊含了現代詩壇內部強烈的改革，「再出發」的意圖，認眞嘗試要爲現代詩開拓比較開闊、寬廣的出路，《龍族》的民族風格提示，《主流》的草根主張，《大地》提倡的建立「抒情的傳統」、「敘事的傳統」，以至於《陽光小集》的多元化試驗……，都是相當具體的詩改革意見，然而距離現代詩成爲台灣詩、台灣文學，這種基本而落實的詩反省，所有的年輕詩刊，則顯得態度不夠踏實、誠懇，他們只是局部的觸探到此一根本的文學問題的皮相而已。

相形之下《笠》無言的挺立，是唯一從六〇年代創刊，穿越整個七〇年代，直往八〇年代邁進的詩團體。杜國清檢討《笠》在整個台灣詩壇的位置時說，「《笠》創刊，是對於《創世紀》所誤導的詩風的覺醒和對決，也是本土意識在台灣詩壇的崛起。」、「這是本土詩人兩代結合在一起，第一次公然純由台灣詩人集合而成的詩團體。」、「在一切以中國爲本位的政治體制下，台灣本土詩人結合在一起，在當時並不是沒有顧忌，甚至是有點怕的，而《笠》詩刊之所以能繼續辦下去，主要的是這些詩人，雖然具有濃厚的本土意識，卻堅守著詩的立場，而不願參與實際的政治活動。」、「在台灣成長、活躍的詩人，面臨著不得不正視現實、不得不認同本土的抉擇。」、「認同台灣的過去，現在和未來，是本土作家的宿命，也是《笠》詩人在台灣詩壇上責無旁貸的歷史使命。」㉕，《笠》當年未公開也不便公開的集團意識和作法，以及順利地通過時代考驗，實在是創立時已穩穩地掌握了台灣作家的精神標竿，但這也說明為什麼《笠》只能集合「兩代」——「跨越語言的一代」和「戰後以中文教育為主的中堅世代」，而更年輕的一代——戰後出生的新生代則紛紛自立門戶，自創詩社，直到這些新興詩社一一停刊後，他們的成員也都回歸了《笠》，此變化最能說明七〇年代台灣詩的生態衍化情形。

《笠》的第二個五年期（一九六九—一九七四）開始，已經有林煥彰、施善繼、喬林、林錫嘉等「第一新生代」出現，不過他們也都很快地脫離《笠》走入《龍族》等新興詩社另立門戶，眞正成為七〇年代的《笠》的中堅詩人的是傅敏（李敏勇）、鄭烱明、陳明台、拾虹、林宗源、郭成義、陳鴻森、岩上等人。蓬勃的新生代活躍氣氛的刺激，固然是《笠》繼續前進的主要動力，林亨泰、桓夫、詹冰、趙天儀、白萩、李魁賢、杜國淸等草創期詩人展現不衰退的創作力，也是《台灣文藝》之外其他大起大落的詩刊、文學集團所不及的，《笠》可說默默地重建了戰後台灣詩的傳統。加之，巫永福、陳秀喜、杜潘芳格、張彥勳等老一輩詩人的加盟，使得此一「傳統」的涵蓋更為固實。巫永福是日據時期的老作家，寫小說，也寫詩，詩以抒情見長並活躍於戰後。陳秀喜被稱爲閨秀詩人，她的詩作被形容爲：「在現實裡，凝視自己的步子，而忠實地紀錄女性的感覺。」㉖，並以德高望重由同仁推舉爲社長。杜潘芳格也是屬於「跨越語言的一代」，她的詩「以燃燒的熱情，衝擊詩豐富的抒情的女性詩人。」㉗，張彥勳是「銀鈴會」的創始人之一，早期，推展詩運可謂不遺餘力，《笠》成立不久即加入，桓夫說他的詩：「是由於一種自覺，表現現實悲劇性的寫實派。」

李敏勇、非馬、林外、周伯陽、林鍾隆等人都以作品成爲《笠》最穩健前進的力量。七○年代結束前，《笠》吸引了許達然、陳坤崙、莊金國、林清泉、楊傑美、黃基博、蔡瑞洋、趙迺定、李篤恭、北影一、梁景峰、北原政吉、龔顯宗、曾妙容、黃勁連、曾貴海、簡安良、莫渝等詩人歸隊、加盟或投稿，做爲本土詩發展的隊伍，《笠》的凝聚力的確取得比鄉土文學論戰更明朗的結論。

《笠》在創作與理論上雙重的實踐能力，超過自我宣傳，應該也是它屹立台灣詩壇的主因。《笠》創刊後不久，鑑於詩壇浮誇的風氣，有人往往一知半解以斷章取義大談詩論，爲「免二手貨的輾轉流傳，以訛傳訛」（李魁賢語），於是有計劃地推出葉笛譯布魯東的〈超現實主義宣言〉（第七期），馬林內諦的〈未來派宣言書〉（第八期），趙天儀譯艾丁頓的〈意象派六大信條〉（第九期），杜國清譯介艾略特，李魁賢譯介里爾克，白萩譯美國現代詩選，桓夫負責日本現代詩選譯、羅浪譯田村隆一的詩，趙天儀選譯英國現代詩，李魁賢選譯德國現代詩。一九六五年二月，第一屆年會時，即推出林亨泰《現代詩的基本精神》、白萩《風的薔薇》、杜國清《島與湖》、林宗源《力的建築》、吳瀛濤《瞑想詩集》、桓夫《不眠的眼》、詹冰《綠血球》、趙天儀《大安溪畔》、蔡淇津《秋之歌》、陳千武《日本現代詩選》等第一輯叢書十本；一九七○年以日文出版《華麗島詩集》，選譯了六十五家、一○四首詩，爲第一部日譯台灣詩選；一九七九年，《笠》再推出日文本《台灣現代詩集》及《美麗島詩集》，以實際的創作行動展現本土詩的理論。

《笠》的新生代詩人中，仍以鄭烱明、李敏勇、陳明台、拾虹、陳鴻森、郭成義等成績最爲突出。鄭烱明在六○年即接受《笠》的現實批判精神的薰陶，並以批判超現實主義做爲寫作的出發，認爲「用時代隔閡的語言寫詩，即是逃避的文學，寫現實中沒有的東西，那是欺騙的文學。」堅持「以平易的語言，寫出植根於現實生活的詩」，並且主張：「我寫詩，因爲我關心這個社會，我不要做一個活在時代裂縫的人。」詩的時代性和社會性是鄭烱明寫詩的兩大支柱，這也是鄭烱明的詩進入本土精神的兩段途徑。《歸途》、《悲劇的想像》、《蕃薯之歌》一路走來，鄭烱明堪稱最清醒的本土詩人之一，八○年代以後的作品則收集於《最後的戀歌》。李敏勇原本以傅敏的筆名寫詩，他是經由浪漫的抒情詩長大的詩人，《雲的語言》便是浪漫詩人時期的腳跡。李敏勇強調「語言仍是詩人唯一的武器」和「用語言思考」的信念，因此，他表達對戰爭的看法寫下戰爭詩，是他創作中最大的轉機，李敏勇的戰爭只是觀念的假設，批判也是觀念的，這樣的思考引著詩人通向現實，進入現實。李敏勇的詩，在八○年代以後分別結集成《暗房》、《戒嚴風景》、《野生思考》、《鎭魂歌》等詩集，內含對現實、政治、文化、環保……多方面的關懷。

陳明台是《笠》同輩詩人中「異質的存在」，他的詩由於顯示了象徵主義的傾向，與主張即物主義、詩反映現實的《笠》中心主張大相逕庭，他的詩沒有現實性、社會性的企圖，出版有詩集《孤獨的位置》，八〇年代以後出版的有：《遙遠的鄉愁》、《風景畫》及譯詩多種。拾虹表示詩的價值在於「投影在人間現實的深度」，測度的方法則在於能否「感動」人以及能不能「與當世的脈搏一同悸動」，把寫詩定位在「忠實地記錄內心的喜怒哀樂」，應是當代主張最平實的詩人之一，出版有詩集《拾虹》。陳鴻森出版有詩集《期嚮》、《雕塑家的兒子》及詩論等。他把詩的內涵定位在抵抗性的基石上，他說：「抵抗性無非是精神上對類型世界的反逆及發現的決心，把日常性現實的知性和情感底平面，加以反省後的重建。」又說：「我們若意欲取得現代詩的『正統性』，則勢必要更深入的向庶民的位置伸根。」他的詩以批判性見長。郭成義出版有《薔薇的血跡》詩集，八〇年代則出版有《台灣民謠的苦悶》，也是加入《笠》之後，改變詩路的詩人，同時亦長於詩論，曾出版詩評論集《從抒情趣味到反藝術思想》。郭成義是以抒情性佔優位的詩人，頗富浪漫氣息，他還一度把詩轉向台灣民謠的關懷，「以新的語言，對耳熟能詳的民謠，重做抒情的疊影」，也算是台灣現代詩史的一個異數吧！

《笠》的少壯派詩人已經化整爲零地將台灣詩的理想和形貌勾勒出來了。而《笠》以外的七〇年代詩人中，吳晟、蔣勳、施善繼、高準、蘇紹連、羊子喬、詹澈等不同型態的詩人，象徵了這是個詩人口膨脹，也是個詩想解放的時代，不過，七〇年代的詩人，也印證著七〇年代詩社的情形，即起即退，包括《笠》詩人在內，能夠將寫詩的熱情匯成文學的理想，綿延貫穿整個年代，成一家之言的詩人卻非輕易就可找到，寫詩像放焰火一樣，一陣閃亮後就消失無踪的不在少數。吳晟沒有明顯的詩派，他以泥土的芬芳，爲農民農村謳歌，是個泥土派的鄉土詩人和散文家，詩集《泥土》、散文集《農婦》的確在文壇上獨樹一幟，不過，他的田溝如何接通黃河、長江，泥土中的夢如何通過長城，就叫人突兀不解了。迷戀過現代派的施善繼以及放言以文學改造社會的高準，也似乎都發生了同樣的困難，他們都在詩的生活化、社會性、批判性中找到創作的新機，也用尋覓做藉口，錯失在台灣生根的機會。

七、夾縫中的劇運與散文的變奏

自六〇年代電視開播以來，舞台劇的沒落，猶如雪上加霜，電視加電影已經囊括了幾乎所有戲劇觀衆，七〇年代的劇作家，除了向電視、電影妥協投靠，「實驗劇場」算是另一條可能的出路。不過由於電視、電影的商業化取向，和長年的不長進，劇作家根本不可能在這裡找到他們的藝術天空，影視界也無庸求助於眞正的劇作家，電視界和電影界都曾經傳出不用劇本，或防止同業一窩風搶拍相同、雷同題材，爲了保密起見故意不寫劇本，採邊編、邊拍的情形，劇作家之必要性可想而知了；加之抄襲成風，公然抄襲歐美、日本電影電視劇的情形十分普遍，都足以讓眞正劇作家裹足不前。電視開播初期，鍾肇政、文心、廖清秀、陳火泉、鄭煥、朱西寧、司馬中原等六〇年代的中堅小說家都曾經參與電視劇之創作與改編，打開小說與戲劇交流的契機，終因電視劇走大衆、通俗路線，對劇本之藝術性要求極低，作家改編自己的文學作品或參與編劇，都是英雄無用武之地，這對台灣電視劇的提昇當然是錯失了一個好機會。

前述作家中，文心對電視劇的投入最深，文心不僅改編自己的小說，更是有劇本印行傳世的小說家，其劇本創作並深入台灣本土之人物、民情風俗和歷史，曾經以《忠昭日月》描述羅福星的抗日事蹟，另有《吳沙墾田記》、《血戰他里霧》（曾獲教育部廣播劇本獎）等取材台灣歷史人物的作品，未嘗不是戲劇本土化的嘗試。其他作家則鮮有劇作印行傳世，蓋與整體之劇作定位有關。

所有七〇年代之文藝雜誌中，也僅有復刊的《現代文學》與《中外文學》曾刊登戲劇創作，有關戲劇介紹、評論的著作更是屈指可數，姚一葦的〈傅青主〉、張曉風的〈和氏璧〉、〈位子〉以及叢甦、黃美序等人的小品劇本是少數刊行過的劇本，但這些有限的劇本，共同的特色是脫離現實，都是尋古人開心的古裝背景的、以逗樂爲目的的滑稽劇，耍弄便捷口才說俏皮話的文明戲，當然這和反共戰鬥文藝時期的宣傳劇比較起來，是反動的，是突破的；但和傳統戲劇比起來，無論是本土傳統戲劇抑或自中國帶來的平劇、豫劇……，這種源自實驗劇觀念的文人創作，還是暴露了它不新不舊的弱點。舞台劇的創作自是聊備一格，舞台劇的演出在整個七〇年代也由各大專院校的話劇社以演出西方的原文劇作或改編成中文劇本演出，以及遊藝會性質的兒童劇展，勉強維繫了舞台劇的存在。一九七九年，「蘭陵劇坊」出現，開始展出「實驗劇」，可說是舞台劇變革的一個新聲音。

電視文化對戲劇的衝擊，不但舞台劇的創作演出遭受重挫，傳統地方戲也受波及，台灣傳統地方戲劇中的布袋戲、歌仔戲、南管、北管、傀儡戲、採茶戲、大鼓陣、皮影戲、雜劇，都由於整體社會文化結構的質變，面臨失去著根的文化土壤，從根本喪失了存在的條件，而僥倖被電視文化相中的歌仔戲、布袋戲，也因受限於官方的廣電政策，在有限的方言節目管制下，傳統戲劇的電視空間，不過僅是瞞人耳目，以杜悠悠口舌而已，更何況受電視青睞的歌仔戲與布袋戲爲了適應電視文化的商業目的，扭曲、矮化、俗化的嚴重變形，已經可謂慘不忍睹，更遑論顧及戲劇承傳的使命了。

就文學的質而言，七〇年代的散文仍是最弱的一環，畢竟散文是最需要誠實的文體，不幸，七〇年代的台灣還不是作家可以坦率地說眞話的時代，這固然決定了七〇年代散文的品質，卻並不顯示散文作家的人口和作品量，諷刺的是散文作家的創作韌力冠於小說家，也超過詩人，四〇年代，甚至更早出道的散文家，創作生涯達三十年以上的都頗不乏其人，散文家之滿街都是也是散文氾濫的重要原因，詩人、詩論家、小說家、政客、官員、學者、畫家……兼散文作家者比比皆是。以散文作品的產量而言，以散文讀者群之龐大言，散文佔據七〇年代文學運動極大的空間，但無論是時代的、社會的、歷史的、甚至是情感的，通得過「誠實」檢驗的散文作品則是令人失望的少，像詩人張拓蕪的《代馬輸卒手記》，遲來的「誠實」仍勉強算是誠實作品，已非常難能，其餘以作夢和囈語也被推舉爲散文家的所在都是，便不難看出散文成績的一斑了。

〈七〇年代新興的文體——報導文學〉應是針對這種散文現象的有力反省。報導文學一名報告文學，是散文的文學表現形式裡注入了現實性，強調誠實、富有生命力的散文，它不是失意政客或騷人墨客的感情發洩，也不是文人才士的浪漫情緒的遨遊，它的主要條件是客觀的呈現眞實。推銷報導文學甚爲賣力的高信疆說：「報導文學是一種實踐的文學，也是文學的實踐。」、「透過作家本身的文學訓練與人生體驗的綜合之後，以特定的目的與方向，作無窮的挖掘和探討，對於現實人生，自然具備了一種反哺的功能。」、「好的報導文學工作者，應該努力建立並堅持的是『平等』（公平）的精神。即是作家要體認自己並不比被報導者有更高的地位，不比事物本身更具權威，否則極易造成報導的偏差，給予被報導者無形的傷害、扭曲。要認識到本身的報導僅是一種學習的過程，一種投入和參與。」、「報導文學也是一種邁向民主社會的文學實踐。在這裡，它成爲現代化的觸媒——因爲不同的個人，不同的事物，不同的觀念，逐一透過大量的報導，使大家看到大家，大家了解大家，大家愛大家，能夠產生社會平衡的功能，產生新的尊嚴、新的改革與肯定，這是眞正的『民主』，是人與人之間的溝通之橋。」㉘，不論報導文學的本意是什麼，七〇年代崛起台灣的報導文學，明白的是銜著散文的革命而來是不必懷疑的，落實現實的主張也直接催化了整體文學的鄉土運動，也爲本土化奠定了基礎。報導文學從漁民、女工、童工、果菜市場、原住民部落、烏腳病、精神病院、痲瘋病人開始，逐漸深入到民俗祭典、戲劇歌謠、雕刻手工藝、建築、園藝、古蹟、環境……，成爲文學全面性現實反省的依據。在《夏潮》及《人間副刊》的推引下，曾心儀、林清玄、古蒙仁、陳銘磻、李利國、馬以工、邱坤良、王鎭華、吳念眞、杜文靖等都參與了報導文學的行列。

鼓舞七〇年代蓬勃文藝風氣有功，不得不提的一個重要因素當是民間設立文學文藝獎，獎勵文藝創作風氣，這與過去文藝性雜誌屢仆屢起，或七〇年代初期詩刊如雨後春筍般湧現的現象比較，不同的意義在於詩刊、雜誌代表了文學界人士的節衣縮食爲文學奮戰的精神，文學獎則代表了整個社會關心到文化問題的具體回饋行動。由「台灣文學獎」蛻化的「吳濁流文學獎」，象徵傲岸的台灣文學精神，自有其不平凡的存在意義，自七〇年起在小說獎外，增設新詩獎。一九七六年，聯合報設立小說獎，並逐年擴充到中篇、長篇、極短篇及散文、詩獎等。中國時報於一九七八年起設文學獎，由小說獎與報導文學獎，逐年擴充了散文、叙事詩及文學貢獻獎等。此外《笠》、《中外文學》等設立的詩人獎、徵文獎……都有極大的鼓舞作用。「財團法人吳三連文藝獎基金會」於一九七八年成立，不定型地獎勵小說、詩、散文、戲劇、音樂、繪畫、舞蹈等作家，成爲台灣文藝獎額最高的文學獎。

這些獎項雖然仍是戒嚴文化的產物，載明於獎助章程的，暗地裡的自我設限仍然存在，有人更譏之爲「作文比賽」，無法充分發揮鼓勵創作的目的，但往開闊的文學遠景想，文學本來就是一項披沙揀金的工作，意義仍是值得肯定的。正如《書評書目》、柯青華的「爾雅出版社」、鄭英男的「文華出版社」出版「年度小說選」、「詩選」的情況一樣，獎助、鼓勵未必公平，作用依然是長遠的。較之官方設立的各種文學獎，財力固無法比擬，其公平性則遠過之，而且也證明七〇年代是一個文學動員的時代。

註釋：

❶見一九七七、四、一《仙人掌》第二期王拓：〈是「現實主義」文學，不是「鄉土文學」〉。
❷見一九七七、八、二十《聯合副刊》余光中：〈狼來了〉。
❸見一九七七、九、十·十一·十二《聯合副刊》王拓：〈擁抱健康的大地〉。
❹見一九七七、四、一《仙人掌》第二期朱西寧：〈回歸何處？如何回歸？〉。
❺見一九七七、十一、一《中國論壇》五卷三期張忠棟：〈鄉土、民族、自立自強〉。
❻見同註❺。
❼見一九七八、八、一《仙人掌》第二期石家駒：〈在民族文學的旗幟下團結起來〉。
按：石家駒爲陳映眞另一筆名。
❽見一九七八、二《夏潮》二十三期王文興：〈鄉土文學的功與過〉。

❾見《這樣的「詩人」余光中》，一九七八年七月大漢出版社出版。
❿見一九七七、十一《中華雜誌》一七二期。
⓫見一九七七、十二《中華雜誌》一七三期。
⓬見同註❾。
⓭見一九七七、十一《國魂》三八四期侯立朝：〈七十年代鄉土文學的新理解〉。
⓮見一九七七、八、一《夏潮》第三卷第二期〈當前台灣文學問題專訪〉。
⓯見一九七七、六、一《夏潮》二卷六期李行之：〈五四，與我們同在〉。
⓰見同⓮〈讀者天地〉尉天驄：〈文學爲人生服務〉。
⓱見同註⓰。
⓲刊於一九七七、八《國魂》三八一期。
⓳指一九七八、元、十八·十九在台北舉行的國軍文藝大會。
⓴發表於一九七七、五、一《夏潮》二卷五期。
㉑見一九七七、六《台灣文藝》革新第二期許南村：〈「鄉土文學」的盲點〉。
㉒見曾心儀：《我愛博士》自序。
㉓刊一九七二、二、廿八·廿九《中國時報人間副刊》。
㉔刊一九七二、十、十一《中國時報人間副刊》。
㉕見一九八九、七《台灣文藝》一一八期〈「笠」詩社與台灣詩壇〉。

㉖見一九七〇、十二《笠》四十期陳千武：〈華麗島詩集後記〉。
㉗見同註㉖。
㉘見一九七八、七、一《書評書目》六十三期〈報導文學的昨日、今日和明日〉。

第六章　本土化的實踐與演變

（一九八〇～）

一、從悲情中覺醒的文學

八〇年代的台灣是以「美麗島高雄事件」開啓歷史悲情的一頁的，一九七九年十二月十日，以《美麗島》雜誌爲名，串連全島反對運動人士的雛型政團逐漸形成，於高雄市舉辦的「世界人權紀念日」演講遊行活動，引發軍警的鎮暴彈壓，嗣後並進行大規模之逮捕行動，先後計有在任立委黃信介等一百六十餘人被捕。八〇年元月八日漏網的施明德被捕後，分別由軍法、司法進行大審，多人被判重刑，反對運動之領導人士幾乎無一倖免，累積數十年反對勢力的反對運動陣營受到土崩瓦解的重挫，台灣社會立時一片愁雲迷漫，進入五〇年代白色恐怖後最嚴重的悲情時代。

美麗島事件的發生，象徵戰後迭經挫折的台灣的本土人政治運動，準備進入體制抗衡、踏出組織化的第一步，即嚴重干犯了當局的忌諱，不惜孤注一擲地予以反撲。這與七〇年代台灣文學藉由鄉土文學運動進行本土化的意願，受到嚴厲阻礙和打擊的情形一樣，美麗島政團的重挫，並不表示此一理想受到否棄，相反的，反對運動的理念，在一九八〇年的地方選舉裡受到民衆的肯定，而且新興的反對力量崛起之迅速，也證明了當局鎭壓反對運動的效益，已遠遠不如過去的二二八事件或五〇年代的白色恐怖。當然另一個更重要的因素，在台灣社會內部追求民主、自由、法治社會的意願和決心，也遠非當局的拖延戰術和哄騙技巧所能壓抑，處在多變的八〇年代，和當局理不直氣不壯的因循推諉，施政的腳步追不上人心的需求，八〇年代的台灣也就在這種心靈供需的不平衡下成爲紛爭不斷的多事之秋，有論者稱之爲多元化社會的到來。

如果從需求的多變多樣看，這樣的觀察並沒有不正確，各階層人士的各爲己是，各項訴求的推陳出新，的確有理由讓人相信這是個多元化訴求的時代。然而如果是從解決問題癥結的關鍵去推敲，這個多變的時代，還是兩極對抗的時代，無論從政治的權利和經濟的利益，甚至人道的尊嚴，問題的癥結仍是壓迫人的與被壓迫的，剝削者與被剝削者，踐踏人與被踐踏者的兩極衝突，這些仍然是一切紛爭的源頭，整個八〇年代從這個源頭引發的悲劇不斷重演，美麗島事件只是個開頭而已，這個時代距離所謂寬容異己的、具有包容異議的、各自尊重自己也尊重別人的多元化社會理想，還是十分遙遠的夢。明乎此一兩極對抗的社會本質，以及此一漫長得令雙方彼此因疲憊而都失去耐心的抗爭，接連不斷的怪現象與怪事端，層出不窮，也就不是意外了。

「美麗島事件」的軍法大審尚未開鑼，二月底又發生被捕省議員林義雄的母親、女兒白晝被殺的滅門血案，隔年七月有留美學人陳文成伏屍台大校園的命案，一九八四年發生情治單位派遣黑社會幫派殺手渡海殺死江南的案子，行事之粗暴惡質，令人匪夷所思。經濟上則在八五年爆發了十信弊案，經濟犯罪集團搶劫銀行、運鈔車，殺警奪槍、強盜集團、綁匪殺人集團，亡命飆車、大家樂、股票、地下投資公司、房地產投機引發的賭博風氣；消費者運動帶來消費意識的覺醒，核三廠大火觸發的反核運動，工廠廢氣廢水觸發環保運動，鹿港反杜邦，林園民衆圍堵廢水處理廠，宜蘭人拒絕六輕，後勁人反五輕，知識份子發動森林救援、雛妓救援等自然環境、生存權利的自救運動，人權運動、工人自救運動、農人自救運動：帶來的一日三起的自力救濟示威抗爭，自主性本土政黨的強渡關山，以及當局被迫於一九八七年七月十五日宣佈解嚴，終止長達四十年戒嚴統治政體，接著解除報禁，無一不在說明八〇年代的台灣是個不斷翻滾的圓球，但圓球的不穩定性也透露了台灣社會日日處在驚濤駭浪的不可測度的惶恐中，竟連四十年來台灣最後的成果，七〇年代台灣唯一的依恃——經濟，也可能成爲台灣人的噩夢，那麼所謂多元化的繁榮表象，實際上是暴露了四十年來台灣的一切只是可能隨時光凋謝的插枝花朵，而不是盤根錯結的大樹。

憑著這一潛在的不安定感，雖然不必強調台灣文學的先知精神，卻可以肯定文學是走在台灣社會的前面。七〇年代，甚至還可以追溯到更早的、以鄉土文學運動爲名推動的、爲本土文學植根的意識覺醒運動，實則已經直陳了無根放逐、逃難流亡心態的不當，凸顯了根土意識之重要，本土作家埋首耕耘，流汗播種的本土文學種籽，經由七〇年代的鄉土運動，已明確地了解到從文化上救援台灣的必要性，本土作家作品中的台灣意識支持他們的創作，也顯露他們內在的野心。一九七九年的美麗島事件，雖然只有王拓、楊青矗、紀萬生、劉峰松、曾心儀等少數作家涉水投入政治運動，但已經足夠顯露文學內在的焦急和不耐。王拓等人由文學走入政治，顯示鄉土文學論戰之後，鄉土文學的實踐行動面臨參與熱情爆炸，創作卻出現了缺乏新的動力，只能遲緩地等速運轉的瓶頸、困境，所以美麗島事件，王拓、楊青矗、紀萬生、劉峰松被捕入獄，固然對台灣作家造成因文字賈禍的恐慌衝擊，但眞正的重擊還是來自文學對政治本土化挫折的兔死狐悲，原本甚囂塵上的「文學無力感」與「文學無用論」，由於外在環境的遽變帶來了新的思考起點，使得日據時代新文學運動崛起以來，文學與現實緊密結合的傳統，以及戰後迫於政治形勢始終獨立於政治活動之外發展的文學現狀，亟待新的評估。

八〇年代的台灣文學是個以悲情開始，是個從深思而普遍覺醒的時候，從政治文學、第三世界文學、消費性社會文學、女性文學、環保文學、人權文學、大衆文學、返鄉文學、工商文學、原住民等少數民族文學、母語文學，以至於民族文學、本土文學，甚至所謂異色小說、問題小說……，這些虛擬的名目雖然看不出多少文學的實質推進，但從作家各唱各的歌、各吟各的調，卻看到多樣化文學時代的來臨。無論是叫做多樣化抑或多元化的文學時代，多元化象徵了文學自由、寬容精神時代的來臨，但多元化也同時意謂著作家創作態度之專精化與作品的深化、尖銳化之必然，若干長期存在的疑點與盲點，可能面臨認眞的追究與探討，下面便是依據八〇年代的文學議題，試著勾勒其風貌和探求其走向。

二、台灣結與中國結

台灣文學求變和邁步前進的呼聲，充斥著八〇年代初期的文壇，這表示整個台灣文學還保存著七〇年代鄉土運動帶來的亢奮熱情和理想，但從另一個角度觀察也表示以鄉土文學爲名、寫實主義爲實的文學發展，面臨衝破發展瓶頸前的困惑和疑慮，不斷地以虛擬的文學名稱替自己打氣，是比較明顯的癥結之一，所謂以巨視性的世界觀點誇張又是其一，終究誰都明白，阻擋著文學去路，使得本土文學趦趄不前的眞正癥結，還在於如何爲此一文學定位？鄉土文學也好，寫實主義文學也好，都是經過被扭曲的代稱，由於許多錯綜複雜的歷史與現實的原因，這個地方、這裡的人民創造出來的文學，一直不能名正言順地稱作「台灣文學」，橫梗在其間的，正如葉石濤所質疑的：〈沒有土地，哪有文學？〉❶。鄉土文學論戰之後，抓緊台灣的土地和人民思考、反省的本土意識文學和本土化呼籲，仍然無法避免地受到一些攻訐或糾葛。其中牽涉最廣，影響最深的當屬文學意識上的中國情結與台灣情結的交戰。早在一九七七年，葉石濤發表〈台灣鄉土文學史導論〉一文，提出以「台灣意識」做為台灣文學的前提條件，立即遭受陳映眞爲文指其有未能以中國爲民族歸屬的盲點，可見「台灣結」與「中國結」的衝突在鄉土文學論戰前已然存在，只是因爲論戰延擱了攤牌的時機而已。

詹宏志在一九八一年元月號的《書評書目》上發表〈兩種文學心靈〉一文，他說：「有時候我很憂心，杞憂著我們卅年來的文學努力，會不會成爲一種徒然的浪費？如果三百年後，有人在他中國文學史的末章，要以一百個字來描寫這卅年的我們，他將會怎麼形容？提及哪幾個名字？」接著他又提到東年對他說過的：「這一切，在將來，都祇能算是邊疆文學。」在稍後《台灣文藝》舉辦的「台灣文學的方向座談會」❷上，詹宏志依然堅持這是他對台灣文學悲觀的看法。這些談話深深觸怒了本地的文學工作者，被視爲是惡意貶損台灣文學價值的言論。詹宏志在座談會上進一步解釋說：「假如台灣因著血緣的緣故，必需要成爲中國的一部分的話——這是一個前提，……三百年後，一個大陸上文學史傳統下史學家所寫的中國文學史，與一個在台灣的文學史傳統下的史學家所寫的中國文學史，一定會有很大，甚或完全不同的看法。……台灣文學，如果它必需要成爲中國文學的一部份的話，極可能受到不公平的待遇，它會受到某種程度的犧牲！」詹宏志的徒然說和邊疆文學論是建立在統一的假說上的中國人對台灣文學的看法，當然這也不失爲一種看法，卻忽略了此時此地的台灣作家「爲誰創作？爲何創作？」的事實，也暴露了文學的本質的問題；一旦如詹氏的說法，此時此地的台灣作家要以假設或預測的三百年後的中國人觀點來創作，才能滿足三百年後中國文學史家的口嗜，先不問那是預言小說或科幻小說，就文學論文學，世界上豈曾有過一個作家或一部作品是超離人或超離自己爲未來不可知的時代、人群創作的？這是令台灣作家無論如何也不能理解的言論。就文化的產生而言，絕沒有由生活在台灣的人去創造中國文化的道理，同理，主張台灣作家去寫中國文學，根本就是荒謬的說法，更何況以三百年後的中國觀點來評定今天的台灣文學價值。詹宏志的驚人之論只是徒然挑開了台灣文學界埋藏著的「台灣結」與「中國結」的糾葛，也加速了台灣文學本土化的推進。

葉石濤在論及〈台灣小說的遠景〉❸中說道：「台灣的小說今後應該走上怎樣的一條途徑？我以爲台灣的小說應整合傳統的、本土的、外來的各種文化價值系統，發展富於自主性（Originality）的小說。台灣文學是居住在台灣島上的中國人建立的文學。……作家一向是描寫他所熟悉的土地和人民的，所以台彎作家著力於反映這塊土地上一千七百萬中國人的喜怒哀樂的現實生活也是天經地義而責無旁貸的使命。」彭瑞金則主張〈台灣文學應以本土化爲首要課題〉❹認爲「『本土化』是凝聚這塊地域上的文學的關鍵所在，『只要在作品裡眞誠地反映在台灣這個地域上人民生活的歷史與現實，是植根於這塊土地的作品，我們便可以稱之爲台灣文學。」並以「本土化」做爲檢驗台灣文學的檢視網。

至此兩種截然不同的對立的文學聲音已經出現，一九八二年三月陳若曦應《台灣時報》

之邀回台，在高雄主持了一場南北作家座談會，適值結合南台灣文藝界人士組成的《文學界》創刊不久，南北作家對立之說甚囂塵上，因此在座談會上，陳若曦呼籲台灣作家團結一致。事實證明南北作家對立、分裂之說純係子虛烏有的謠言，至少南北作家自始即不曾認眞開火爭論過，所謂北派作家持「第三世界文學論」和南派作家持「本土文學論」，也是無稽之言，任何文學爭論，最有力的論據就是拿出作品來，試問台灣的哪些作家、哪些作品代表了「第三世界文學」？再問，台灣文學的「自主性」、「本土化」訴求，反映在創作上的，豈有南派北派之別？陳若曦主持的座談會上也無人就南北派的主張各陳其是，爲自己提出申辯，可見這個謠言的背後，只有本土的與非本土的、自主的與反自主的等有關台灣文學觀點的對立。台灣作家爲誰創作？站在怎樣的出發點創作？不但是鄉土文學論戰時爭議的一項課題，也是論戰後作家反覆自省自問的寫作先決課題，以至於台灣作家如何寫作自己的文學，如何檢驗自己的文學？葉石濤的「台灣意識」論淸楚地指出台灣作家應該站在台灣這塊土地和這塊土地上的人民的觀點寫作，唯其具有這種台灣意識立足點的文學才是台灣文學。葉石濤的〈鄉土文學史導論〉一文並沒有表示這樣的台灣文學論是否與「第三世界文學論」有所扞格，甚至也並未強調台灣意識是站在中國意識的對立面立說。然而陳映眞首先恐嚇說，主張「台灣人意識的文學」正是不智地爲反鄉土派提供了「控訴鄉土文學是台獨意識的文學」的佐證，並且說「台灣文學的分離運動，其實是這個島內外現實條件在文學思潮上的一個反應而已。」完全沒有證據地粗暴推論台灣意識文學是跟在台灣分離主義後面的一個反應，不但誣指台灣分離主義出自抱著政治經濟野心的戰後台灣新興工商階層的「要求參與台灣政治」❺，並且巧妙地把台灣意識文學等同台灣分離主義文學。

在陳映眞「台灣文學」「是中國近代文學的一個支流，一個部分」假說下，任何尋求台灣文學根源、探索台灣文學本質的努力都被附會是意圖自中國意識、中國文學出走或與之頡頏的分離主義。誠如宋冬陽所言：「陳映眞的這些理論不僅是假想，而且是空想的，因爲台灣歷史上從來沒有發生過這樣的事。」❻，陳映眞在前揭文章中說：「徒以描繪台灣的人和社會是不足以稱爲『台灣人意識的文學』的。」這和葉石濤的以自覺的台灣意識爲台灣文學前提的主張並無二致，那麼台灣作家之所以成爲台灣作家，台灣文學之所以稱爲台灣文學，不亦正在那「台灣意識」嗎？設若作家的台灣意識可以稱作「台灣結」，那麼「台灣結」與擁抱虛幻的中國意識者的「中國結」，並不具備交叉糾葛的必然。「中國結」患者一定要先證明台灣人或台灣作家具有中國情結，後有台灣情結，台灣人意識才叫做分離意識，否則「中國結」患者刻意地疏離台灣人民與土地，自己才是眞正的分離主義。陳映眞的「中國結」是建立在：日據時代的台灣農村是台灣經濟的重心，「而農村，卻正好是『中國意識』最頑強的根據地。」以及「就城市來說，由於台灣籍資本家也同受日本殖民者在經濟上、政治上的壓迫，有反日的思想和行動。而這些城市中小資本家階級所參與領導的抗日運動，在一般上，無不以中國人意識爲民族解放的基礎。」❼的假說上的。

宋冬陽駁斥說：「在日據時期，台灣農民比任何一個社會階級還要早受到殖民者的壓榨剝削；正因爲如此，近代有意識的農民運動，領先了工人運動和知識份子的文化運動。……在激烈的抗爭過程中，台灣農民所要求的是他們自己土地的解放，他們如何能夠提出『解放中國』的要求呢？」、「客觀的歷史告訴我們，一九一九年，林呈祿、蔡培火、王敏川、蔡式穀、鄭松筠、吳三連在日本東京籌組『啓發會』時，就提出『台灣是台灣人的台灣』之主張。日後的政治團體，如一九二七年的『台灣民黨』，便揭示『期望實現台灣人全體之政治的經濟的社會的解放』之主張；同年的『台灣民衆黨』也高舉『本黨以確立民本政治建設合理的經濟組織及改革社制度之缺陷』之旗幟。這些右翼組織，全然是以追求台灣人的自治爲終極目標。至於左翼團體如台灣共產黨者，則進一步主張『台灣獨立』。」❽。無論是農民或小資產階級、知識份子的，社會的或文化、文學運動都找不到陳映眞所謂的「以中國爲取向的民族主義的性質」。基本上在論及有關台灣文學的反省和發展的時候，論者都只強調台灣文學是經由台灣經驗凝聚的台灣意識表達的文學，這是客觀實存，「中國結」者的鬧場根本無關台灣文學事實的發展，其假託「第三世界文學」之名，也與結的紛爭無涉，宋澤萊就指出台灣文學的表現與第三世界文學是一致的。「台灣作家，正如第三世界的任何國家的作家一般，都在追求本國自主性的文化的建立。」許水綠更直接地說：「台灣文學是胸懷台灣本土，放眼第三世界，開拓自主性及台灣意識的文學。」❾。

《夏潮論壇》發動批判「宋冬陽台灣意識文學論」❿，霸道地宣稱：「台灣問題不論過去或現在都是全世界、全中國問題中的一環，無論願不願意，承不承認，這都是一個客觀實存的事實。」在政治上不問台灣住民願不願意，已經是強橫地違逆世界潮流，還談什麼第三世界論？文學是社會的良心，豈是這樣的強橫、霸氣可以得逞？台灣文學精神傳統裡的「反帝、反封建」難道不也就是反霸道、反專制、反法西斯嗎？而且「台灣文學的本土性與自主性，不是理論的問題，而是行動的實踐。作家的最具體行動，便是拿出作品。當眞正美好的作品問世時，所有的爭論都將歸於寧靜。」⓫。「中國結」患者最好的自療就是拿出具有中國人民與土地事實的中國意識文學，向自己的假想做交待，否則台灣文學的發展還是依循著台灣的土地和人民往前走的。

三、反映政治現實的文學

八〇年代一開始，台灣社會新的脈動讓作家思考到，文學的現實參與似乎已無可避免地要和主要地控制現實脈動的政治現實直接交鋒了，其尖銳性並不亞於王拓等人的投入選舉、政團活動的起而行，作家似乎突然領悟到：台灣社會的泛政治化影響力已到了無所不在、無孔不入的地步，作家逃避政治，就是逃避現實。創作不能自外於現實，自然不能自外於政治現實，因而有政治文學的出現。不過，文學在政治文學的泛政治趨勢下，所謂政治文學又成爲寬泛得難以界說的文學名詞，事實上，政治文學很難成爲爲政治目的服務的文學，充其量政治文學只是不躲避政治問題的文學，政治文學只能成爲一段文學運動而不是一種文學的形式。就廣義的政治文學而言，追求民族的解放，爲自由、民主、法治的理想奮鬥，一向就是日據時代新文學運動以來運動的標竿所繫，因此台灣文學具有強烈的政治性格傳統，自不容懷疑，政治文學的鼓吹目的在掃除戰後充滿政治禁忌的文學創作困局，對打破創作視野的侷限，開拓創作的空間，是有積極的意義的。

政治文學的出現，與美麗島事件後，言論空間的擴大有直接關係。輿論意見隨著屢禁屢起的政論雜誌而逐漸昇高強度，若干政治禁忌和歷史黑幕也紛紛被突破，紮根現實的作家的使命感，一則不容自己自外於這一風氣潮流之外，一則也因各界合力對言論空間的開拓，使得文學創作空間加大，舉凡被視爲禁忌的政治黑箱，無論是過去的、現在的，從政治犯、政治牢、政治現狀、特務、政客嘴臉、政治諷刺，從美麗島事件、陳文成案，上溯到五〇年代的白色恐怖、二二八事件，從小說家、詩人到政治受害者的現身說法，結合了戰前代到八〇年代新出現的作家，可謂在極短的時間裡鼓起了一股強大的政治文學風潮。

如果做爲一種政治傷痕予以檢視，那麼這些政治文學則反映了台灣一面相當重要的歷史與現實，葉石濤、桓夫、柯旗化（明哲）、鄭清文、李喬、施明正、陳映眞、黃凡、林雙不、吳錦發、宋澤萊、東方白、廖清山、曾心儀、王拓、姚嘉文、陳艷秋、呂昱、文惠、鄭烱明、苦苓、莊金國、黃樹根、向陽、劉克襄、廖莫白、詹澈、李敏勇、陳芳明、林文義、鍾逸人等人的作品，圈成一巨幅的政治文學版圖。

停頓小說創作多年的葉石濤在美麗島事件後不久，重拾小說創作之筆，第一篇作品就是

〈有菩提樹的風景〉，這是一篇雛型的柯威爾《一九八四》裡的台灣版老大哥的故事，頗能傳達事件剛結束後人人自危的疑神疑鬼心理、〈有菩提樹的風景〉重啓了他小說創作之門，「文學回憶錄」算是磨劍之作，八〇年中期以後，《紅鞋子》、《台灣男子簡阿淘》、《西拉雅族的末裔》這些作品，都是迥異於前期風格的作品，《台灣男子簡阿淘》巳經直指五〇年代的白色恐怖統治，描寫特務們對知識份子的約談、逮捕、審判、監禁、屠殺和羞辱，成爲最有系統的系列性政治小說。

以〈渴死者〉、〈喝尿者〉等足以電殛人靈魂的監獄內幕小說，復出文壇的施明正，被戲呼爲「魔鬼小說家」，寫下了與青年期唯美的、浪漫的風格迥異的作品。施明正坐過政治牢，寫政治犯的政治小說是他的文學變奏曲，凸顯了他文學的另一面，一九八八年八月他把內心的抗議化爲行動，聲援繫獄幾達四分之一世紀的施明德的獄中長期絕食行動，絕食而死。呂昱的《獄中日記》雖然只是日記，也暴露了一段令人不忍卒睹的政治犯故事，呂昱以不解事的少年身，因參加學生運動，一九六九年一腳踩進政治牢，十五年後懷著滿腔文學熱情出獄，〈婚約〉、〈畫像裡的祝福〉等作品曾經側寫老政治犯的悲劇，可以看出應有更深的傷痕在呂昱的創作靈魂裡，更具體的實踐行動─學生運動、農民運動─顯然擱置了呂昱的文學熱情。

王拓的《牛肚港的故事》以及《台北、台北》也是坐牢的成績。王拓因美麗島事件受難，獄中開始寫長篇小說，對他個人的創作而言，進入長篇創作是個突破，前者以保釣運動爲背景，後者則以二二八事件以來的省籍阻隔爲主題，都是政治意義濃厚的作品，也反映了王拓個人某些重要的政治理念。姚嘉文也是獄中作家，因美麗島事件坐牢七年間，完成三百萬字的《台灣七色記》，依據四世紀台灣人的移民開始迄退出聯合國、一千六百年間的歷史，寫成通俗演義小說。姚嘉文說：「我似乎不是身陷重牢數年，而是漫遊歷史過去那一千六百年。」⑫。他是坐牢才開始寫作的作家，《七色記》的歷史教育的意義優先於文學，無論如何卻是台灣文學史上破天荒的創舉。

柯旗化是兩度因政治案件，在獄中渡過十七年、英日文學養極佳的詩人，其《新英文法》一書享譽數十年，八〇年代開始寫詩，他說，他的「每一首詩都具有強烈的本土意識和批判與反抗精神。」、「有良心的台灣文學工作者，必須站在人類被壓迫的台灣人民立場，與不義的統治者抗爭。這也是上帝賦予本土詩人的使命。」⑬，柯旗化是劍及履及、明白宣示自己的文學使命的抗議詩人，一度也將坐牢經驗寫成小說和散文發表。紀萬生也是因美麗島事件入獄，他的詩同樣富於抗議精神。就狹義的政治犯寫的政治文學言，《辛酸六十年》的作者鍾逸人堪稱是最富傳奇性的人物了，他是二二八事件時，台中地區組成的民間部隊——二七部隊——的部隊長，並因此繫獄十七年，隨著二二八事蹟的出土，這部以回憶錄方式寫成的小說，兼具文學和文獻的雙料價值。這類作品還有謝聰敏的《談景美軍法看守所》、鍾謙順的《煉獄餘生錄》，《許曹德回憶錄》，施明德的散文《囚室之春》；拋開拘謹的文學界說，這麼巨量的政治案件成就的牢獄文學，仍然有其值得注目的時代意義。

陳映眞也坐過政治牢，他在八〇年代發表的〈山路〉、〈鈴璫花〉、〈趙南棟〉等描寫五〇年代白色恐怖統治時代故事的小說，有別於政治牢作家的自說自話，是用較純粹的文學之眼反映政治事件的現實。鄭淸文的〈三腳馬〉雖然把背景往上延伸到終戰前後的台灣，但對「台奸」人格結構的探討、批判依然展現了他深邃的文學刻劃技巧。李喬的〈告密者〉、〈泰姆山記〉、〈小說〉也淸楚地指向爲「老大哥」服務的鷹犬們，不過，不同於〈有菩提樹的風景〉，李喬所指的，都是呼之欲出的「歷史」人物。特務無所不在。張大春的〈透明人〉、林雙不的〈大學女生莊南安〉寫的是校園間諜，苦苓更以校園問題寫成系列性的校園問題小說與散文。林文義的〈風雪的底層〉則根據八〇年代初期的一宗學生「叛亂」案，描寫海外的校園間諜。鍾鐵民的〈大姨〉、吳錦發的〈叛國〉、宋澤萊的〈娘子，回去未曾開墾的那片田〉，以及以二二八爲背景的劉克襄的詩〈狗尾草〉、蔡秀女的小說〈稻穗落土〉、林雙不的小說〈黃素小編年〉、陳燁的〈泥河〉，都是指向歷史的傷痕。

從這些例子得知熾熱的政治氣候已經使本土作家燒熱了政治文學創作的血流。作家幾乎可以說是全面動員投入政治文學的寫作行列了，陳艷秋爲美麗島受難家屬寫的〈陌生人〉，鄭烱明抗議林宅血案寫〈童話〉、苦苓爲陳文成案寫〈躺著看星的人〉、黃樹根不耐煩於戒嚴統治解套的緩慢，直接提出警告：〈獨裁者最後的抉擇〉……，短短數年間，政治文學已經把作家的抗議精神鼓漲到現實文學的第一線了。

當然，黃凡進入文壇的叩門作品〈賴索〉以及其後的《反對者》、《傷心城》等以預立

《文學界》舉辦「李喬作品討論會」

的超然立場、沒有負擔地嘲弄台灣的政治現實，也是另具一格的政治文學，影響所及，張大春、林燿德可說是也尾隨而來。

八〇年代政治文學的出現，對台灣文學擁抱現實的傳統，是一尖銳化的突破現象，也許有人要爲政治文學的氾濫可能構成文學品質管制上的困難憂心，事實上文學的終究要回到文學，眞正值得思考的是這塊土地的土質是否變了？爲什麼只適合種植政治文學呢？

四、弱者的聲音，高亢的語調

用高亢的語調爲被欺壓的弱勢族群發音，應是八〇年台灣文學現實感尖銳化的重要指標之一，這個範疇的文學關懷對象包括了農民、工人、漁民、老兵、雛妓、老人、原住民等。被稱為埋首實踐鄉土文學論戰結論的八○年代，農民文學的作者反而不多見，洪醒夫、宋澤萊、鍾延豪、林雙不、履彊、吳錦發、廖蕾夫、李赫等的農民小說，不過是偶一為之罷了，論戰後復出的鍾鐵民作品的量還是不多，但在有限的作品裡卻表現了他最能深入農民的靈魂，對台灣農村、土地的變遷做到了長期、持續性的觀察，〈祈福〉、〈田園之夏〉、〈洪流〉、〈約克夏的黃昏〉這些作品，寫到農村農民受到工業化的衝擊引發的變化，農村第二代的出路、土地觀念的變遷、農業經營的困境，筆觸始終是冷靜、敏銳的，稱得上稱職的農民文學作家，儘管如此，連擅寫農民散文的吳晟算上，農民文學也是在八○年代聊備一格而已。

坐牢回來的工人小說家楊青矗，雖然發表了工商小說《連雲夢》、《心標》等，畢竟離開了工廠，也離開了工人文學。第二代工人小說家陌上塵、詩人李昌憲，以及一向為工人代言的王默人、曾心儀，是少數在工人文學領域努力的作家。陌上塵是中船工人，著有《思想起》、《夢魘九十九》等小說集，及《造船廠手記》等散文作品，雖然也是個「工廠人」，不過他的工人觀點較為開闊，能從六百萬勞動工人的開闊面思考問題，李昌憲則出版《加工區詩抄》，反映了加工區工人的心聲。

七○年代，張大春以描寫老兵世界的〈鷄翎圖〉進入文壇，其後有履彊的〈蟲〉，鍾延豪的〈金排附〉、〈故事〉、吳錦發的〈兄弟〉、苦苓的〈柯斯里伯伯〉、宋澤萊的〈海與大地〉、雪眸的〈夜寒人未央〉，老兵文學的確是八○年代文學悲憫的焦點。當然，四○年代國民政府帶來台灣的數十萬軍人，有不少人是拋家棄子隔海思鄉思家數十年，更有不少始終未能成家，當年華老去，感情無所寄託，物質生活也都窘困，這麼一群老兵世界堪稱是人類文明史上絕無僅有的人文奇觀，也是隨便一碰觸，便要鮮血淋漓的社會痛處，吸引了作家的悲憫心懷。

八〇年代作家對弱勢者的關懷與同情，是一種沒有偏私的共識，並沒有各爲已是的畫地自限，他們對老兵如此，對農民、工人、漁民、老人……等弱勢者付出的關懷也是相當的，既沒有身份、職業的區分，也沒有各是其是的現象。隨著金錢遊戲的氾濫，歌舞昇平假象帶來的色情犯罪和兩性問題、婚姻問題，也普遍受到作家的關注，不過，色情犯罪裡的人口販賣、雛妓、性犯罪以及女性解放等問題，仍是女性作家的最愛。李喬的《藍彩霞的春天》算是異數，雖不涉及兩性權利的爭執，但仍然是父權社會裡的悲劇，這部被形容爲第一部寫妓女的長篇小說，固然是剪裁得自台灣活生生的現實事件，但李喬並不眞在寫妓女的悲歌哀史，「妓女」象徵的意義大於寫實，正確地說，藍彩霞的一生正是台灣人命運的寫照，《藍彩霞的春天》爲一向被譏評爲哭調的台灣文學，從自憐、自怨自艾之外，開闢了一條自省自覺的路，也爲文學的弱勢關懷做了新解。

布農族小說家田雅各，原住民詩人莫那能、施努來、柳翺，散文家郭健平先後進入台灣文壇，爲原住民文學做了有力的詮釋，應是令人振奮的一件大事。雖然他們不是台灣文學史上的第一批原住民作家，六〇年代已出現過台東排灣族小說家陳英雄（筆名鷹娣），但他們卻是第一批有原住民自覺的作家。隨著八〇年代原住民青年的覺醒運動展開，原住民作家的出現無疑爲自覺運動注入一劑強心劑。田雅各畢業於高雄醫學院，曾志願赴離島服務，莫那能是個盲詩人，施努來、郭健平則領導雅美族青年自覺運動及蘭嶼反核運動，都是行動派的自覺者，他們的作品保留了母社會特有的思維方式，也留下了質樸、率直的語言和胸懷，爲生存吶喊，爲自己即將消失的夕陽族群嘶吼，自尊而莊嚴。田雅各出版有小說集《最後的獵人》，莫那能出版有詩集《美麗的稻穗》。

在原住民自覺的原住民文學出現前，有賴和的〈南國哀歌〉聲援霧社抗暴，張深切的劇本《遍地紅》寫霧社事件，鍾理和的短篇小說〈假黎婆〉，鍾肇政的長篇小說《馬黑坡風雲》、山地民間故事《馬利科彎英雄傳》，李喬的長篇小說《山園戀》，古蒙仁的報導《黑色的部落》、吳錦發的短篇〈有月光的河〉、〈燕鳴的街道〉，鍾肇政在八〇年代還一口氣寫了《戰火》、《川中島》、《卑南平原》三本高山組曲，都是非原住民作家的越俎代庖。儘管非原住民寫的原住民文學，旨在善意探討原住民社會的課題和難處，甚至並不忘揄揚原住民英勇優質的往事，但寫得最早最多的鍾肇政仍然說：「平地人寫山地人，以我自譾對山地及山之子民的認識，恐怕仍然不免有『隔牆觀望』的遺憾，這便衍生了我們亟須注意的一個命題：讓山地人來寫山地人！」⑭，因此，八〇年代原住民文學的崛起，不但於原住民自覺運動意義非凡，以爲弱勢族群代言的台灣作家的精神傳統而言，也是劃時代的遞變。

五、女性文學

日據時代的台灣新文學運動即有楊千鶴、陳綠桑、葉陶等女作家參與，戰後女作家更是代代相因，堪稱人才輩出，女作家寫作的範疇大致離不開家庭制度、婚姻、感情、教育等有限的題材，並且女作家的作品大都以發揮女性抒情、溫婉的本質見長，不過，女性作家一旦將自己的寫作視野侷限於家庭、婚姻、感情等瑣事，而缺乏認識社會、時代的變遷，甚至體認到世界潮流變化的宏觀創作，作品便很難與男性作家一爭長短，或是不免被譏諷是「墮落爲美麗的謊言和幻想的故事了」。在台灣新文學運動史上，台灣一直是個男性霸權主義的社會，女性缺少自己的生存天空，婦女被壓迫、蹂躪，被視同貨品般販賣的童養媳制度，存在兩性間不公平的被虐待毆打的、販賣爲奴爲娼的現象，受教育權利、婚姻自主權、家庭中的不平等，事實上不但是傳統舊禮教嚴厲束縛下的社會裡，象徵女性的自覺，應還有向此一傳統、制度挑戰的抗爭意義。

其實，男性作家寫到有關婦女的問題，亦都朝著女性覺醒、鼓勵婦女解放的角度著筆，無論是爲婦女不公平、不自主的婚姻說話，或爲婦女的被壓迫說話，對女性自覺運動而言，終是隔一層的。從五〇年代到七〇年代，人數可觀的女性作家，一如整體台灣文學的處境，自主性是經歷一段相當漫長而艱辛的成長歷程，才建立起來的。因此無論對女性解放運動，抑或攸關整個時代、社會的走向，能伸出援手的女作家可謂鳳毛麟角，聶華苓、於梨華、陳若曦算是偶然的例外，可惜對台灣而言，她們還只不過是浮萍、浪子，並不具實質的意義。

八○年代對台灣社會內部而言，是個急遽變動的時代，由於社會結構的改變快速而尖銳，加諸台灣婦女的桎梏和枷鎖，也隨著新的社會局勢到來而被揚棄，新時代的女作家走出家庭，從愛情、婚姻的緊箍咒中走出來，不但要把女性從男性霸權社會的桎梏中自我解放出來，還要以具體地推動兩性平等觀，透過對教育惡化、公害污染、社會暴力、色情氾濫現象的關懷、批判，積極投入道德重建運動、婦女自覺運動、自然環境保護運動，甚至尖銳的弱勢族群的自救運動、政治事件中，掃除以第二性自居的弱者心態，八○年代女作家的出擊精神，也同時具備了文學與社會的雙重覺醒意義。

因美麗島事件坐牢的呂秀蓮，是台灣女權運動的拓荒者，一九八五年出獄後，發表了獄中開始的小說創作並積極投入文學，著有《這三個女人》、《情》等小說。呂秀蓮寫小說在爲台灣的新女性塑像，這和她過去爲新女性找出路、拓荒的使命感是一致的。曹又方、廖輝英、袁瓊瓊、蕭颯、朱秀娟等也從不同的角度爲台灣當代婦女塑像，但受到商業化社會趨向的影響，她們作品中的人物、故事更具現實性，與呂秀蓮的嚴肅筆調當然大異其趣，不過也因此無法避免模糊了塑像的焦點。廖輝英的得獎作〈油麻菜籽〉頗能傳達新舊交替的兩代女性的差異，並強烈暗示了新女性的自強心態。但《不歸路》、《今夜微雨》、《盲點》諸作，雖然強調了女性的尋求經濟獨立、創業自立、追求獨立人格的理想，但多半仍羈絆於陰溼的情慾中難以自拔，雖然貼切地表達了現代都市新女性眞實生活的一面，卻與獨立自尊的新女性塑像仍有距離。袁瓊瓊也是經由作品得獎進入文壇的女作家，並不承認自己是新女性主義者，她的得獎作〈自己的天空〉卻的確傳述了女性自力更生的意圖。

蕭颯的小說處理婚變、婚外情，用的是比較不渲染的筆觸寫進女性內心的曲曲折折，對女性感情、人格的成熟歷程刻劃婉轉入微，也是現實感敏銳的作家，〈唯良的愛〉、〈給前夫的一封信〉可謂用心用力詮釋遭遇愛情變調或婚姻走樣的女性，如何自處自立、克服這樣的女性災難。曹又方的小說，有意曲盡光怪陸離的現實世界裡錯綜複雜的男女關係和婚姻、愛情故事，小說裡萬裡挑一也很難找到她著文立說時所宣揚的新女性意識。這些新女性作家或許無意做爲新女性主義的佈道家，至少無意這樣利用自己的文學，但多少利用了文學的親和力宣揚、傳達了自己做爲新時代女性的若干觀念和面貌。撇開文學的藝術性講求，朱秀娟的《女強人》的確塑造了一個嶄新型態的新時代女性。女強人早已超過了經濟上自立自主，早已進一步是主宰者和控制者，八〇年代的台灣，這不是偶然出現的社會傳奇，已經是一種存在現象，這種特意凸顯女性不讓鬚眉的強項意識能彰顯多少女權運動的眞諦？是否可以做爲新女性的典型？都是題外話，但它傳達了時代女性由被主宰者轉換爲主宰者意願的一種趨向，則是事實。

李昂以《殺夫》震撼了八〇年代的文壇。十六歲即寫小說的李昂，自承早期徘徊在現代主義的意識流與心理分析的作品，是一段自我探索、追尋的過程，七〇年代的《人間世》以及鹿城故事系列，則是有意地回到世間，管管人間是非。李昂的《人間世》以不肯虛僞造假的性描寫凸顯她的社會批判意識，曾經深受爭議，八〇年代的李昂對性愛的描寫，依然堅持，而我行我素。《殺夫》一作，則把泛無邊際的人間是非之說，歸結到女性解放這個具體而微的主題上來，這是一部典型的女性反抗小說，描寫長期受到男性父權、暴力、性與饑餓壓迫的女子，在神經錯亂的情況下以屠刀血淋淋地把自己從男性的迫害中自我解放出來，而殺夫女子卻被綁赴刑場殺頭。《殺夫》可以說用了最強烈有力的方式將女性長期受壓迫的現象凸顯了出來，的確震撼了習惡如常的男性沙文主義者，但女性復仇者在瘋狂的意識下所表達的反抗自覺，到底能代表多少女性解放運動的自覺意見，恐怕還有得爭論。嗣後，李昂又有《暗夜》、《一封未寄的情書》等作品，保持了一定的切入現實的角度；《暗夜》主題指向貪婪、荒淫的八〇年代水泥叢林裡都市人生活表面的堂皇奢麗，卻難以掩翳內底腐敗、空乏的精神內涵，明顯地昇高了她文學裡的批判意識，也具體化了她的社會關懷層面。文學趨向積極的李昂，寫小說之外，她也著文關懷或參與婦女解放運動、消費者運動、政治……等，表現了八〇年代女性作家的出擊精神。

維護女性自身的尊嚴權益、追求女性的自主之外，對自然環境資源的維護、關心公害污染……也是女性作家的特質之一，韓韓、馬以工、洪素麗是此中的佼佼者。餘外，周梅春、曾心儀、許台英、王玉佩、陳艷秋、陳燁等女作家的作品，也都符合八〇年代女作家，擁有女性心思縝密，以生活現實為本位的特長，又兼不以女性為限，一樣深入男性作家所能觸及的任何角落的特點。他們的作品雖然很難找個虛擬的文學品類予以歸納，卻無疑都不受限於

「女性作家」。周梅春是七〇年代《台灣文藝》的重要作家，她的作品揉合了現代主義與鄉土體質，充滿對人與自我的探索意圖，也有隱然若現的根土追尋，這之中有難以破繭而出的鬱悶，終於在八〇年代的首部長篇小說《轉燭》裡，得以突破，這是一部崇揚台灣傳統婦女忍辱負重、吃苦耐勞爲主題的長篇小說，它理清了周梅春整個文學的架構。許台英以《蟹行人》敲開文壇的大門，正義凜然的、凌厲的社會批判意識早已沒有性別的區分，後來的《水軍海峽》、《憐蛾不點燈》等作銳利不在，卻仍保留了道德情操一絲不苟、嚴厲的現實批判特色。王玉佩的《水泥蟲》、陳燁的批判教育現象的小說，其強硬度，恐怕要讓一些男性作家瞠乎其後。

六、環保文學

環保文學的出現，適切反映了過去「文學反映現實」口號的粗糙，六〇年代以來，台灣急躁心態下的工業化，到了七〇年代以後逐漸暴露了它的不良體質，包括社會資源、財富分配的嚴重不均、社會結構急遽改變的不適應症，以及自然環境生態的污染、破壞。七〇年代以現實觀點爲訴求的文學運動，大致上從人道的角度出發，對財富分配不均、不良適應的現象有全面性的反映，而塑膠、石化、水泥、造紙、皮革、農藥製造、核能發電、拆船、廢五金等工業對台灣土地資源恣意污染破壞，工業化帶來的環境問題，到了八〇年代才逐漸成爲文學關懷現實行動的具體化焦點。

一九八五年，宋澤萊出版的寓言小說《廢墟台灣》，假設公元二〇一〇年的時候，台灣島一夕之間毀滅了，幾千萬人也瀕臨滅絕。而這樣的結局則導源於經濟奇蹟帶來了廢棄物污染了空氣，堵死了河流，加上核電廠輻射外洩，「超越自由黨」獲得執政，雖然表示政治的問題已獲得改革，卻仍得持槍面對爲恐懼在不潔的環境中死去而抗議執政不力的民衆，預言台灣住民環境污染的災難步向廢墟的命運，遠非政治改革所能阻擋；有意以誇示的方法，喚醒台灣住民對環境惡化現象做較全面性的關注。餘外更有大量的詩人、小說家、散文報導作者盡到不同角度、不同層面和不同程度的關懷，構成文學運動積極投入環保的時代特質。

韓韓、馬以工、心岱、楊憲宏以維護地球生機的觀點，著文呼籲保護大自然資源，對山嶽、河川、海洋、森林、綠野的消失充滿危機意識；小說家裡，鍾肇政、七等生、陳恆嘉、王幼華、鄭俊清也都曾以作品控訴了廢棄物、農藥、工廠廢水、廢氣對自然生態、環境的斲喪。詩人對污黑的河水、沒有魚的河流、沒有鳥的天空，感觸尤深，詩人爲溪魚傳話，爲誤食農藥的白翎鷥哀歌，爲疲倦的街樹一輩子得不到鳥兒棲息抱撼，指責煙囪是兇手，把鳥兒趕走，爲日夜得閉緊門窗、戴口罩上班上學的生活提出控訴，詩人從各種角度指出工業化社會裡生活環境的病態。趙天儀、陳秀喜、莫渝、詹澈、陳坤崙、廖莫白、劉克襄、洪素麗、曾貴海……都曾是爲生態、自然呼喚，爲生存空間惡化請命的環保詩人。

環保文學的特質在於從一個平實、具體的細微角度，窺探了攸關人的生活，大地生命的嚴肅課題，所以無論是平鋪直述不添加感情的報導，或者輕微的感傷，都能發人深思，青山不再蒼翠、水流成污，白翎鷥不見了，候鳥不再棲息，文學家的這類傳話可能比任何現實的議題或有關生命、道德的格言都更能獲致有效的共鳴，透過環保文學，文學的現實關懷主張，也找到了更踏實的立足點。陳冠學、孟東籬、栗耘等懷著陶淵明理想的田園派散文家，樹立崇仰自然、尊重生命的文學風格，雖然沒有直接為環境或生靈請命，但一樣也達到文學為環保效命的功能。

七、從方言文學到母語文學

台灣新文學發軔以來，尋求合理的台灣文學語言，一直是嚴肅的課題，不但內部沿路爭議不休，而且受到政權更迭的干擾、禁制。一九二〇年代陳端明、黃呈聰、黃朝琴、張我軍等人掀起的「台灣白話文運動」，引發新舊文學語言的爭論，貼近社會群衆口語的白話文獲得取代文言文成為新文學的語言，從賴和開始，新文學作家即採用白話文創作，但張我軍說：「我們日常所用的話，十分差不多占九分沒有相當的文字。那是因為我們的話是土話，是沒有文字的下級話，……所以沒有文學的價值，……所以我們的新文學運動有帶著改造台灣言語的使命。我們欲把我們的土話改成合乎文字的合理語言。我們欲依傍中國的國語來改造台灣的土話。」⑮。這與連文卿保存、整理、光大台灣話的積極主張，完全背道而馳。

一九三〇年，黃石輝提倡鄉土文學掀起的「鄉土文學論戰」，他的見解更爲透澈，認爲台灣文學是根據台灣經驗寫的文學，那麼唯有由嘴裡說的台灣語言，描寫台灣的事物，才能寫出感動激發勞動群衆的文藝。這一明確概括台灣文學內涵、具有台灣意識的台灣文學語言觀點，其後，因迭遭一九三七年的漢文廢止政策、一九四三年的皇民文學以及國民政府來台後的「國語」政策，以政治力貫徹外來語的壓迫，使得台灣文學語言歷經重大衝擊，始終處在不能歸位的狀態。因此，捍衛台灣語文，重振發揚台灣語文，建設台語文學，這樣的文學與語言糾葛不清的現象，不但成爲台灣作家在埋首創作之外，一項困惑不已的創作夢魘，台灣人說不得台灣話，也是台灣社會政治運動奮鬥不懈的目標，日據時期有作家因爲進入日文創作時期而放棄文學，戰後又有人因爲無法跨越語言的障礙而放棄創作，足堪列爲世界文學史上的奇觀。

六〇年代台灣文學的本土意識萌芽之後，本土作家不惜冒著學不好「國語文」、文字水準不能提昇的譏評，在小說與詩的創作中，以穿插的方式將自己的母語注入作品中，吳濁流、鍾理和、鍾肇政、李喬等人的作品都屬於此一形式，其後王禎和作品注入了具有創造性的、較大量的俚俗語，「方言文學」或「文學方言」的問題才受到矚目，王禎和開始的文學語言變革，基礎上是「國語」文學爲主幹的變調，不過，在那個「國語文」全盛的時代已經萬分難能可貴了，至少它重新打開了討論省思文學語言的話題，戰後初期《文友通訊》的方言文學議題，草草收場，說明了台灣語文學所受的外在壓力，王禎和帶來的變革一樣受到不值得提倡方言創作的曲解。因此，八〇年代強勢的母語文學運動實際是因應著台灣文學的自主性、本土化之台灣意識的覺醒成長運動而產生的。

八〇年代台灣語文學運動最大的特色是站在台灣文學的正當性出發的；帶動台語文學者認爲台灣作家以台灣語創作是天經地義的事，不再以方言文學的心態乞求寬容的存在，同時也跳過台灣話到底有沒有台灣文字的憂慮，林宗源說：「台灣作家家己的語言不在家，精神有兮也無在厝，食到七老八老猶不斷乳，無自信無覺悟無反省，講的攏是三天地外的中國遺產，寫的攏是半仿仔的北京話，莫怪予人準做是邊疆文學。台灣作家爲何不責問家己，……不去深深反省，實實在在創作家己的文學，猶咧相殺講啥物台灣話文的好僫，著不著，該不該寫。」[16]。台灣語文發展的最大疑題，在於台灣話文字的長期荒疏，自不容否認，林宗源主張寫了再講，也自有道理，畢竟台灣話並非原本沒有文字，當然斷絕那麼久的台灣話與台灣文的接續工作，不是一蹴可幾的，而且所謂台灣話者還有福佬、客家、原住民、平埔族人及一九四九年大陸來台人士帶來的各地語族之區別，即使福佬話也有漳、泉、南、中、北部腔調之別，客家話亦有海陸、四縣、饒平之分，原住民則不僅九族各有語屬，還缺乏文字。因此，八〇年代的台語文學運動，固然是結合了語言學家與作家，出自自覺的文學運動，先後有許成章、鄭良偉、洪惟仁、莊永明、陳冠學、羅肇錦（客語）等人投入台語之整理、研究工作，有林宗源、宋澤萊、向陽、林央敏、黃樹根、黃勁連、柯旗化、林雙不、黃恆秋（客語）、杜潘芳格（客語）等人投入台灣詩文的創作，但距離台語文學時代的到來，還有一段長路要走。

林宗源對母語詩的堅持是令人感佩的，十幾年來獨自為台灣詩奮鬥不懈，已結集有三本台語詩集，一九八四年出版的《補破網》詩集，即以純粹的母語完成，鄭良偉以「向文字口語化邁進」形容林宗源的詩，可以看出這個台語詩的行腳僧已走出自己的一片文學天地。宋澤萊、林央敏寫台語詩，也嘗試以台語寫小說、作散文，為台灣文學做另一種起步工作。向陽是深具文學抱負的年輕一代詩人，他曾經創造了十行體的新格律詩，出版有台語詩集《土地的歌》，向陽的台語詩以樸素的事物、親切的語言，深入到土地與土地上生活人們的靈魂深處，予人台語文學當這樣寫的適切感覺。就整個台語文學運動觀察，當然還是百廢待舉的狀態，但做為台灣文學的自主化、本土化的一環，台語文學仍是極富時代意義的。

八、八〇年代作家分佈圖

邁入八〇年代，台灣作家可以說第一次出現包括了老年、中年、青年三代作家共聚一堂的繁榮現象。戰後出現的第一代作家，甚至日據時代的老作家，與接續而來的第二代、第三代，以及八〇年代的新生世代，同場競技的盛況，是台灣文學經歷過重重波折之後，首度出現的景象。八〇年代台灣文學的多面性、多樣化，是包括了各個不同時代，和不同地域生活的台灣作家的共同參與演出，它比過去任何一個時代都更具備一個文學族群的規模，雖然無法一一理清它的譜系，但從文學落實到各個生活環境角落以及於精神層面的現象觀察，這也是一個比任何世代都成熟的文學年代。在這個世代裡，日據時代的老作家，如楊逵、龍瑛宗、巫永福、陳火泉、林芳年、王昶雄、王詩琅等，或仍然展現其寶刀未老的創作，或有舊作出土，或積極投入各項文學活動，楊逵、王詩琅、林芳年的相繼去世，予人老成凋謝之傷感，但他們浴火重生的文學生命，也爲台灣的新文學傳承做了最有力的見證。戰後第一代作家中，鍾肇政、葉石濤、廖清秀、林鍾隆、張彥勳、詩人陳千武、林亨泰、詹冰等都未停止創作的腳步。鍾肇政在這個年代裡完成了《高山組曲》，葉石濤完成《台灣文學史綱》，並重新拾回停頓了十餘年的小說創作之筆，陳千武推動台灣詩的國際交流，第一代作家開啓了和新一代作家一樣燦爛的文學春天。

在七〇年代已臻圓熟的第二代作家，到了八〇年代，創作火力固然不若昔日旺盛，但如李喬在寫完《寒夜三部曲》之後，八〇年代發表《藍彩霞的春天》，以及尙未完工的《埋冤，一九四七》，都是將台灣的寫實小說及個人創作推到另一個極致的作品。鄭清文還是安步當車地寫著，長篇小說《大火》是重要作品之一，以此闡釋生命的眞諦，有不小的突破。陳映眞、黃春明、王禎和、七等生、東方白、鍾鐵民、楊青矗、王拓、王默人等，也都各自在自己的文學戰線上有不同程度的推進。陳映眞的政治小說《趙南棟》和爲「中國結」辯護、創辦《人間》雜誌等，有著明顯的文學變貌。黃春明、七等生也偶有作品提醒他們的文學位置，他們的小說同時獲得新電影青睞，黃春明一度還投入電影的編導，七等生以書信體寫長篇小說《譚郎的書信》、短篇〈垃圾〉、〈老婦人〉，文字風格變得寫實而明朗。鍾鐵民的農民小說隨著農村的遞變以及農民日益惡劣的處境，一直是盡職的農民關懷者。王拓出獄後，發行《台北！台北！》、《牛肚港的故事》兩部鉅著後，不再有作品出現。施明正則以深入牢獄的政治小說，展現完全不同的最後一段文學生涯。東方白以整整一個世代的時間寫完《浪淘沙》，爲台灣文學的大河小說增添了光彩的一頁。王禎和的《美人圖》、王默人的《阿蓮回到峽谷溪》、陳若曦的《突圍》、《遠見》、《二胡》、《紙婚》等長篇小說，爲八○年代的小說奠定了紮實的以創作代替爭論的基礎。黃娟的復出，柯旗化加入政治詩與政治小說的行列，爲第二代作家增添了不少生力。詩人：趙天儀、白萩、李魁賢、許達然、喬林、林宗源、林煥彰等仍然是邁步前進的。

經歷過鄉土文學論戰作家的八○年代，理論上應是成熟的年代，他們也是八○年代的中堅世代，不過，平心而論，無論量與質，未必佔有三分之一天下，這一代的希望之星宋澤萊寫過《廢墟台灣》和高呼「人權文學」之外，隱入禪學裡去。吳錦發應是這個世代寫實小說結論僅有的執行人，以政治小說〈叛國〉、中篇小說《春秋茶室》、長篇《秋菊》和描寫原住民的小說《燕鳴的街道》，交待他的八○年代小說創作。寬闊的小說視野固然表示他有不受限量的創作資源，但尋尋覓覓追逐不已的結果，相信吳錦發尚未寫出眞正顫動他自己靈魂的東西。由於從事新聞工作，將文學融入新聞工作是一大發明，也影響了他的創作。李昂、王幼華、雪眸、許振江、履彊、林仙龍都是走過七○年代，在此邁入成熟期的作家。李昂從

《殺夫》開始，以小說創作表達女性主義、探討婦女問題，成績無人能及。王幼華有如破繭而出，一掃前期的迷惘，走向朗闊的新階段，是所謂外省第二代作家中最勤於思索，能不斷思考自我超越的作家，從〈狂徒〉、〈健康公寓〉到《兩鎭演談》、《廣澤地》等長篇，王幼華內心的遞變可謂波濤洶湧，但也逐漸趨向沉穩。履彊、林仙龍是新一代的軍中作家，軍人身份多少拘牽了他們的創作，但來自現實、根土的呼喚，還是幫助他們走出不同的軍中作家風格。

宋冬陽、林雙不、周梅春、心岱都是七〇年代已富盛名的作家。宋冬陽原名陳芳明，七〇年代初曾是《龍族》的主編，長於詩作與詩論，出版有詩集《含憂草》、詩論集《鏡子和影子》和《詩與現實》，出國留學後，思想不變，由於從事歷史研究及美麗島事件後投入政論寫作，一度被列爲不得返鄉的黑名單，但在「中國結」與「台灣結」的爭論中，仍以精神出席爲台灣文學的台灣意識主辯。雖然，歷史研究與政論文章佔去了他寫作精神的大部分，但嚴格的學術訓練造就的清晰的思路與犀利的文筆，仍然爲台灣文學的思想體系建設立下了汗馬功勞。林雙不原名黃燕德，早期以碧竹的筆名留下相當鉅量的抒情散文作品，八〇年代堅定而強烈的寫實風格和意識型態的強調，形成截然不同的文學風貌，《筍農林金樹》、《大學女生莊南安》等小說集，最具代表性。周梅春一向都邁著平實而穩健的創作腳步，早期具有寫實與現代主義技法交融的實驗性作品，別樹一格，可惜未能脫卸斧鑿痕跡，長篇小說《轉燭》以純寫實的筆調和具有女性觀點的描述，有脫然而出的清新面貌。進入成熟期的詩人、散文家：非馬、鄭烱明、李敏勇、陳明台、曾貴海、黃樹根、莊金國、蔡文章、陳坤崙、羅青、莫渝、蔣勳、吳晟、詹澈、羊子喬、杜文靖、黃勁連等屬於上一個世代出現，在這一個世代成熟的作家都有自己篤定的作品風格，擔起一代中堅作家應擔的擔子，但也明顯地不是創作火力最旺的一群了。

此外，屬於這個世代，或偶然出現這個世代，但漸行漸遠，文學的火花久已不再揚起的還有呂昱、王世勛、呂則之、戴訓揚、林蒼鬱、廖蕾夫、韓韓、詹宏志、李赫、陳雨航、古蒙仁、王定國、呂秀蓮、廖清山、紀萬生、劉峯松等。王世勛的小說以現實取向，長篇小說《森林》是參加自立晚報百萬小說獎的作品，旨在抨擊台灣社會當前的心靈污染，因從政而中止了文學創作。呂則之的作品《海煙》也是參加百萬小說獎的作品，以澎湖的漁村漁民爲背景，寫實之外，還企圖表達作者陰鬱的生命觀，風格獨具。另一部也是以澎湖爲背景的《荒地》，則企圖穿過污染重重的文明層面下探索人的原始，都是企圖心極強的新文學表現，可惜，也沒有再接再厲寫下去。王定國、戴訓揚、林蒼鬱都曾經有過非常傑出的作品，他們都是台灣小說從寫實主義的框框往外擴展的希望所繫。廖清山長年羈旅海外，他的小說表現了人生由絢爛歸於平淡的智慧，青澀的小說筆觸也難掩其光華，創作是他精神返鄉的一種方式，但恐怕也正如他返鄉的行程因得不到鼓勵而停滯了。

崛起自八〇年代的新作家，無疑才是八〇年代台灣文學的主力，不僅是由於這一年代層的作家人數最多，而且從其作品的多樣性、多變性和無可估量的可塑性證明他們時代主人的地位。就小說而言，以〈賴索〉得獎走入文壇的黃凡，無疑是這個年代的領銜者，黃凡乍出現即有的世故、成熟性格，固然和已默默寫作多年有關，最主要的還是他那時代異鄉人的特質，黃凡從作品裡打破了意識對立與意識疆界分割的僵局，以無情的沒有信仰的疏離，冷冷地嘲諷了七〇年代人的一些執著，黃凡也憑著這股叛逆文學的氣質連連獲獎，一口氣寫下了《天國之門》、《傷心城》、《大時代》、《零》、《反對者》等作品。東年、張大春、葉言都，林燿德、張貴興都是順著這一氣質走下來的作家。東年以海洋生活做背景的小說有其特色，張大春在七〇年代曾以寫老兵的〈鷄翎圖〉一鳴驚人，八〇年代重出後的張大春則充分利用了他優越的文字駕駛能力和對權威體制的否棄，找到新的文學天空。兼擅詩、小說與評論的林燿德，他的不受拘束、刻意脫離意識型態的背負，已成爲此一系列作家的集大成者。

相對之下，女作家的女性主義則是一種講求意識型態文學的延伸，李昂的《殺夫》開其端，廖輝英、蕭颯、蘇偉貞、袁瓊瓊、周梅春、陳艷秋、許台英、朱天心、朱秀娟、林佩芬、王玉佩、陳燁都可以說是女性主義文學的延長，女作家中也有無關女性主義的，如洪素麗的詩和散文，蕭麗紅的小說。八〇年代仍不乏強調意識型態的新作家，但顯然已經不是對立對決的緊張狀態了，無論或深或淺的意識型態刻痕，也顯得不那麼重要了，以《陽光小集》爲首的向陽、苦苓、劉克襄、李昌憲、陌上塵、陳煌、林廣、林野、張雪映、陳寧貴等所展露的多歧文風，當可以明白意識型態對新作家的意義，並不是絕對的。林央敏、廖莫白、詹錫奎與藍博洲，都有個別堅持的意識型態，但更多的、更年輕的，如黃武忠、焦桐、阿盛、林文義、劉還月、林彧、張瑞麟、陳克華、汪啓疆、詹明儒、林剪雲等寫作者，他們的文學各有所屬，但不能歸類的現象，反而更凸顯了八〇年代新作家分佈的特色——散列而不定型。

就台灣文學的研究而言，八〇年代亦有長足的進展，應鳳凰、張錦郎、鐘麗慧、莊永明、李南衡等人做了不少台灣文學研究的奠基工作，張恆豪、林瑞明、施淑女、陳萬益、呂興昌、呂正惠、李瑞騰等實際從事文學研究或在學院中鼓勵台灣文學研究，對提昇台灣文學都具有正面的意義。

九、台灣文學的展望

八〇年代一開始，關於台灣文學的發展方向、名稱、定位等命題，固然仍有一些爭執，誠如整個台灣社會體質的變化——包括善的與惡的變化，任何試圖使它膠著不動的假設都是不智的，文學的趨向亦然。就某種程度而言，主觀的文學自主性、本土化的意願，其實和台灣文學中國化的假想一樣，只是一種假說而已。由於八〇年代以後台灣社會的舊結構經由內部新的律動而鬆動了，台灣社會處在一種甦醒的狀態，文學自主性、本土化的要求，只是應和著此一鬆動的旋律起舞，其實，即使沒有文學自主、本土化的呼籲，政治上的民主法治化、弱勢族群的自力救助、環保反公害運動、女性自覺運動、母語運動，這些自覺性、實質自主性要求的本土化意願，時代潮流所趨，也是沛然莫之能禦的。文學或文化運動不可能自外於這一潮流，因此八〇年代台灣文學落實於台灣的土地與現實，是文學實踐的事實，而不是爭辯的結論。易言之，八〇年代的台灣現實發生了八〇年代的台灣文學，那麼八〇年代的作家寫八〇年代台灣的人民、土地和這裡發生的事物，其正當性是不容懷疑的。以開闊的文學定義而言，則八〇年代才眞正呈現了台灣文學不受扭曲的本相，才走入文學發展的常軌，才出現一個眞正有自己文學的時代，此一本相就是文學的多樣、多面、多層，普遍而自然地反映了台灣的眞實。

八〇年代並不是台灣文學特別繁榮的時代，文學或文化雜誌的屢仆屢起，說明這還是文學發展艱困的時代，先後有《書評書目》停刊，「陽光小集」解散，《文季》、《春風》、《暖流》、《文學家》、《南方》、《台灣文化》、《人間》、《台灣新文化》、《文學界》、《新書月刊》、《散文季刊》、《台灣春秋》等在這個世代裡崛起，在這個世代裡倒下。文學並非無意與這個社會媾和，文學的大衆化、通俗化，是這個世代作家嘗試過的失敗例證，或許文學象徵的社會精神層面的困窘，被物質的富裕繁華照映得更形蒼白，文學的努力正是跳樑小丑的演出，一點都不好笑。

文學電影化，以成名小說改寫電影腳本演出，是試圖爲信心微弱的文學打的強心針，黃春明的小說〈兒子的大玩偶〉、〈看海的日子〉、〈我愛瑪莉〉，白先勇的〈玉卿嫂〉，七等生的〈結婚〉，都相當程度地成爲八〇年代「新電影」發展的支柱，其實文學對電影的出擊並不止於這些表面現象；「一般而言，台灣新電影的崛起與新銳編導陳坤厚、侯孝賢、吳念眞、小野等人有密切的關係。這群三十歲上下的新秀，對於映像結構與電影手法具有高度的省思與自覺，彼此相互支援，緊密結合新穎的戲劇觀念，突破舊式電影的窠臼與束縛，運用創新的表現力法，採取人文關懷的清新題材及樸素的電影語言，走現實主義的路線，從而開展出獨特鮮明的鄉土寫實風格。」⑰。

「電影」與現實的結合，走出「新電影」，與文學的本土化同出一轍，這也是電影與文學結合的基礎，此一現象還延伸到詩與民歌的結合，在歌謠發展落實到社會探索之前，現代詩人的作品負起引渡者的角色。民歌手從演唱詩人的詩到自行作詞，也引起詩人投入歌詞的創作，都說明了文學貼切社會的脈搏跳動是整體的文化現象了，而且八〇年代新文學向七〇年代文學的反叛與新電影對舊電影、民歌對舊流行歌曲的反叛，也是同質而一致的，再看代表八〇年代舞台劇革命，具前衛美學意識的「實驗劇場」──「蘭陵劇場」、「環墟劇場」、「河左岸劇團」、「臨界點劇象錄」、「優劇場」、「零場戲團」、「425環境劇坊」、「反UO劇團」，他們的演出即在「對正統劇場藝術和意識型態進行解構」，是從反叛和顚覆體制文化出發的。

從這裡可以得到一個印象，八〇年代台灣文學的多樣化是台灣文化現象的一環，來自求變的文學內在律動，動機卻不外是反叛，但前面的經驗告訴它，它不可能不負責任地叛離台灣的土地和現實，於是沿襲七〇年代而來的意識型態便成了代罪羔羊，八〇年代後期崛起的，被喻爲「新人類」的新作家的先決條件便在刻意擺脫任何意識型態的拘束，「放棄和外在社會對決，只是呈現……現代社會裡被異化及物化的『沒有臉』的藝術人群中一個孤獨而疏離的人而已。」⑱。

葉石濤形容這批新作家：「他們大多不承認權威。這權威包括了政治的領導者或文學界的先進。」、「反抗權威主義體制的政治的、文化的各種浪潮接踵而來，新生事物續出不窮，資訊媒體的重大衝擊，都引起他們心靈深處的創痕、挫折以及反叛和新生。」、「其次他們在創作上揚棄了『使命感』此類的舊包袱。過去的台灣作家，不管他有什麼世界觀，他總是懷有對世界、人類、國家、民族和鄉土一份強烈的使命感。……然而新作家普遍揚棄這種理想主義，他們的創作方式是徹底乾枯無情的。他們對使命感嗤之以鼻，棄之如敝屣，……這可以說是開放，也可以說是掙脫枷鎖，但換來的卻是無所適從的一片混亂。」、「他們也不太認同寫實主義。……他們的創作技巧卻是來自另外一個系統；那好像是雜多的各種前衛技巧集大成的尖端性表現。這樣的一種趨勢帶來的是參差不齊，苦於評估的作品價值。所有探索『水溝深度』的尺寸陷入混淆和朦朧。」⑲。

從八〇年代的作家分佈圖看，這段警語也許高估了新作家的附和者和耐力，不是所有八〇年代後期出現的作家都願意走這條路的，但這樣的預警的確提醒了一種值得注意的現象——「新人類作家」的反叛，或許正是一種新的逃避口實。他們試圖在自主化、本土化的趨向、使命之外，找到一些可以向自己的「離經叛道」交代的藉口，從整個台灣新文學運動史觀察，一切不都以「反叛」爲出發嗎？唯有「反叛」才有新生事物的出現，以傳統去觀察，這一切根本不值得大驚小怪，從反叛到回歸不正是台灣新文學運動的成長路標嗎？當然，藉反叛作爲逃避的口實的，也逃不過台灣新文學運動的篩網，新人類作家提供的反叛意義，需要的不是評定，而是選擇，新作家選擇自己的文學，台灣文學也有它一貫的選擇性，台灣文學也在撿選屬於它的作家。

註釋：

❶見陳永興編：《台灣文學的過去與未來》。

❷見一九八一、七《台灣文藝》七十三期。

❸見一九八二、一《文學界》創刊號。

❹見一九八二、四《文學界》第二集。

❺以上陳映眞言論，見一九八三、一《文季》一卷五期，陳映眞：〈中國文學和第三世界文學之比較〉。

❻見一九八四、一《台灣文藝》宋冬陽：〈現階段台灣文學本土化的問題〉。

❼見一九七七、六《台灣文藝》革新第二期，許南村：〈鄉土文學的盲點〉。

❽見同註❻。

❾見一九八三、九、廿五《生根》第十七期，許水綠：〈台灣文學的界說與方向〉。

❿見一九八四、三月號。

⓫見同註❻。

⓬見姚嘉文：《台灣七色記前記》。

⓭見柯旗化：《母親的悲願》自序。

⓮見鍾肇政：《高山組曲》第一、二部自序。

⓯見一九二五、八、廿六《台灣民報》六七期，張我軍：〈新文學運動的意義〉。

⓰見《林宗源台語詩選》代序〈沉思與反省〉㈡。

⓱見《台灣全紀錄》一九八三年。

⓲見葉石濤：〈八〇年代的文學旗手〉。

⓳見葉石濤：〈新人類、新作家〉。

國家圖書館出版品預行編目資料

台灣新文學運動40年／彭瑞金著・一初版・一
高雄市：春暉，1997「民86」
面；　公分
含參考書目
ISBN 957-9347-21-2（平裝）

1.臺灣文學－歷史－光復以後（1945-）

820.9086　　86009200

台灣新文學運動四十年

著　者：彭瑞金
策　劃：文學台灣雜誌社

出版者：春暉出版社
地址／高雄市苓雅區正義路3巷8號
電話／（07）761－3385
郵撥／04062209　陳坤崙帳戶

印刷者：春暉印刷廠有限公司
地址／高雄市苓雅區武嶺街61巷17號
電話／（07）7613385
傳眞／（07）7238590

登記證：新聞局版台業字第2154號

出版日期：1997年8月初版第一刷
再版日期：1998年11月再版第二刷
定　價：300元